Cathy Cassidy

Die Chocolate Box Girls

Kirschenherz

Band 1

Cathy Cassidy

Die Chocolate Box Girls

Kirschenherz

Band 1

Aus dem Englischen
von Bettina Spangler

cbt

Kinder- und Jugendbuchverlag
in der Verlagsgruppe Random House

MIX
Papier aus verantwortungsvollen Quellen
FSC® C014496

Verlagsgruppe Random House FSC® N001967
Das für dieses Buch verwendete FSC®-zertifizierte
Papier *Super Snowbright* liefert
Hellefoss AS, Hokksund, Norwegen.

1. Auflage 2014

Die Originalausgabe erschien 2010 unter dem Titel
»The Chocolate Box Girls – Cherry Crush« bei
Penguin Books Ltd, London.

Übersetzung: Bettina Spangler
Umschlaggestaltung: © init | Kommunikationsdesign, Bad Oeynhausen
Umschlagmotiv: Anne-Lise Dugat/Nathan
jb · Herstellung: kw
Satz: KompetenzCenter, Mönchengladbach
Druck: GGP Media GmbH, Pößneck
ISBN 978-3-570-16282-8
Printed in Germany

www.cbt-buecher.de

1

Es gibt ein paar Dinge, die werde ich an der Clyde-Akademie vermissen … Dinge wie Makkaroni mit Käse oder Fritten, Grießpudding mit Vanillesoße oder die Tatsache, dass ich im Kunstunterricht immer Ryan Cleggs Hinterkopf vor mir hatte. Klar gibt es auch Sachen, die mir kein bisschen fehlen werden, wie Mathetests und der Eintopf in der Schulkantine, und Kirsty McRae. Nein, Kirsty McRae werde ich nicht vermissen, nicht die Bohne … sie und ihre Freundinnen machen mich nämlich wahnsinnig.

Die haben echt alles … perfekte Frisuren mit schicken Strähnchen drin, perfekte Schuluniformen, die von der coolen Sorte, die es im TopShop auf der Buchanan Street gibt. Sie schreiben gute Noten, sind beliebt, die Lehrer mögen sie, und die Jungs sind verrückt nach ihnen.

Jeder will SEIN wie sie … mit Ausnahme von mir. Ich bin nicht wie Kirsty McRae, nicht ansatzweise. Meine Haare sind alles andere als perfekt, meine Schuluniform stammt aus dem Second-Hand-Laden, und auf meinem

Rock hab ich einen leicht klebrigen Fleck, wo ich heute Morgen meinen Marmeladentoast hab fallen lassen. Meine Noten sind mies, in erster Linie wohl deshalb, weil ich meine Hausaufgaben immer erst im Bus auf dem Weg zur Schule erledige. Meine Lehrer mögen mich nicht, abgesehen vielleicht von meiner Englischlehrerin. Die meint nämlich, ich hätte eine sehr lebhafte Fantasie.

Ich bin mir nicht ganz sicher, ob das jetzt als Kompliment gemeint ist oder nicht.

Jedenfalls kann ich echt nicht verstehen, was so toll sein soll an einem Mädchen wie Kirsty.

Sie ist noch nicht mal besonders nett. Als ich sieben war, hab ich sie zu uns nach Hause zum Abendbrot eingeladen. Da hat sie sich doch glatt beschwert, dass ihr die Schinkensandwiches nicht geschmeckt hätten, und wollte wissen, warum unser Goldfisch einen Namen hätte wie ein Hund. Ich wusste damals ja noch nicht, dass Rover als Hundename galt. Schätze mal, das war eben Dads Art von Humor.

Kirsty wollte auch wissen, wo meine Mom ist, und ich sagte einfach, ich hätte keine.

»Erzähl doch keinen Quatsch«, hatte sie entgegnet. »Jeder hat eine Mom. Wer kocht dir denn das Abendessen? Wer wäscht deine Wäsche und bügelt deine Klamotten?«

»Na, Dad natürlich.«

Na ja, ehrlich gesagt bügelt er meine Klamotten gar nicht. Er schüttelt die Sachen immer einfach nur aus und meint dann jedes Mal lachend, ein paar Falten würden keinem schaden.

»Sind sie geschieden?«, erkundigte sie sich daraufhin flüsternd. »Ist sie weggelaufen oder so?«

»Natürlich nicht!«

Kirsty zog die Brauen zusammen. »Bist du etwa adoptiert?«, fragte sie. »Weil du nämlich überhaupt nicht aussiehst wie dein Dad! Du siehst … keine Ahnung, irgendwie chinesisch aus, oder japanisch oder so.«

»Ich bin Schottin!«, protestierte ich. »Genau wie Dad!«

»Ich glaube nicht, dass er dein Dad ist«, sagte sie, und als sie sah, dass meine Augen sich mit Tränen füllten, fing sie an zu grinsen. Als ich am Montag darauf wieder zur Schule kam, hatte Kirsty bereits überall rumerzählt, ich wäre adoptiert und mein Dad würde in der McBean's Schokoladenfabrik in der Produktionshalle den Boden wischen.

Das tut er auch tatsächlich, zumindest manchmal, aber trotzdem, wie sie das gesagt hat, das war echt fies.

Kirsty McRae werde ich also garantiert nicht vermissen.

Wie aufs Stichwort kommt in dem Moment Kirsty in den Speisesaal gerauscht mit einer ganzen Schar von ihren schnatternden Freundinnen. Sie drängeln sich vor an die Spitze der Schlange, ehe sie rüberschlendern zu dem Tisch, an dem ich allein mit meinen Käsemakkaroni und den Fritten sitze. Klar merken die nicht mal, dass ich da bin. Sie plumpsen auf die Plätze neben mir mit ihren Salattellern, werfen ihr Haar zurück und legen neues Lipgloss auf. Dabei quatschen sie ununterbrochen über Jungs und Dates und Nagellack.

»Hey«, sagt Kirsty. »Sorcha, ich wette, du traust dich nicht, Miss Jardine mit einer Fritte zu bewerfen! Na los, die Wette gilt!«

Sorcha schnappt sich sofort eine Fritte von meinem Tablett und schleudert sie durch die Luft. Sie streift ganz kurz die Schulter der Rektorin im Tweedkostüm, ehe sie auf dem Boden landet. Miss Jardine blickt um sich, runzelt die Stirn, und ihr Blick richtet sich auf mich, und ich bin wie versteinert mit meiner Gabel voll Fritten und Makkaroni mitten in der Luft. Vorwurfsvoll kneift sie die Augen zusammen, doch fehlen ihr nun mal die Beweise, weshalb sie sich wieder ihrem Essen zuwendet. Kirsty kichert los, und ich bedenke sie mit einem eisigen Blick.

»Was glotzt du denn so?«, pflaumt sie mich an.

»Ach, nichts«, sage ich, aber mein Mund verzieht sich zu einem Grinsen. Genau das ist Kirsty nämlich … ein Nichts.

»Warum grinst du so dämlich? Du bist echt so was von krank, Cherry Costello!« Sie mustert mich abschätzig von oben bis unten, als wäre ich ein kleines, schleimiges Etwas, das sie auf ihrem Salatblatt gefunden hat, und ausnahmsweise schaffe ich es mal, ihrem Blick standzuhalten. Ich hebe mein Kinn an und lächle, woraufhin Kirstys Gesicht sich vor Wut verzerrt.

Dann wendet sie sich ihren Freundinnen zu. »Hey, wusstet ihr, dass Cherrys Mom ihre Tochter für so eine Versagerin hielt, dass sie sie einfach stehen hat lassen, um ans andere Ende der Welt zu ziehen? Wie fühlt sich das an, Cherry? Zu wissen, dass noch nicht mal die eigene Mutter es mit einem aushält?«

»Du weißt gar nichts über meine Mom«, sage ich ganz ruhig.

Kirsty lacht. »Oh doch, das tu ich, Cherry«, entgegnet sie. »Wir waren zusammen auf der Grundschule, schon vergessen? Deine Mom ist doch ein Filmstar, oder? In Hollywood? Zumindest hast du mir das in der fünften erzählt. Oder ist sie vielleicht Modedesignerin, in New York? Das hast du mir in der sechsten erzählt. Mal sehen, was war da noch so? Ach ja, Model, Sängerin, Balletttänzerin … in Tokio, Sidney, Mongolei. Ich schwör's, Cherry Costello, du bist so ein verlogenes Biest!«

Kirsty lacht wieder, und ich hasse sie in diesem Moment, ich hasse sie wirklich, und wie.

»Lass sie in Ruhe, Kirsty«, sagt Cara, aber Kirsty weiß nie, wann es genug ist. Sie macht immer weiter und weiter, bis es zu spät ist.

»Deine Mom ist keine Schauspielerin, nicht wahr, Cherry?«, sagt Kirsty jetzt verächtlich, und die anderen, selbst Sorcha und Cara, kichern drauflos.

»Nein«, flüstere ich, und meine Wangen glühen.

»Sie ist auch keine Modedesignerin oder ein Model oder eine Balletttänzerin, oder?«

»Nein …«

Mir kommt es so vor, als wäre es im gesamten Speisesaal schlagartig totenstill geworden. Sie alle wollen hören, was Kirsty zu sagen hat. Sie wollen sehen, wie ich einknicke.

»Das waren nur so Geschichten, die du dir zusammengereimt hast, Cherry, um interessanter zu wirken«, sagt Kirsty. »Ist es nicht so? Nur dass das nicht funktioniert hat, weil du nämlich nicht interessant *bist,* nicht ein bisschen. Und deine Mom auch nicht.«

Da ist ein stechender Schmerz in meiner Brust, der brennende, bittere Schmerz der Scham. Ich überlege krampfhaft, was ich darauf sagen könnte, eine clevere Bemerkung, eine Retourkutsche. Aber da ist nichts. Ich habe alle meine Träume, all meine Fantasien bereits verbraucht, und Kirsty hat sie sowieso schon alle als Lügen abgetan. Tja, vielleicht waren sie das sogar, auch wenn ein Teil von mir damals fest davon überzeugt war, dass alles der Wahrheit entspricht.

»Vermutlich ist deine Mom nichts als reine Zeitverschwendung, genau wie du«, sagt Kirsty total gemein.

Zornentbrannt rücke ich mit dem Stuhl zurück und springe auf. Meine Knie sind ganz weich, und meine Hände zittern, als ich nach meinem Teller greife. Ich sollte mein Essen einfach nehmen und abhauen, mich an einen Tisch am anderen Ende des Speisesaals setzen, wo Kirsty und ihre Clique mir nichts mehr anhaben können.

Genau das sollte ich tun.

Andererseits, vielleicht ist es ja an der Zeit, Kirsty McRae ein für alle Mal klarzumachen, was ich von ihr halte. Schließlich habe ich nichts mehr zu verlieren.

Ich nehme also meinen Teller voll Käsemakkaroni mit Fritten und kippe ihn Kirsty McRae kurzerhand über den Kopf. Dann sehe ich zu, wie ihr die zähe Käsepampe über die perfekten Haare mit den perfekten Strähnen läuft. Fritten kullern ihr über die weißen Ärmel und hinterlassen eine fettige Spur. Ihre milchweiße Haut hat überall Ketchupspritzer, dass es aussieht wie Blut.

»Oh. Mein. Gott«, sagt Sorcha.

Und dann, ganz langsam erst, zögerlich, beginnt der ganze Speisesaal zu klatschen und zu jubeln.

2

Miss Jardine ist natürlich alles andere als beeindruckt. Sie sieht das Ganze nicht als eine Heldentat an, sondern als einen »bösartigen, lange im Voraus geplanten Übergriff auf eine Mitschülerin«, was in meinen Augen ein bisschen übertrieben ist. Ich meine, wenn ich das alles geplant hätte, dann hätte ich einen Tag gewählt, an dem es Eintopf gibt oder so was in die Richtung. Käsemakkaroni gehören nämlich zu meinen Leibspeisen.

Trotzdem ist Miss Jardine stinksauer, sie hat die Lippen zu einer schmalen Linie zusammengepresst, dass sie fast nicht mehr zu sehen sind.

»Die arme Kirsty ist bei der Schulschwester, die ihr Erste Hilfe leistet«, erklärt sie mir. »Du kannst von Glück sagen, dass sie keine Verbrennungen erlitten hat oder unter schwerem Schock steht!«

Ich hebe eine Augenbraue. Die arme Kirsty? Von wegen. Ein schwerer Schock täte ihr vielleicht sogar mal ganz gut. Dann würde sie vielleicht aufwachen und vergessen, dass sie so eine fiese, gemeine Hexe war. Ist zwar ziemlich unwahrscheinlich, schätze ich, aber immerhin besteht die Chance.

»Cherry, dein Verhalten ist absolut inakzeptabel«, schnaubt Miss Jardine. »Was hat Kirsty McRae dir denn getan?«

Ich blinzele. Tja, wo soll ich da anfangen? Sollte ich wohl erwähnen, dass sie mal meine Sportsocken das Klo runtergespült hat, nur so zum Spaß? Oder dass sie irgendwann allen erzählt hat, sie hätte meinen Dad gesehen, wie er verkleidet als menschlicher Schokoriegel kostenlose Exemplare des McBean's-Taystee-Riegels verteilt hat?

Oder sollte ich erwähnen, was für Dinge sie zu den anderen Kids so sagt, und zwar zu denen, die sie ÜBERHAUPT nicht ausstehen kann? Letzten Monat, in Kunst, da hat sie Janet McNally ihren hüftlangen Zopf abgeschnitten, mit dem Papierschneidegerät. Sie hat noch nicht mal Ärger bekommen deswegen. Sie hat einfach behauptet, sie sei nicht mal in die Nähe des Papierschneidegeräts gekommen, und irgendwie gab man dann Janet die Schuld.

Schon verrückt.

»Sie hat mich eine Lügnerin genannt, Miss«, flüstere ich.

Miss Jardine mustert mich über ihre Brille hinweg. »Lügnerin … nun ja, das ist eine schwere Anschuldigung«, sagt sie. »Trotzdem, eine Reihe von Lehrern und Schülern haben sich bereits beschwert über dein … sagen wir mal … Talent, die Wahrheit ein wenig auszuschmücken.«

Ich blinzele. Hat mich unsere Rektorin eben echt auch als Lügnerin abgestempelt?

»Wie es aussieht, Cherry, hast du gewisse Startschwierigkeiten hier auf der Clyde-Akademie«, fährt sie fort. »Ich muss schon sagen, ich mache mir ein wenig Sorgen. Mir ist ja bewusst, dass du eine eher unkonventionelle Kindheit hattest, aber letzten Endes ist das keine Entschuldigung für deine Lügengeschichten. Wie ich gehört habe, hast du Miss Mercer vergangene Woche erzählt, du könntest deine Hausaufgabe in Kunst nicht abgeben, weil eine Ziege sie aufgefressen hat. Also wirklich, Cherry. Eine Ziege? Hier in Glasgow? Erwartest du allen Ernstes, dass wir dir die Geschichte abnehmen?«

Tja, das tu ich wirklich. Weil es nämlich die Wahrheit ist. Wir waren an diesem Wochenende gerade zu Besuch in den Borders bei Freunden von Dad von der Kunstschule, und ich hab über eine Stunde in der Sonne gesessen und sorgfältig eine Zeichnung von Dads Geige angefertigt. Ich war so stolz auf diese Zeichnung. Und dann, während wir zu Abend aßen, gelangte die Ziege des Nachbarn irgendwie in den Garten. Sie hat meine Zeichnung aufgefressen, die Ecke der Picknickdecke angekaut und meine Sonnenbrille exakt in zwei Hälften gebissen.

Ich hoffe bloß, das Vieh hat sich ordentlich den Magen verdorben.

»Wenn man zu oft schwindelt, Cherry, kommt irgendwann der Punkt, wo die Leute nicht mehr auf einen hören«, fährt Miss Jardine fort. »Kennst du die Fabel von dem Jungen, der ständig ›Wolf‹ schreit?«

»Ja, Miss«, antworte ich kraftlos.

Dann erzählt sie mir eine endlos lange Geschichte von einem kleinen Jungen, der die ganze Zeit lügt, bis er eines Tages einen Wolf sieht und es seiner Familie sagt, nur dass ihm jetzt keiner mehr glaubt. Der Wolf frisst ihn einfach auf.

Die Moral von dieser Geschichte ist klar. Wenn ich nicht endlich aufhöre, Lügenmärchen zu erzählen, frisst mich irgendwann der böse Wolf, und das ist dann ganz allein meine Schuld.

»Diese Flunkereien müssen ein Ende haben«, sagt sie. »Ehe das Ganze noch mehr außer Kontrolle gerät. Und nach den Sommerferien werde ich ein wöchentliches Treffen mit dem Schulpsychologen organisieren. Der heutige Vorfall sieht dir so gar nicht ähnlich, dennoch ist das alles besorgniserregend. Wir wollen dir nur helfen, Cherry. Nicht nur, was das zwanghafte Schwindeln betrifft, nein, auch in Bezug auf deine offensichtlichen Probleme mit deiner Selbstbeherrschung.«

Die Zornesröte kriecht mir über die Wangen. Zwanghaftes Schwindeln? Probleme mit meiner Selbstbeherrschung? Was will mir Miss Jardine hier eigentlich sagen?

»Ich werde nach den Sommerferien nicht mehr hier sein,

Miss Jardine«, erkläre ich so höflich wie möglich. »Mein Dad hat sich verliebt. Er gibt alles auf, was er hier hat, und will zu seiner neuen Freundin in ihr großes Haus auf einer Klippe in Somerset ziehen. Wir werden eine richtige Familie sein, und wir werden ein Vermögen verdienen mit dem Verkauf von Luxus-Biopralinen.«

Miss Jardine bedenkt mich mit einem langen, bedauernden Blick.

»Also wirklich, Cherry, das ist genau das, wovon ich hier rede!« Sie schnaubt. »Natürlich ziehst du nicht in ein Haus auf den Klippen in Somerset! Dein Vater arbeitet in der McBean's Schokoladenfabrik, wo er Taystee-Schokoriegel herstellt und die missglückten Exemplare aussortiert. Und die sind weder Bioqualität, noch wird irgendjemand ein Vermögen damit verdienen. Und ich denke, da sind wir uns einig. Ich weiß wirklich nicht, wo du diese Ideen immer hernimmst!«

»Aber, Miss …«

»Ich gehe doch davon aus, dass dein Vater uns in Kenntnis gesetzt hätte, wenn du uns verlassen würdest, denkst du nicht?«, sagt sie.

Ich streife mit den Fingern über den Umschlag in meiner Tasche. Dads Brief an Miss Jardine trage ich jetzt schon seit fünf Tagen mit mir herum, von Tag zu Tag sieht er zerknitterter aus. An einer Ecke hat er einen Fleck, weil mir gestern die Flasche Orangenlimo ausgelaufen ist, und dann ist da noch ein klebriger blauer Klecks, weil mein Kugelschreiber zerbrochen ist. Es bringt jetzt nicht viel, ihn ihr auszuhändigen, wenn Miss Jardine sowieso überzeugt ist, dass die ganze Geschichte, wir würden an den Rand einer Klippe ziehen, erstunken und erlogen ist.

Ja, stimmt schon, dass mein Dad in der McBean's Schokoladenfabrik arbeitet. Zumindest noch die nächsten vierzehn Tage. Dann hängt er die Schürze an den Haken und holt sich seine allerletzte Lohntüte ab sowie eine letzte kostenfreie Tüte voller aussortierter Taystee-Riegel, diejenigen, bei denen die Keksschicht fehlt oder die Verzierung aus weißer Schokolade obendrauf oder die irgendwie eingedellt aussehen. Ich werde diese Schokoriegel vermissen.

Dann werden wir uns allmählich ans Packen machen, werden unser bisheriges Leben vor uns ausbreiten und es sorgfältig in Kartons und Mülltüten stecken. Dann verladen wir unser ganzes Hab und Gut in Dads roten Minivan und düsen los in den Sonnenuntergang. Tja, vielleicht nicht unbedingt in den Sonnenuntergang, weil mein Dad in aller Herrgottsfrüh aufbrechen will, aber ihr wisst schon, was ich meine.

Wir werden nämlich wirklich in ein Haus auf den Klippen ziehen, in Somerset. Miss Jardine hat ja keinen Schimmer, wie bizarr mein Leben ist.

»Keine Lügen mehr, Cherry«, sagt sie.

»Äh … nein, Miss.«

»Und selbstverständlich möchte ich, dass du dich bei Kirsty McRae entschuldigst.«

»Na schön«, presse ich zwischen zusammengebissenen Zähnen hervor.

Miss Jardine begleitet mich zum Büro der Schulschwester, wo Kirsty zusammengekrümmt auf einem weichen Sessel sitzt, Limonade schlürft und Kekse knabbert. »Kekse sind das beste Mittel gegen Schock«, sagt sie grinsend.

Mir ist das alles total schnuppe, weil Kirsty nämlich immer noch die Makkaronipampe in ihrem kastanienkaramellfarben gesträhnten Haar kleben hat. Und sie riecht sogar ganz leicht nach Käse. Ich bin so fies und freue mich insgeheim darüber.

»Cherry will dir etwas sagen, Kirsty«, sagt Miss Jardine.

Kirsty fängt an zu strahlen, und in ihren Augen blitzt so was wie Triumph auf.

»E-es tut mir leid, Kirsty«, stammele ich.

Natürlich tut es mir nicht leid, nicht die Bohne. Und Miss Jardine möchte doch sicher nicht, dass ich lüge? Man erwartet von mir, dass ich neue Saiten aufziehe, dass ich ab jetzt offen und ehrlich bin. Keine Lügen mehr.

Ich sehe Kirsty McRae fest in die Augen. »Es tut mir echt richtig leid … dass … du so eine gemeine, hinterlistige, FIESE KLEINE HEXE bist.«

Das ist der Moment, in dem Miss Jardine mir verkündet, dass ich von der Schule suspendiert bin und einen Verweis kriege und auch noch nachsitzen muss, möglicherweise für den Rest meines Lebens.

3

Miss Jardine ruft natürlich gleich bei Dad an und er-zählt ihm alles brühwarm. Sie hat ihn an der Strippe, sobald er von der Arbeit heimkommt, noch ehe er eine Chance hatte, sich umzuziehen. Meine Verbrechen sind offenbar derart unverzeihlich, dass man keine Minute länger warten kann.

Ich verstecke mich hinter der Küchentür und lausche.

Dad versucht sein zerstrubbeltes Haar zu glätten und seinen McBean's-Overall abzustreifen, während er gleichzeitig ein ernstes Gesicht macht und zuhört. Miss Jardine hat immer diese Wirkung auf Leute.

Zwischendurch entstehen immer wieder längere Pausen, und es wird viel geseufzt. Dad sagt ziemlich oft »verstehe«, und zwar in einem recht besorgten Ton. Was erzählt Miss Jardine ihm nur? Dass ich zum Schulpsychologen muss? Dass ich durchgeknallt und gewalttätig bin und in einer Fantasiewelt lebe?

Wenn ihr mich fragt, ist sie jetzt aber diejenige mit der lebhaften Fantasie.

Dad schaltet MTV ein, und wir setzen uns zusammen aufs Sofa und essen Bohnen auf Toast und als Nachspeise die missglückten Taystee-Riegel. Keiner von uns macht sich die Mühe, die Schuhe auszuziehen.

»Miss Jardine hat mir erzählt, dass du dir wieder irgendwelche Geschichten ausgedacht hast«, sagt Dad, während er auf seinem Toast rumkaut. »Offenbar hat sie meinen Brief nicht bekommen, in dem ich ihr die Sache mit dem Umzug erkläre?«

Ich beiße mir auf die Unterlippe. »Mein Stift ist ausgelaufen und hat ihn ruiniert«, gebe ich zu. »Und meine Limo auch. Daher musste ich es ihr so erzählen. Ich befürchte, sie hat mir nicht geglaubt. Sie meinte, ich würde in einer Scheinwelt leben!«

»Na, tust du das nicht?«

Ich verkneife mir ein Grinsen. Dad hört das Wort »Lügen« nicht gern. Wann immer Lehrer im Laufe der Jahre es benutzt haben – und das haben sie, gar nicht mal so selten –, dann hat er ihnen eigentlich immer sofort erklärt, dass ich keine Lügnerin bin, sondern eine sehr fantasievolle Geschichtenerzählerin, und wenn sie das nicht sähen, sollten sie sich vielleicht besser mal die Augen überprüfen lassen.

Das bringt mich zum Lächeln. Aber trotzdem gebe ich in letzter Zeit mein Bestes, Dad von den Elternabenden in der Schule fernzuhalten, nur für den Fall.

Es ist großartig, wenn der eigene Dad an einen glaubt,

einen unterstützt und gegenüber bösartigen Lehrerinnen verteidigt. Es ist toll, zu wissen, dass Dad mich kreativ und fantasievoll findet. Und trotzdem ist da eine leise Stimme in meinem Kopf, die sich fragt, ob es manchmal nicht doch einfacher wäre, schlichtweg bei der Wahrheit zu bleiben.

Bloß das Problem ist, die Geschichten fallen mir völlig spontan ein. Eine Lehrerin fragt mich, wo denn mein Geschichtsaufsatz ist, und schon hab ich eine detaillierte Story im Kopf, von wegen, in der Nacht zuvor sei in unsere Wohnung eingebrochen worden, und die Polizeibeamten mussten meinen Aufsatz als Beweismittel sicherstellen, damit man ihn auf Fingerabdrücke und DNA-Spuren untersuchen konnte. Einmal hab ich meine Sportsachen vergessen, und da hab ich meiner Lehrerin erzählt, unsere Waschmaschine sei kaputt und habe alles in schmale Streifen zerhäckselt, fast wie Spaghetti, ehe sie dann die Küche unter Wasser setzte und die Decke zum Einsturz brachte, sodass sie in der Wohnung unter uns landete.

Das klingt doch so viel besser, als einfach nur zu sagen: »Ich hab ihn vergessen.« Es klingt so viel interessanter und farbenfroher und viel mehr nach Abenteuer. Das Problem an der Sache ist nur, dass die Lehrer da in der Regel anderer Meinung sind. Sie bevorzugen die Wahrheit, selbst wenn sie total öde und grau und langweilig ist.

Ist es denn wirklich solch ein Verbrechen, über eine rege Fantasie zu verfügen?

»Ich habe ihr alles erklärt«, sagt Dad gerade. »Miss Jardine ist der Ansicht, du hättest dich nicht allzu gut eingelebt an der Clyde-Akademie. Sie denkt, ein Neuanfang wäre das Beste für dich.«

»Ich hab mich super eingelebt!«, entgegne ich total empört.

Tja, vielleicht nicht ganz … aber ich wurstele mich eben so durch, oder nicht? Aus Miss Jardines Mund klingt alles so viel schlimmer, als es in Wirklichkeit ist, man denkt, das alles wäre voll dramatisch. Und dabei wäre nichts von alledem geschehen, wenn nicht Kirsty gewesen wäre, eh klar.

»Sie hat es so oder so verdient«, sage ich. »Kirsty McRae meine ich.«

Dad hebt eine Augenbraue. »Ist das die Kirsty, die mal zum Abendessen zu uns kam, als du sieben warst, und dir die ganzen Taystee-Riegel weggegessen hat, weshalb du weinen musstest?«

»Genau die.«

»Tja … vielleicht.« Er seufzt.

Kirstys damaliger Besuch sorgte für einigen Wirbel, aber witzigerweise war ich ihr gleichzeitig auch dankbar. Denn nur wegen ihr fing ich an, Fragen zu stellen, die ich ansonsten nie gestellt hätte.

Ich war erst sieben, mir war nie in den Sinn gekommen, wissen zu wollen, wo meine Mom abgeblieben war oder weshalb ich so anders aussah als Dad oder die anderen Kids in der Schule.

»Bin ich adoptiert?«, hatte ich Dad ein paar Tage danach gefragt. Er hat die Augen verdreht und mich in die Arme genommen und meine Tränen fortgewischt, und später hat er mir dann ein Foto von meiner Mom gezeigt, jung und wunderschön und mit einem Lachen im Gesicht. Ihr rabenschwarzes Haar wehte im Wind am Strand von Largs. Ich war erst sieben, doch selbst damals war mir klar, dass ich eines Tages aussehen würde wie sie. Dunkle, mandelförmige Augen, hohe Wangenknochen, die Haut wie Milchkaffee.

Ihr Name war Kiko, sie war Japanerin. Ich bin also Halb-Japanerin, und ich hab es damals noch nicht mal gewusst.

Ich hatte meine Mom nie vermisst, bis ich dieses Foto sah, ich schwöre es. Von da an aber konnte ich an nichts anderes mehr denken als an sie. Ich hab mir in der Bibliothek Bücher über Japan geholt. Ich hab endlos viele Filzstiftzeichnungen von dunkelhaarigen Damen in Kimonos angefertigt, die ihre Sonnenschirme durch die Luft wirbeln lassen, obwohl meine Mom auf dem Foto Jeans und einen Pulli anhat. Ich träumte von Pagoden und Kirschblüten und von tapferen Samuraikriegern.

»Verlassen wir Glasgow jetzt ernsthaft?«, erkundige ich mich nun bei Dad.

»Ja, das tun wir«, sagt Dad. »Miss Jardine sind wir los. Und Kirsty McRae auch …«

Ich lache. Wir stoßen mit unseren Coladosen an und trinken auf die Zukunft. Dann versucht Dad, im Fernsehen auf Fußball umzuschalten, weshalb wir um die Fernbedienung raufen. Es gelingt mir, sie ihm wegzuschnappen und sie quer durchs Zimmer zu schleudern, sodass sie mit einem lauten Platsch im Goldfischglas landet, wo Rover sie skeptisch beäugt.

Mit dem Packen lassen wir uns Zeit. In der ersten Woche der Schulferien räume ich mein Zimmer auf und werfe einen ganzen Haufen an kaputtem Plastikspielzeug, verstaubten Comics und ausgelatschten Turnschuhen weg, die sich über die Jahre so angesammelt haben. Die meisten von den Sachen habe ich das letzte Mal gesehen, als ich sieben war. Ich miste eine Tüte Bücher, zwei Tüten Brettspiele und Kuscheltiere und eine ganze Mülltüte an zu kleinen Klamotten für den Second-Hand-Laden aus. Dad wirft noch ein paar Tüten mit seinen eigenen Sachen auf den Haufen, lädt das Ganze hinten in den roten Minivan und macht dann einen kleinen Ausflug zur Müllhalde mit einem kurzen Zwischenstopp beim Second-Hand-Laden.

Als Dad schließlich seinen letzten Arbeitstag in der Fabrik hat, wirkt unsere Wohnung langsam richtig leer, total unheimlich. Selbst meine Schätze sind sorgfältig verstaut in einem großen Taystee-Riegel-Karton – der Kimono, der Papiersonnenschirm, der Fächer und das Foto meiner Mom.

Es fühlt sich komisch an, irgendwie kommt es mir vor wie Verrat, dass ich all diese besonderen Sachen einfach so wegpacke. Beängstigend.

»Ein Mädchen braucht eine Mutter«, sagt Mrs Mackie, die alte Dame von nebenan immer. »Paddy gibt ja sein Bestes, aber …« An dieser Stelle verstummt sie dann immer und schüttelt traurig den Kopf.

Ich habe Mrs Mackie schon oft erklärt, dass manche Mädchen auch ganz gut ohne Mutter klarkommen, dazu müsse sie sich nur mich und Paddy ansehen. Ich glaube nicht, dass sie mir das abgenommen hat, und damit hatte sie völlig recht. Sie kannte mich um einiges besser, als ich jemals zugegeben hätte. Ich wünschte, meine Mom wäre immer noch hier, um all die Dinge zu tun und zu sagen, die man von Müttern erwartet, wenn ihre Töchter das Teenageralter erreicht haben. Klar tu ich das. Ein altes Foto nützt einem nicht viel, wenn man unzählige Fragen hat zu Periode oder BHs oder Jungs … oder dazu, warum man immer wieder Freunde verliert.

Es gibt eben Dinge, über die kann man mit seinem Dad nicht reden.

Es ist ja nicht so, als hätte ich mir nie überlegt, wie es wohl wäre, wenn Dad jemanden kennenlernen würde. Ich stelle mir da immer jemand Hübsches, Cooles vor, eine Frau, die mit mir über Mädchensachen und das Erwachsenwerden quatscht, die mit mir Kleider und Schuhe shoppen geht. Oder vielleicht eine, die ein bisschen mollig ist und nett, die Apfelkuchen bäckt und mich in den Arm nimmt, wenn ich traurig bin. Ich hatte mir hundert verschiedene Versionen der Frau ausgemalt, die meine neue Mom sein würde, und habe Kirsty McRae gegenüber so getan, als wären sie real.

Aber es war eine neue Mom, nach der ich mich sehnte, mehr als alles andere auf der Welt wollte ich das.

Mir war nur nie klar gewesen, dass das auch einen Haken haben könnte.

4

Dad hat Charlotte Tanberry auf einer von diesen Inter-netseiten kennengelernt, auf denen sich Leute, die sich seit Hunderten von Jahren nicht mehr gesehen haben, wiederfinden und sich dann gegenseitig darüber informieren, was man so getrieben hat in all der Zeit. Sie war eine alte Freundin aus seinen Tagen an der Kunstschule – aus der Zeit vor Mom und mir also.

Damals war Dad noch voller Ideen gewesen. Er wollte die Welt verändern, wollte wilde, wundervolle Bilder malen, so groß wie ganze Wände. Er hat mir Fotos gezeigt von einem spindeldürren Jungen mit stoppeligen Haaren und farbverschmierten Fingern, einem Jungen mit Träumen.

Und Charlotte … sie hatte Grafikdesign studiert. Wie Dad hatte sie es nie ganz nach oben geschafft – mittlerweile war sie geschieden und lebte in Somerset, wo sie ein B&B betrieb, um über die Runden zu kommen.

Schon bald chatteten Dad und Charlotte rund um die Uhr und schwelgten in Erinnerungen an die guten alten

Zeiten. Dad klebte also jeden Abend vor dem Laptop und flirtete, chattete und verliebte sich nach und nach.

Charlotte war blond und hübsch, das entging mir nicht, aber was noch wichtiger war, sie sah nett aus, so als würde sie gerne lachen. Sie sah aus, als könnte sie eine gute Mom abgeben.

»Ich mag sie«, erklärte ich Dad, und er grinste und meinte, er würde sie auch mögen. Die beiden fingen an, gemeinsame romantische Wochenenden zu verbringen, ihre Hoffnungen und Träume zu teilen, Zukunftspläne zu schmieden. Ich blieb immer bei Mrs Mackie in der Nachbarswohnung, während ich mir wünschte, hoffte, betete, alles möge sich zum Guten wenden.

Es war eine moderne Romanze, ein Internet-Märchen.

»Hast du dich je gefragt, ob das Leben vielleicht mehr zu bieten haben könnte als all das«, fragte Dad eines Abends, während er sich in der schmuddeligen Wohnung umsah. »Ob du dein Leben vielleicht verschwendest?«

Ich runzelte die Stirn. »Nicht wirklich«, gab ich zurück.

Doch die Dinge änderten sich, auch wenn mir damals noch nicht klar war, dass es so war.

Dad arbeitete in der McBean's Schokoladenfabrik, weil die Schichtarbeit sich perfekt mit meinem Schultag vereinbaren ließ. Ich fand das immer ziemlich cool – ich hatte dauernd Johnny Depp vor mir in *Charlie und die Schokoladenfabrik* –, aber bei McBean's war es kein bisschen wie im

Film, nicht wirklich. Da gab es keine Flüsse aus Schokolade, keine nie zu Ende gehenden Dauerlutscher. Dad durfte keinen Samtfrack und Zylinder tragen, sondern lediglich eine Plastikschürze und ein Haarnetz und widerliche Gummihandschuhe, und die Arbeit dort war derart langweilig, dass er behauptete, sein Gehirn würde davon wehtun.

Eines Tages kam ich von der Schule heim, und da saß er am Küchentisch und machte Trüffelpralinen, indem er McBean's Schokoriegel in einer Pfanne zum Schmelzen brachte, die über kochendem Wasser auf dem Herd stand.

»Kriegst du denn nicht genug davon in der Arbeit?«, fragte ich.

»Lach nicht«, lautete seine Antwort. »Schokolade ist ein lukratives Geschäft. Wenn ein altmodischer Keksriegel wie der Taystee sich so gut verkauft, dann überleg mal, was man im hochpreisigen Marktsegment daraus machen könnte. Handgemachte Biopralinen, wunderschön verpackt … wir könnten ein Vermögen verdienen!«

Ich betrachtete die klebrige Pampe in der Rührschüssel und spürte gewisse Zweifel. Trotzdem versuchten wir ein paar, und sie schmeckten viel besser, als sie aussahen.

Am nächsten Tag fabrizierte er noch eine Ladung, verpackte sie in eine kleine Schachtel, die er selbst hergestellt und verziert hatte, legte sie mit goldenem Seidenpapier aus und band eine Schleife darum. Dann schickte er sie per Post an Charlotte.

Die versicherte ihm prompt, sie seien fabelhaft, doch Dad war der Ansicht, dass er das noch besser konnte. Er verlegte sich vom Einschmelzen der McBean's Schokoriegel auf etwas aus der gehobenen Preisklasse, und sofort verbesserte sich die Qualität seiner selbstgemachten Pralinen. Einige von ihnen waren einfach nur genial, wie zum Beispiel die mit den frischen Erdbeeren und der Sahne oder die mit den winzigen Ananas- und Mangostückchen.

Charlotte erhielt von allen Sorten Kostproben. Das Ganze war eine Fernbeziehung, versüßt durch Schokolade.

Wer konnte da widerstehen?

Charlotte kam nach Glasgow, und zu dritt gingen wir aus, in den Park, ins Museum, in das japanische Restaurant. Dad trug eine neue Jacke und ein neues T-Shirt und schmierte sich sogar Gel ins Haar, um seine Zotteln zu bändigen. Ich fand, dass er großartig aussah, mein lächelnder, lieber Dad mit den zerzausten braunen Haaren und den strahlend blauen Augen und seinen uralten Doc-Martens-Stiefeln, in denen er bei Regen nasse Füße bekam. Ich glaube, Charlotte fand ihn auch toll.

Sie lachte viel, und als sie das mit den Stäbchen beim Japaner nicht hinbekam, da steckte sie sie sich kurzerhand ins Haar. Wir blieben alle drei bis nach Mitternacht wach, lagen auf dem Sofa und tranken alkoholfreie Cocktails, die Charlotte erfand. Sie mischte einfach Sachen wie Pfirsichsaft und Limonade und Ananasscheiben. Am nächsten Tag am Bahnhof umarmte sie mich ganz fest und erklärte mir, ich solle gut auf Paddy aufpassen und dass sie mich vermissen würde, und ich war so glücklich, dass ich das Gefühl hatte, fliegen zu können.

Was machte es schon, wenn Dad verliebt war? Ich war es ja auch.

»Wie würdest du dich fühlen«, fragte mein Dad vorsichtig, »wenn wir aus Glasgow weggehen würden? Und in den Süden von England ziehen zu Charlotte? Wir könnten ihr im B&B helfen und endlich diese Sache mit dem Schokoladengeschäft in Angriff nehmen. Und ... Cherry, wir könnten endlich wieder eine richtige Familie sein ...«

Wie würde ich mich fühlen? So als wäre Weihnachten und Geburtstag und alles zusammen.

Nur wo das jetzt wirklich passiert, bin ich mir nicht mehr ganz so sicher.

Was, wenn alles nicht so läuft, wie ich mir das vorstelle? Was, wenn es weit schwerer ist, die glückliche Familie zu spielen, als es vielleicht den Anschein hat?

Es dauert nicht lang, bis wir unsere Sachen gepackt haben, zumindest nicht, nachdem Dad seinen letzten Tag in der Fabrik hatte. Die Stapel Kartons und die Mülltüten an der Tür werden immer mehr. Gegen Ende der Woche kommt Mrs Mackie vorbei, bewaffnet mit Möbelpolitur, Staubwedel und Wischmopp und einem Eimer, der randvoll ist mit Seifenwasser. Sie lässt uns abstauben und polieren und die Wohnung wischen, und zwar bis in die letzte Ecke.

»Ich werde euch vermissen, wisst ihr«, erklärt sie uns missmutig, während Dad das Waschbecken schrubbt, scheuert und spült und ich die Wasserhähne auf Hochglanz poliere. »Ihr wart wenigstens Nachbarn, die nie Ärger gemacht haben.«

»Wir werden Sie auch vermissen, Mrs Mackie«, entgegnet Dad.

Ich muss an all die Male denken, die sie mich zur Schule gebracht hat, weil Dad Frühschicht hatte, und an all die Male, da ich es mir bei ihr in der Wohnung vor dem Fernseher gemütlich gemacht habe und Kindersendungen geguckt und Kekse gefuttert habe, bis Dad nach Hause kam.

Mrs Mackie schüttelt Dad die Hand und drückt mir ein warmes Fünfzig-Pence-Stück in die Hand, wobei sie mir erklärt, ich solle ein braves Mädchen sein. Ganz unvermittelt macht sich in meiner Brust Bedauern breit, und ich bin so traurig, dass ich sie ganz fest umarmen und an ihrer Schulter losflennen will … Was ich natürlich nicht tue. Ich geb mir alle Mühe, tapfer zu bleiben. Schließlich hab ich jetzt endlich, was ich immer wollte. Eine Mutter, eine Zukunft, die Chance, endlich wieder eine richtige Familie zu haben, endlich zu sein wie all die anderen Mädchen – die Kirsty McRaes dieser Welt. Es ist nur so, dass es sich jetzt viel realer anfühlt, viel beängstigender, als ich es mir jemals vorgestellt hatte …

Wir sind schon seit sechs Uhr morgens wach und bepacken den Van, schleppen uns die Treppe des Mietshauses rauf und runter und raus in den strömenden Regen. Jede Kiste, jeder Koffer und jeder Müllsack wird in den Wagen gezwängt. Mrs Mackie taucht irgendwann in ihrem Nylon-Hausmantel und ihren karierten Hausschuhen auf und überreicht uns eine Tüte Käsesandwichs, die zu Dreiecken geschnitten sind, und ein paar Stücke Früchtekuchen als Reiseproviant. In dem Moment werden meine Augen tatsächlich feucht.

Wir lassen das braune Cordsofa zurück, stecken dem Vermieter die Schlüssel in den Briefkasten, und um neun Uhr machen wir uns schließlich auf den Weg.

»Den Regen werde ich bestimmt nicht vermissen«, sagt Dad, und er bemüht sich ganz offensichtlich, möglichst fröhlich zu klingen.

Ich aber gehe davon aus, dass es regnet, weil wir von hier weggehen, weil dies das Ende von etwas ist, und jetzt ist die Stadt traurig, weil wir wegziehen.

Um elf haben wir bereits eine Strecke von mehr als hundert Meilen hinter uns gebracht, und trotzdem schüttet es immer noch. Jetzt fühlt sich der Regen nicht mehr an wie ein trauriger Abschied, sondern eher wie ein sehr, sehr schlechtes Omen. Was, wenn dieser ganze Umzug in den Süden und diese ganze Sache mit der neuen Familie ein einziges Desaster wird?

Ich kuschele mich in den Beifahrersitz, halte das Glas mit Rover in der Hand und habe die Kiste mit meinen Schätzen neben meinen Füßen liegen. Meine Wange ruht auf der Fensterscheibe, und draußen rinnen die Regentropfen über das Glas, als wären es Tränen.

»Diesen Sommer … wir werden versuchen, ihn als eine Art Probezeit zu betrachten«, sagt Dad gerade. »Wir werden sehen, ob es funktioniert. Ich persönlich glaube ja fest daran, aber ich will, dass du weißt, dass du an oberster Stelle stehst, was auch immer passiert. Wenn du nicht glücklich bist … wenn du dich dort nicht wohlfühlst … tja, dann werden wir uns das noch mal überlegen. Du bist immer noch mein Mädchen Nummer eins, Cherry. Das weißt du.«

»Ja, das weiß ich«, sage ich ganz sanft, aber ich bin mir trotzdem nicht so sicher, ob ich das wirklich glaube oder wie lange das vielleicht noch so sein wird.

Charlotte Tanberry ist schon echt cool. Sie lacht viel, sie trägt Essstäbchen in den Haaren, aber … es gibt da ein klitzekleines Problem. Charlotte braucht nicht wirklich eine neue Familie, weil sie nämlich schon eine hat … in Form von vier klugen, bildhübschen Töchtern.

Ich starre aus dem Fenster, während der kleine Van südwärts düst und Schottland allmählich hinter sich lässt – und damit das Leben, wie ich es bislang kannte.

5

Etwas nördlich von Preston hört es endlich auf zu regnen, und plötzlich kommt die Sonne raus, sodass ein großer, wunderschöner Regenbogen über der Autobahn leuchtet. Wir halten an einer Raststätte an, um uns einen Kaffee und einen Milchshake zu genehmigen, und essen dabei heimlich die Käsesandwichs unter dem Tisch des Rastplatzcafés.

Ich wühle in meiner Tasche nach den Briefen, die mir Charlottes Töchter Skye, Summer und Coco geschickt haben, um mir etwas über sich zu erzählen und um mir das Gefühl zu geben, willkommen zu sein.

Skyes Brief ist mit silbernem Gelstift auf schwarzem Briefpapier verfasst und mit winzigen silbernen Sternchen übersät; sie erzählt mir viel über Horoskope und Geschichte und ihr Faible für Second-Hand-Kleider. Sehr seltsam. Summers Brief ist mit einem lila Stift auf hellrosa Briefpapier geschrieben, und darin geht es um nichts anderes als um Ballett und dass sie davon träumt, irgendwann auf Zehenspitzen tanzen zu können und eines Tages Primaballerina zu werden. Der letzte Brief, der von Coco, ist mit einem einfachen Bleistift auf einen Fetzen Papier gekritzelt, der auch noch aussieht, als wäre er in eine Dreckpfütze gefallen oder von einem Hund durchgekaut worden oder beides. Coco scheint total besessen zu sein von Tieren und davon, auf Bäume zu klettern, und sie erzählt mir lang und breit, dass sie gern ein Lama, einen Esel und einen Papagei als Haustiere hätte.

Ich bin mir jetzt nicht so ganz sicher, ob ich die Briefe tröstlich finde oder nicht.

Dad hat die Mädchen natürlich schon kennengelernt, er hat sie bereits ein paar Mal getroffen, als er bei ihnen im Süden war. Aber er war immer unter der Woche dort, wenn er zufällig mal frei hatte, deshalb musste ich jedes Mal in Glasgow bei Mrs Mackie bleiben. Jetzt wünsche ich mir, ich hätte sie wenigstens ein einziges Mal getroffen.

Coco ist wohl eher die Wilde, sagt er, und Skye und Summer sind Zwillinge, ein Jahr jünger als ich. Es gibt noch eine vierte Schwester, Honey, die nur wenige Monate älter ist als ich. »Charlotte meint, Honey hätte keine Zeit gehabt, dir einen Brief zu schreiben«, erklärt Dad. »Sie ist die Älteste, sechs Monate älter als du … sie beendet gerade die neunte Klasse an der Highschool. Du wärst dann eine Klasse unter ihr, wenn alles klappt. Die jüngeren Mädchen sind noch auf der Mittelschule … so sieht das System in Somerset aus. Jedenfalls musste Honey sich auf die Abschlussprüfungen vorbereiten, aber ich bin überzeugt, dass sie es kaum erwarten kann, dich kennenzulernen. Sie ist sehr hübsch und sehr klug und recht selbstbewusst … Ich bin mir sicher, ihr werdet gute Freundinnen werden!«

»Klar«, sage ich.

»Die Schulferien in England haben gerade erst angefangen, also bleibt dir genügend Zeit, um dich einzugewöhnen und die Mädchen besser kennenzulernen, ehe ihr wieder zur Schule müsst. Extra lange Ferien … schon toll, oder?«

»Ja … toll.«

Ich beiße mir auf die Lippe. Dad hat im Grunde keine Ahnung. Ich bin alles andere als gut darin, mich irgendwo einzugewöhnen und mich mit Leuten anzufreunden. Ich bin weder hübsch noch besonders klug, noch habe ich großes Selbstvertrauen, alles Eigenschaften, an denen es Charlottes Töchtern nicht zu mangeln scheint. Teil einer Familie zu sein, kommt mir jetzt auf einmal weit komplizierter vor, als ich mir das vorgestellt habe. Ich war ja auch nie davon ausgegangen, dass ein paar Schwestern Teil des Deals sein würden. Allein bei ihren Namen hat man das Gefühl, dass sie irgendwie anders sind, irgendwie künstlerisch und total coole Rock-Chicks.

Ich weiß jetzt schon, dass ich der einzige missgestaltete Taystee-Riegel der Familie sein werde unter lauter perfekten Pralinenmädchen. Großartig.

Erst Stunden später verlassen wir die Autobahn und rumpeln weiter über die ruhigen Straßen Exmoors. Ich bin müde und total verspannt und nervös, und selbst Rover macht den Eindruck, als hätte er das Autofahren allmählich satt.

Wir fahren durch das hübsche Örtchen Kitnor mit seinen weiß getünchten, strohgedeckten Cottages, die sich die Straße entlang dicht aneinanderreihen. Die Sonne scheint immer noch, so als wäre das Wetter an diesem Ort nie anders.

»Wir sind fast da«, sagt Dad, und sofort keimt Panik in mir auf. Was, wenn all das, was ich mir immer erträumt habe, sich als Enttäuschung entpuppt, wie ein Weihnachtsgeschenk, auf das man gehofft hat … und wenn man es dann öffnet, stellt sich raus, dass es ein handgestrickter Pulli in Schlammgrün ist, der total labbrig und völlig aus der Form ist.

Ich hab ein paar solche Pullis, wenn ich jetzt so darüber nachdenke. Dad ist ein großer Fan von Flohmarkt-Schick. Ich habe ewig gebraucht, bis ich wusste, was mir steht, und seitdem halte ich mich von weiten Pullis fern und konzentriere mich lieber auf Röhrenjeans in Knallfarben und dazu enge T-Shirts mit Comicaufdruck und Plastikarmreifen, alles spottbillig von Primark oder New Look. Ich werde wohl nie ein richtig mädchenhaftes Mädchen sein, aber ich seh schon ganz okay aus, mal abgesehen von den Tagen, an denen ich es schaffe, mich mit Marmeladenflecken oder Toastkrümeln zu versauen oder meine Rocketdogs mit Dreck vollzuspritzen.

Man erkennt inzwischen schon ein bisschen was vom

Meer, silbern glitzert es in der Ferne, und dann fahren wir über steile Straßen durch dicht bewaldetes Hügelland. Aus einer Hecke ragt ein hölzernes Schild, auf dem steht *Tanglewood House B&B,* und kurz darauf lenkt Dad den Van auf eine kurvige Zufahrtsstraße, die von schlanken, knorrigen Bäumen gesäumt ist. Endlich sind wir da.

Der erste Blick auf Tanglewood House raubt mir schier den Atem. Das Gebäude ist groß und alt und elegant und besteht aus hellen, fast golden wirkenden Steinen. Es hat kleine Bogenfenster und ein steiles Strohdach. Da ist sogar ein kleiner Erker, ein schmales, rundes Turmzimmer ganz oben im zweiten Stock, auf dem ein spitzes Dach thront. Dieses Haus ist riesig … wie etwas aus einem Märchen, in dem Prinzessinnen leben könnten. Ich weiß nicht, ob ich an einen Ort wie diesen passe.

Ein handgemaltes Banner flattert über uns im Wind, es ist von einem der oberen Fenster über die Auffahrt zu einem der Bäume gespannt … *Willkommen in Tanglewood, Paddy & Cherry*.

»Sieh mal!« Dad grinst. »Ist das nicht toll?«

Mit einem Mal ist die Windschutzscheibe verschwunden, weil sie eingehüllt ist von einer Kaskade aus Stoff in allen Farben des Regenbogens. Dad tritt so fest auf die Bremse, dass der Kies hochspritzt.

»Coco!«, ruft die Stimme eines Mädchens. »Coco, was treibst du da eigentlich? Du hast es fallen lassen!«

Dad steigt aus dem Wagen, und ich tue es ihm gleich, immer noch Rovers Goldfischglas in der Hand. Ein rotblondes Mädchen mit einem grünen Samtschlapphut hat sich aus einem der oberen Fenster gebeugt und hält das Banner in der Hand, das sich über den Van gelegt hat.

»Hallo, Skye!« Dad grinst. »Hast du das gemalt? Das ist ja genial!«

»Bin gerade damit fertig«, sagt das Mädchen seufzend. »Coco sollte mir eigentlich dabei helfen, es aufzuhängen. Aber sie muss es ja direkt auf euch drauffallen lassen!«

Eine zweite Gestalt, ein dürres Mädchen von etwa neun oder zehn Jahren, das immer noch seine unordentliche Schuluniform anhat, springt hoch oben von einem Ast runter auf die Straße, direkt zu unserer Rechten. »Tut mir leid«, sagt sie und schenkt uns ein sommersprossiges, freches Grinsen. »Die Schnur ist gerissen!« Sie wendet sich ab und sprintet durch den Garten davon, wobei sie ruft: »Sie sind hier! Sie sind hier!«

Das Mädchen mit dem Hut ist verschwunden, und das schlaffe Banner ist auf dem Boden gelandet und liegt nun in einem Haufen da.

»Paddy!«

Charlotte kommt zu einer Seitentür rausgerannt, wobei ihr blondes Haar nach hinten geweht wird. Sie lacht, reißt die Arme hoch und schlingt sie um Dad. Er hebt sie hoch in die Luft und wirbelt sie herum, wieder und wieder, und sie beide lachen, als gebe es niemanden sonst auf der Welt außer ihnen, zumindest nicht in diesem Augenblick.

Jedenfalls sorgt das Ganze dafür, dass sich mir der Magen umdreht.

Das Mädchen mit dem Schlapphut erscheint jetzt in der Tür, die Arme ganz ernst verschränkt. Sie trägt ein ausgeblichenes langes Kleid, das so aussieht, als hätte sie es in einer uralten Kleiderkiste gefunden, und dazu ein paar seltsame Riemchenschuhe, die bestimmt hundert Jahre alt sind. Ich gebe mir echt Mühe, sie nicht anzustarren.

»Mo-om!«, schnaubt sie, und sofort löst Charlotte sich von Dad, lacht und umarmt mich dann ganz fest.

»Cherry!« Ihre warmen Hände drücken die meinen, und ihre grünen Augen funkeln dabei. »Ich kann gar nicht glauben, dass ihr endlich da seid! Ich möchte, dass ihr euch hier wie zu Hause fühlt ... Wie ich sehe, hast du Skye bereits kennengelernt, und Honey, Summer und Coco können es kaum erwarten, dich endlich zu treffen! Wir haben eine kleine Party vorbereitet, hinten im Garten – nichts Aufregendes, nur so in der Familie und mit Freunden und ein paar Gästen des B&Bs ...«

Sie beugt sich runter, um das Banner aufzusammeln. »Sieht ganz so aus, als hätten wir das hier nicht rechtzeitig geschafft«, sagt sie grinsend. »Aber egal ... Paddy, du hilfst mir doch, es hinten im Garten aufzuhängen, nicht wahr? Da drüben steht eine Trittleiter, dort an der Wand. Skye, du und Cherry, ihr könnt euch um die letzten Sachen fürs Büfett kümmern und sie rausschaffen … dann bringen wir diese Party mal ins Rollen!«

Dad zuckt mit der Schulter, nimmt die Trittleiter und folgt Charlotte in den Garten. Und ich stehe blöd hier in der Einfahrt rum und klammere mich an Rovers Goldfischglas. Skye nimmt es mir ab und geht dann zurück ins Haus, weshalb ich ihr folge. »Wir hatten noch nie einen Goldfisch«, sagt sie. »Wir haben allerdings einen Hund, und ein paar Enten …«

Ich betrete die warme Küche, die nach Würstchen und Kuchen riecht. In der Mitte steht ein riesiger Esstisch, der voll beladen ist mit frischem Schokokuchen, diversen Süßspeisen, Cupcakes und Erdbeertörtchen, und dann sind da noch eine schäbige alte blaue Anrichte voll mit Porzellanteilen, die nicht zusammenpassen, sowie eine Pinnwand aus echten Korken, übersät mit Postkarten und kleinen Notizzetteln. Da ist sogar ein Foto von mir und Dad, das an einem von Charlottes Wochenenden in Glasgow aufgenommen wurde, und das bringt mich zum Lächeln.

Skye stellt Rovers Goldfischglas auf der Anrichte ab und steuert direkt auf den alten cremefarbenen Herd zu, ein richtig altmodisches Teil. Aus dem zieht sie jetzt Backbleche voll kleiner Würstchen und zwei goldbraune Quiches, die einfach fantastisch duften.

»Hier«, sagt sie und reicht mir eine Schachtel Cocktailstäbchen, die sie aus einer Schublade der Anrichte zieht. »Spieß die Würstchen damit auf. Ich bereite ein paar Tomaten-Käse-Spieße vor, weil Coco gerade ihre vegetarische Phase durchmacht. Hast du Hunger?«

»Ich bin am Verhungern«, gestehe ich.

»Nimm dir eine Wurst«, sagt Skye. »Oder einen Cupcake – ich verrate es auch keinem! Ich wollte ja eigentlich nicht noch eine Schwester, aber ... na ja, jetzt bin ich froh, dass du hier bist.«

»Ich freue mich auch«, sage ich, und überrascht stelle ich fest, dass ich es wirklich so meine. »Alles ist einfach so ... na ja, perfekt!«

Skye lacht. »Hier ist garantiert nichts perfekt«, versichert sie mir. »Aber hey, es dauert bestimmt nicht lang, bis du das selbst feststellst! Und überhaupt, wer will es schon perfekt?«

Sie greift nach einem Behälter voller Cocktailkirschen im Schrank und dekoriert den Schokoladenkuchen auf dem Tisch damit.

»Den haben wir extra für dich gebacken ... ist ein Cherry-Chocolate-Cola-Kuchen. Wir haben ihn mehr oder weniger selbst erfunden.«

»Oh, vielen Dank!«, sage ich. »Das klingt ... äh ... fantastisch!«

Skye packt den Kuchen auf ein großes Tablett, während ich mich damit abmühe, diverse Teller voll Würstchen, vegetarischer Spieße und Quiches schief übereinandergestapelt zu balancieren. »Man gewöhnt sich dran«, sagt sie. »Wir müssen Mom gelegentlich beim Frühstück für die Übernachtungsgäste aushelfen.«

Während ich Skye nach draußen hinters Haus in den Garten folge, fällt mir eine Reihe von Lichterketten auf, die in den Bäumen hängen, dazu der Beat eines älteren Songs von Mika und der Geruch nach Rauch, der über den abschüssigen Rasen zu uns weht. In der Ferne sehe ich ein paar Leute, die sich um ein Lagerfeuer versammelt haben und reden, lachen und essen. Wenn das eine kleine Party sein soll, dann will ich mal wissen, wie eine große aussieht.

Im Garten sind Klapptische aufgestellt mit farbigen Tischdecken, vollgestellt mit Essen und Getränken. Es gibt Liegestühle und ein kunterbuntes Durcheinander an Decken und Kissen, die über den Rasen verteilt sind, und auf einer Trittleiter steht eine zittrige Gestalt, die das Willkommensbanner an einem Ast befestigt. Es ist Dad.

Vorsichtig bahne ich mir einen Weg über das Gras und versuche das Tablett dabei gerade zu halten, als mein Blick zu meiner Rechten plötzlich zwischen den Bäumen auf etwas ganz Erstaunliches fällt. Da ist eine kleine Gruppe von Bäumen, und zwischen den Bäumen, auf einer Lichtung, steht ein wunderschöner Zigeunerwagen mit rundem Dach. Das Ganze sieht aus wie etwas aus einem Märchen, das glänzende, leuchtende Rot, die gelben und grünen Muster. Ein rot karierter Vorhang flattert aus einem kleinen geöffneten Fenster heraus. Dahinter erkenne ich ein glitzerndes Bächlein, das sich wie ein silbernes Band durch das lange Gras windet.

»Wer lebt dort?«, frage ich Skye.

»In dem alten Wohnwagen? Niemand. Als wir Kinder waren, haben wir ihn gelegentlich als Versteck benutzt …«

Sie geht weiter, aber ich bin nicht fähig, mich vom Fleck zu bewegen, und ich kann nicht aufhören, den Wohnwagen anzustarren. Ich weiß noch, wie ich unten in den Borders mal einen gesehen habe, als ich klein war und wir bei Dads Freunden von der Kunstschule waren. Der Wagen war am Straßenrand geparkt, während seine Besitzer über einem kleinen Lagerfeuer einen Kessel zum Kochen brachten und sich Brot und Käse teilten. Sie alle waren sonnengebräunt und wirkten kräftig und ein klein wenig ungepflegt, und ein Mädchen hatte lange, zerzauste Haare gehabt, in die unzählige Bänder in unterschiedlichen Farben geflochten waren. Ganz in der Nähe war ein geflecktes Pferd mit dickem Fell an den Füßen angebunden und fraß Gras.

Dad sagte damals, der Wohnwagen gehöre New-Age-Zigeunern, aber vor nicht langer Zeit seien noch echte Roma in solchen Wagen durch das Land gezogen. Sie seien Abenteurer, sagte er, wild und frei und romantisch.

Ich fand, dass auch die New-Age-Zigeuner wild und frei und romantisch wirkten, und ich erzählte Mrs Mackie davon, als wir wieder in Glasgow waren.

»Ich wäre nicht überrascht, wenn es auch in deiner Familie Zigeuner gegeben hätte«, erklärte sie. »Paddy hat ja auch schon das ein oder andere Abenteuer erlebt, nicht wahr? In diesem freiwilligen sozialen Jahr oder wie man das nennt, direkt nach der Kunstschule. Tja, natürlich wurde da mehr als ein Jahr draus …«

»Damals hat er meine Mom getroffen«, sagte ich. »Vielleicht steckte auch in ihr ein kleines bisschen von einer Zigeunerin?«

Mrs Mackie hatte mir erklärt, da wäre sie sich nicht so sicher. Doch dann sang sie mir ein trauriges, altmodisches Lied vor über ein Mädchen, das sich mit den verlotterten Zigeunern aus dem Staub machte, und das gefiel mir sehr gut. Ich fragte mich immer, ob auch meine Mom mit den Zigeunern durchgebrannt war. Warum auch nicht? Das war ungefähr genauso realistisch wie all die anderen Geschichten, die ich mir so zusammenfantasierte.

Und jetzt stehe ich auf der Schwelle in ein völlig neues Leben, ein Leben, das mir fast zu gut, zu perfekt erscheint, um wahr zu sein. Eine neue Mom, ein echtes Zuhause, ein Haufen neuer Schwestern, ein Strand vor der Haustür … und ein Zigeunerwagen im Garten. Ich kann nicht mehr aufhören zu grinsen.

Besser kann es eigentlich gar nicht mehr werden … oder etwa doch?

6

Nun, vielleicht schon.

Plötzlich kommt zwischen den Bäumen ein großer flauschiger Hund hervorgeschossen und umkreist mich, springt an mir hoch und hopst freudig umher. »Hey, hey!« Ich lache. »Hör auf damit!«

Doch der Hund denkt nicht ans Aufhören. Ich glaube, er will was zu fressen, weil er mit seiner feuchten Schnauze immer wieder an mein Bein, meinen Ellbogen und an das Tablett stupst. Ich halte die Sachen hoch, aber der Hund umtänzelt mich weiter, und dann trete ich mit dem Fuß in etwas Weiches und Flauschiges, und der Hund jault auf, und ich stoße einen Schrei aus, und das Tablett mit Quiche und Würstchen und vegetarischen Spießen segelt durch die Luft.

»Boah, pass auf…«

Fast wäre ich selbst hingeflogen, doch zum Glück packt mich jemand am Arm. Auf einmal lehne ich gegen einen Jungen, der nach Lagerfeuer und Meer riecht, ein Junge, dessen Arme mich ganz fest umschlungen halten, ehe er mich von sich wegdrückt, sodass wir uns gegenseitig anblinzeln im schwindenden Sonnenlicht.

»Alles in Ordnung?«

»Ich … ich glaube schon.«

Wie sollte ich auch nicht in Ordnung sein, wo mich doch ein Junge mit sonnengebräunter Haut und meergrünen Augen und weizenfarbenem Haar festhält? Er sieht cool aus, mit seinen Röhrenjeans und dem eng anliegenden blauen T-Shirt und der großen schwarzen Beaniemütze, die er ganz lässig am Hinterkopf trägt, obwohl wir doch Juli haben.

Ich hole Luft und warte ab, dass er mich noch einmal an sich zieht, doch leider tut er das nicht, war ja klar. Er grinst nur und sieht mich einen langen Augenblick an, bis ich hätte schwören können, dass ich gleich dahinschmelze.

»Du musst Cherry sein, stimmt's?«, sagt er. »Ich bin Shay Fletcher.«

»Shay …« Der Name perlt von meiner Zunge wie ein Zauberspruch, ein Wunsch.

Dann bemerke ich den Hund, der Quiche und Würstchen vom Boden aufschlabbert und dabei wie wild mit dem Schwanz wedelt, und ich weiß nicht, ob ich lachen oder weinen soll.

»Schuld sind nur die Würstchen«, erklärt Shay mir. »Er ist verrückt danach. Böser Junge, Fred!«

Ich lasse mich runter ins Gras auf Hände und Knie sinken und klaube das Geschirr auf.

»Ich fasse es nicht, dass ich das alles habe fallen lassen. Charlotte hat mir vertraut, und jetzt …«

»Der Hund ist schuld«, sagt Shay. »Er ist echt ein Irrer, Charlotte weiß das. Im Ernst, ist kein Ding – niemand wird böse sein.«

Ich staple die Teller aufs Tablett und gehe zurück in Richtung Haus, während ich es Fred überlasse, die Beweisstücke zu vernichten. Shay geht neben mir her. »Ich wollte ein paar Holzscheite für das Lagerfeuer besorgen«, erklärt er.

»Okay«, sage ich. »Okay, du bist also …?«

»Ich? Ich bin niemand«, sagt Shay lachend. »Ich gehöre nicht zur Familie oder so, wenn du das meinst. Ich wohne unten im Dorf und gehe mit Honey auf die Highschool … und jetzt auch mit dir, sagt zumindest Charlotte. Ich kenne die Tanberrys schon seit Jahren.«

Wir schlüpfen durch eine Seitentür in die Küche, und ich stelle das Geschirr neben die alte Spüle aus Keramik.

»Du bist ganz anders, als ich mir dich vorgestellt habe«, sagt Shay. »Ich habe Paddy schon mal getroffen, das letzte Mal, als er hier war. Schätze, ich dachte, du würdest aussehen wie er, aber …«

»Ich sehe ihm kein bisschen ähnlich«, sage ich grinsend. »Weiß schon. Meine Mom stammt aus Japan.«

»Wow! Wie cool ist das denn?«

»Tja, sie ist schon eine ganze Weile nicht mehr hier«, sage ich.

Shay wirkt bestürzt. »Nein … äh … klar. Tut mir leid. Ich meine … na ja, du siehst echt süß aus, und dein Akzent ist einfach toll, und … nein, ich halte jetzt besser die Klappe. Achte nicht auf mich! Los, holen wir ein paar Holzscheite.«

Ich folge ihm nach draußen. Ich kann gar nicht glauben, dass mich soeben ein Junge als süß bezeichnet hat. Süß? Ich? Da ist Shay Fletcher wohl der einzige Junge auf der Welt, der das denkt.

Mein Herz pocht. Ich war schon Millionen Mal verliebt in echt coole Jungs, aber noch nie, wirklich nie, hat ein Junge *mich* gemocht. Jungs scheinen irgendwie immer auf die selbstbewussten, beliebten Mädchen zu stehen, Mädchen wie Kirsty McRae. Mich finden sie nie interessant oder attraktiv. Außer vielleicht Scott Pickles, der früher in der Wohnung unter uns wohnte, und der zählt nicht, weil er erst sieben ist und ziemlich kurzsichtig.

Shay ist anders. Er ist für mich echt so was von unerreichbar, aber ich bin mir ziemlich sicher, dass mit seinen Augen alles in Ordnung ist. Und jetzt sieht er mich ganz eindringlich an, mit seinem ozeanfarbenen Blick, bei dem mir einfach nur die Spucke wegbleibt.

Shay belädt mich mit Ästen und Holzscheiten von dem

Holzstoß an der Giebelseite des Hauses. Am Ende habe ich sogar kleine Zweige im Haar, die er ganz vorsichtig rauszupft. »Du erzählst mir besser gleich alles«, meint er grinsend. »Deine gesamte Lebensgeschichte, von vorne bis hinten. Dann erzähle ich dir meine, oder ich spiel dir was auf der Gitarre vor … abgemacht?«

»Abgemacht«, flüstere ich.

Ich glaube, Shay Fletcher würde ich alles erzählen, jederzeit, kein Thema. Ich würde Holzscheite für ihn schleppen, wenn es sein muss bis ans Ende der Welt, und ich würde jeden Tag Zweige im Haar tragen, nur damit er sie wieder rausklauben kann.

Shay schnappt sich selbst eine ganze Ladung Scheite und geht dann voraus über den Rasen auf die Party und das Lagerfeuer zu. Als wir uns nähern, drehen sich die Leute zu uns um, so viele lächelnde Gesichter, und auch ich lächle, weil mein Herz plötzlich voller Hoffnung ist, dass dies der Ort ist, der für mich bestimmt ist – dass ich hierher gehöre.

»Hallo, Cherry! Willkommen in Kitnor! Wir haben schon so viel von dir gehört …«

»Schön, dich endlich kennenzulernen …«

Charlotte taucht plötzlich inmitten der Gruppe Wildfremder auf und lächelt mich an. »Cherry! Hat dieser schreckliche Hund dich belästigt?«, fragt sie. »Er ist eben hier vorbeigerannt mit einer halben Quiche im Maul …«

»Ich glaube, ich bin auf ihn draufgetreten … Mir ist das Tablett runtergefallen … Tut mir leid!«

»Nein, nein, Fred ist ein ganz ein Wilder. Ich hätte dich vor ihm warnen sollen …«

Ich stehe direkt neben dem Lagerfeuer, mitten im Partygetümmel, während über mir die Lichterketten flackern. Shay lässt die Holzscheite und Äste aus seinen Armen gleiten und stapelt das Holz auf, und ich tue es ihm gleich. Währenddessen beobachte ich, wie das Feuer orangene und goldene Sprenkel auf sein Gesicht zaubert. Er stellt sich hinter mich, seine Finger streifen meinen Arm, und seine Berührung brennt sich durch meinen Ärmel und in meine Haut, wie Feuer.

Skye und Coco stehen direkt vor mir und grinsen, und ein Mädchen, das genauso aussieht wie Skye, nur ein wenig gestylter irgendwie und natürlich ohne den Schlapphut und ohne das lustige lange Kleid. Sie trägt Klamotten in den unterschiedlichsten Rosatönen, und sie bewegt sich total elegant, wie eine Tänzerin.

Mir fällt wieder ein, dass Skye und Summer ja Zwillinge sind, aber ich habe noch nie zwei Mädchen gesehen, die sich gleichzeitig so ähnlich sehen, aber derart unterschiedlich sind.

»Ist schon gut«, sagt sie und lacht, als sie mein verwirrtes Gesicht bemerkt. »Ich bin Summer … wenn du jemals Zweifel hast, wer wer ist, dann merk dir eins: Ich würde nie im Leben Schlapphüte oder Flohmarktkleider tragen.«

Skye schlägt mit einer rot karierten Serviette nach ihr und verdreht die Augen.

»Tja, ich schätze, die Einzige von uns, die du noch nicht kennengelernt hast, ist Honey …«

Die älteste der Tanberry-Schwestern sitzt auf einem umgestürzten Baumstamm, neben ihr eine glänzend blaue Gitarre, das hüftlange Haar leuchtet in den Farben der Sonne und fällt locker über ihre Schultern. Sie unterhält sich mit einer Gruppe Teenager und lacht.

Dad hat gesagt, sie wäre sechs Monate älter als ich, aber Honey Tanberry hätte genauso gut aus einer völlig anderen Welt kommen können. Sie ist hübsch, um einiges hübscher als Kirsty McRae. Sie könnte ein Model sein oder eine Sängerin oder ein Teenie-Filmstar, mit ihrem kurzen, blau gemustertem Kleid und dem gepunkteten Haarband. Sie könnte alles sein, was sie möchte.

Ein Anflug von Furcht rieselt mir über den Rücken. Mädchen wie Honey oder Kirsty haben immer was gegen mich, ganz gleich, wie sehr ich mich auch bemühe. Sie sind die beliebten, die coolen Mädchen, und ich passe nicht in ihre Welt. Honey wird also ganz bestimmt nicht meine beste Freundin – sie gehört zu meiner Familie, nichts weiter. Das ist ja sicherlich ein riesengroßer Unterschied, oder nicht?

Hoffe ich zumindest.

Honey wirft mir einen Blick zu, und sofort erstirbt ihr Lächeln. Langsam steht sie auf, wobei mich ihre rauchblauen Augen von oben bis unten mustern. Sie wirkt völlig unbeeindruckt. Ich kann mir echt nicht vorstellen, weshalb sie so eisig ist mir gegenüber, aber ich weiß ganz genau, dass ich mir das nicht einbilde. Als sich ihre Lippen zu einem Grinsen kräuseln, überkommt mich ein Schauder.

Shay lässt meinen Ellbogen los und tritt ein Stück von mir zurück, als wäre ich mit einem Mal ansteckend oder so.

»Ich bin Honey«, sagt das Mädchen, und sie schlingt ihren Arm um Shays Hüfte, zieht ihn an sich heran und hält ihn ganz fest. »Du hast Shay also bereits kennengelernt? Meinen Freund?«

Ich sehe Shay an, und er weicht meinem Blick aus, als fühlte er sich schuldig, irgendwie verlegen. Wieder einmal bin ich unsichtbar.

»Sieht ganz so aus«, sage ich.

»Okay«, meint sie und fixiert mich mit ihrem eisigen Blick. »Gut.«

Sämtliche Träume von einer Familie, von Freundschaft und Liebe – ganz unvermittelt lösen sie sich in Luft auf und zerbersten zu unzähligen kleinen Stücken, die um mich herum zu Boden fallen, scharfe, schmerzhafte Splitter, wie zerbrochenes Glas.

7

Ich verstecke mich unter der Bettdecke, die ganz frisch ist und glatt gebügelt und nach Waschmittel duftet, ganz anders als meine alte Decke von Zuhause, die immer zerknittert war und voller Toastkrümel. Das Kissen unter meinem Kopf ist weich und mit Daunen gefüllt, und selbst die Matratze ist superbequem und weich, da sind keine blöden Federn, die sich mitten in der Nacht in meine Rippen bohren.

Eigentlich sollte ich jetzt glücklich sein, aber das bin ich nicht.

Ich gehöre nicht hierher. Meine Träume waren zunichtegemacht in der Sekunde, als ich Honey Tanberry traf, im selben Moment, als Shay Fletcher sich von mir abwandte, als wäre ich Luft für ihn.

Ich musste die Zähne zusammenbeißen und die Party mit einem aufgesetzten Lächeln hinter mich bringen, und ich erzählte etwa eine Million Lügen.

»Ja, ist echt total aufregend, endlich hier zu sein!«

»Ja, alle sind so freundlich! Ich kann es kaum erwarten, alle besser kennenzulernen …«

Und, was für eine Überraschung, Honey und Shay kamen den ganzen Abend nicht mehr in meine Nähe. Sie hielten sich eng umschlungen und lachten und flüsterten sich Dinge zu, bis mir bei ihrem Anblick derart übel wurde, dass ich hätte schreien können.

Das tat ich natürlich nicht. Denn das wäre Dad und Charlotte gegenüber nicht fair gewesen. Ich aß ein Stück Cherry-Chocolate-Cola-Kuchen, der wirklich überraschend gut schmeckte.

Ich lächelte weiter, selbst als mein Gesicht sich wie erstarrt anfühlte, und ich sagte genau die richtigen Dinge, nette Dinge, positive Dinge. Ich ließ mir von Skye und Summer den Wohnwagen zeigen, das silberne Bächlein. Ich folgte Coco über den steilen Pfad, der vom Garten runter an den Strand führte, und meine Füße sanken in den feuchten Sand, während ich den Blick über den glitzernden Ozean gleiten ließ, der wunderschön, ruhig und still vor mir lag.

Als es dunkel wurde, nahm Shay Fletcher die blaue Gitarre zur Hand und fing an zu spielen, und Dad holte seine Geige aus dem Minivan, war ja klar. Gemeinsam spielten sie traurige Lieder, während wir alle unter dem Sternenhimmel um das Lagerfeuer saßen. Das hier war vermutlich die beste Party, auf der ich jemals war, gleichzeitig aber auch die schlimmste.

Und dann, als der Abend sich dem Ende neigte, als die Gäste sich verabschiedet hatten und wir zurück in Richtung Haus gingen, da ließen sie die Bombe platzen.

Ich würde mir ein Zimmer teilen müssen. Das musste ich noch nie – unsere Mietswohnung mag ja trist und grau und ein wenig heruntergekommen gewesen sein, aber immerhin hatte sie zwei Schlafzimmer gehabt. Man möchte doch meinen, dass man in einem derart großen Haus ein kleines bisschen Privatsphäre kriegt … aber nein. Ich muss mir ein Zimmer teilen, weil Tanglewood House natürlich ein B&B ist, und das bedeutet, dass die Familie sich in die kleinen Zimmerchen unter dem Dach quetschen muss, während die zahlenden Gäste die ganzen prunkvollen Schlafzimmer beanspruchen.

Und jetzt ratet mal, mit wem ich mir das Zimmer teilen muss? Nicht mit Skye, weil sie nämlich schon mit ihrer Zwillingsschwester Summer zusammen in einem Zimmer schläft. Und auch nicht Coco, weil sie sowieso das kleinste Zimmer hat, und das ist nicht viel größer als eine Abstellkammer, da passt nicht mehr rein als ein Einzelbett. Bleibt also nur noch … Honey.

Jippie.

Klar hat sie das Erkerzimmer, Honey, die kleine Prinzessin. Und was bin ich dann? Etwa die Stiefschwester, die als Dienstmädchen arbeiten und in der Asche schlafen muss?

Honey musste von dem Plan gewusst haben, doch schien

die Vorstellung sie noch mehr anzuwidern als mich. Sie sperrte sich für eine nächtliche Duschsession im Bad ein, während ich eine Tasche Klamotten und meine Schatzkiste die Treppe hochschleifte, sie am Fußende meines Bettes ablud und dann in T-Shirt und Unterhose unter die Decke tauchte. Ich hörte, wie sie leise fluchte, als sie zurück ins Zimmer kam, aber ich würde nicht unter dieser Decke hervorkommen, für niemanden auf der Welt.

Jetzt allerdings bleibt mir keine andere Wahl. Ich kann mich ja nicht für den Rest meines Lebens unter der Decke zusammenrollen, auch wenn mir der Gedanke im Moment recht verlockend erscheint. Im Erkerzimmer ist es vollkommen still. Vorhin noch wurde hektisch geschnaubt und geseufzt und Schubladen aufgezogen und wieder geschlossen, und man hörte, wie wild gesprüht und gespritzt wurde.

Ich glaube, jetzt ist die Luft rein. Honey ist wohl aufgestanden und verschwunden.

Vorsichtig hebe ich einen Zipfel meiner Decke hoch und gucke raus, und tatsächlich, ich bin allein. Rasch stehe ich auf, schnappe mir meine himmelblaue Jeans, ein sauberes Oberteil und eine Unterhose, und dann patsche ich ins Bad, um mich zu waschen. Das Gesicht, das mir aus dem Spiegel entgegenblickt, wirkt traurig und müde, mein schwarzer Pony steht ganz wild in die Höhe. Ich werfe mich in meine Klamotten und schleiche wieder über den Flur.

Als ich die Tür zu unserem Schlafzimmer öffne, sehe ich

Honey am Schminktisch sitzen. Sie trägt den rosafarbenen Seidenkimono aus meiner Schatzkiste und malt sich die Augenlider türkis an.

»Klopfst du eigentlich nie an?«, fragt sie.

Wut steigt in mir hoch, wie ein Fieber. Der rosa Kimono ist eines der wenigen besonderen Dinge, die ich besitze, eines der wenigen Dinge, die mir von meiner Mom noch geblieben sind. Mir entgeht nicht, dass Holly meine Kiste durchwühlt hat, weil der japanische Fächer und der Papiersonnenschirm auf ihrer Decke liegen.

»Und du, Honey, du hast wohl keinen Anstand, oder?«, entgegne ich. »Bist du nicht auf die Idee gekommen, erst mal zu fragen, bevor du dir anderer Leute Sachen krallst?«

»Das hier ist *mein* Zimmer«, pflaumt sie mich an. »Wenn du dein Zeug einfach so rumliegen lässt, was erwartest du dann?«

»Ich hab nichts rumliegen lassen!«

Ihr Spiegelbild zieht eine perfekte Augenbraue nach oben. »Es war nicht meine Idee, dass wir uns das Zimmer teilen, okay?«, faucht sie.

»Das dachte ich mir fast …«

Ich glaube nicht, dass Honey freiwillig irgendwas teilen würde, abgesehen vielleicht von der Schweinegrippe oder eventuell noch der Pest. Das beruht allerdings auf Gegenseitigkeit, und ihr geht es auch gar nicht um den Kimono, das weiß ich, sie will mich nur ärgern, eine Reaktion provozieren. Warum also sollte ich ihr den Gefallen tun? Ich hole tief Luft.

»Shay hat mir erzählt, dass du gestern Abend mit ihm geflirtet hast«, fährt sie nun fort. »Ich meine, im Ernst, Cherry – halt dich bloß von ihm fern. Er ist eh so was von unerreichbar für dich.«

Ich soll mit Shay geflirtet haben? Von wegen! Nein, er war derjenige, der mit mir geflirtet hat, da bin ich ganz sicher. Der Junge muss ja ein Ego haben so groß wie der Exmoor-Nationalpark, wenn er seiner Freundin ernsthaft erzählt, ich sei hinter ihm her. Okay, ich war möglicherweise sogar interessiert an ihm, zumindest für den Bruchteil einer Sekunde, aber er ist Honeys Freund, und offensichtlich ist er deswegen für mich tabu. Ich wünschte nur, jemand hätte ihm das erklärt, ehe er mit meinen Hoffnungen und Träumen spielen musste.

»Du hältst dich wohl für so schlau«, sagt Honey. »Du und dein Versager von einem Vater. Im einen Moment sitzt du noch in einem Slum in Glasgow und ernährst dich von aussortierten Schokoriegeln, und im nächsten ziehst du einfach so bei uns ein …«

Ich blinzele. Ein Slum in Glasgow? Versager von einem Vater? Wenn ich jetzt einen Teller voll Käsemakkaroni mit Fritten zur Hand hätte, dann würde ich ihn Honey ins Gesicht klatschen, ehrlich.

»Du bist doch total irre«, erkläre ich ihr. »Wir haben

unser Leben völlig umgekrempelt, haben alles aufgegeben, um hierher zu ziehen. Es ist nicht leicht, alle seine Freunde zurückzulassen …«

Na ja, das wäre es vielleicht gewesen, wenn ich welche gehabt hätte. Aber das weiß Honey ja nicht …

»Und nur zu deiner Info, ich bin ganz bestimmt nicht an deinem Freund interessiert«, fahre ich fort. »Ich hab nämlich schon einen daheim in Glasgow, und der sieht viel besser aus als Shay Fletcher. Ich vermisse ihn jetzt schon wie verrückt …«

Honey lächelt, als würde sie meine Lüge glatt durchschauen.

»Freund?«, fragt sie. »Wie heißt er denn?«

Hilfe suchend blicke ich mich um, aber mir fällt niemand anderes ein als Scott Pickles, der kleine Junge aus der Wohnung unter uns.

»Scott«, sage ich daher. »Sein Name ist Scott. Und nur damit du es weißt, Honey, Glasgow ist die coolste Stadt der Welt. Wir hatten da eine riesengroße Wohnung mit … mit … mehreren Balkonen, einer Wendeltreppe und einem Dachgarten …«

Amüsiert zieht Honey eine Augenbraue hoch, und viel zu spät fällt mir ein, dass Dad den Tanberrys vermutlich alles über unsere kleine Mietwohnung im westlichen Teil von Glasgow erzählt hat. Und Charlotte war ja auch schon mal da, logo.

Ich wage einen erneuten Versuch. »Mein Dad hatte einen guten Job …«

»In einer Schokoladenfabrik, klar, hab ich schon gehört«, sagt Honey, während sie sich mit einem Eyeliner zuerst das eine Auge und dann das andere schminkt.

Meine Wangen brennen, und am liebsten hätte ich Honey das Grinsen aus dem Gesicht gewischt.

»Ganz genau«, sage ich aufgesetzt fröhlich. »Er war Manager bei McBean's, da war er verantwortlich für … äh … für die Forschung … und die Qualitätskontrolle. Er war einer der wichtigsten Männer dort. Er hat den Laden quasi geschmissen …«

Honey lacht. »Und jetzt ist er hier … ganz ohne Job, oder? Wie praktisch!«

»Du verdrehst ja alles!«, widerspreche ich. »Dad wird Charlotte dabei helfen, das B&B zu betreiben, und dann werden sie zusammen ein Geschäft eröffnen und handgemachte Luxuspralinen verkaufen …«

»Und mit wessen Geld?«, entgegnet Honey, wobei sie sich umdreht, um mir direkt ins Gesicht zu blicken. »Wollen wir mal sehen, es wird wohl das von Mom sein müssen, denn soweit ich weiß, besitzt dein Dad keinen müden Penny. Gib's doch zu, Cherry, er ist ein Lügner und ein Opportunist … und du bist nicht anders. Es gab keine tolle Wohnung, und es gab auch keinen Managerjob … und was den Freund betrifft, so habe ich auch meine Zweifel.

Wem willst du eigentlich was vormachen? Im Ernst, Cherry, lass es lieber. Du magst meine Mom ja reingelegt haben und meine Schwestern, aber mich täuschst du nicht!«

»Ich täusche niemanden! Wir waren allein, ich und Dad, jahrelang …«

»Ach, spar dir deine rührseligen Geschichten!«, fällt sie mir ins Wort. »Ich fall bestimmt nicht drauf rein. Meine Mom mag ja auf diesem Auge blind sein, aber ich hab dich durchschaut. Hör zu, okay? Ich will nicht noch eine Schwester, weil ich nämlich schon drei habe, und glaub mir, das ist mehr als genug. Und ich hab auch keine Lust, deinen Dad in meiner Nähe zu haben, weil weißt du was? Ich habe bereits einen Dad. Er ist schlau und cool, und er liebt mich … und Mom übrigens auch. Ich weiß, dass es so ist. Also komm bloß nicht auf die Idee, dass du dich hier einschleichen und es dir gemütlich machen kannst, weil er nämlich eines Tages zurückkommt, das verspreche ich dir. Und wo stehst du dann? Nirgends!«

Nirgends – oder irgendwo anders – wäre sowieso besser, als hier in der Nähe von Honey Tanberry zu sein.

Leider werden Wünsche nicht immer wahr. Warum hatte ich je geglaubt, es könnte so einfach werden? Wo auch immer ich bin, was auch immer ich tue, es wird immer irgendein fieses Mädchen da sein, das mir Ärger macht und versucht, mir alles zu versauen.

Was hab ich nur an mir, das sie so schrecklich finden? Darauf suche ich schon seit Jahren eine Antwort. In den ganzen Teeniezeitschriften erzählen sie einem immer, man solle einfach »man selbst« sein, dann kriegt man locker neue Freunde. Aber mal im Ernst, die haben doch keinen blassen Dunst, wovon sie reden. Mädchen wie Honey und Kirsty McRae schauen mich an und sehen in mir die menschliche Version eines aussortierten Taystee-Riegels, ein Mädchen, bei dessen Produktion man ein paar entscheidende Schichten vergessen hat.

Ich habe alles versucht, um diese fehlenden Schichten wettzumachen, und zwar durch krasse, ausgefallene Geschichten über meine verschwundene Mom, die ich erzähle, damit mein Leben wenigstens ein kleines bisschen interessanter wirkt. Das funktioniert natürlich nicht im Ansatz.

Ich schnappe mir mit zitternden Händen den Karton und packe den Sonnenschirm und den Fächer wieder rein.

»Diese Sachen bedeuten mir sehr viel«, erkläre ich mit bebender Stimme.

Honey seufzt und schält sich aus dem Kimono und zerknüllt ihn zu einem Packen, ehe sie ihn mir zuwirft. »Du dachtest doch nicht ernsthaft, ich will deine Sachen?«, lacht sie. »Von wegen. Dieses mottenzerfressene Zeug ist nun echt nicht mein Stil.«

Tränen brennen mir in den Augen. »Was hast du bloß für ein Problem, Honey? Was hab ich dir denn getan?«

»Du bist hier, das reicht schon«, schnauzt sie. »Du bist hier, und das solltest du eigentlich nicht, kapiert?«

Ihre blauen Augen blitzen mich an, und ihre Lippen verziehen sich zu einem eiskalten Lächeln. Sie zerrt mir meine Schatzkiste aus der Hand, reißt das kleine Bogenfenster auf und kippt den gesamten Inhalt hinaus in den strahlenden Julimorgen.

»Raus hier, Cherry Costello!«, flüstert Honey. »Du checkst wohl nicht, wenn du nicht erwünscht bist, wie?«

8

Das Ganze ist ein ziemliches Spektakel.

Der pinkfarbene Seidenkimono flattert wie ein Banner von dem Baum direkt vor dem Fenster, und der japanische Fächer sitzt wie ein seltener, exotischer Vogel zwischen den Zweigen. Der Papiersonnenschirm liegt halb geöffnet im Gras und bewegt sich sanft im Wind, während das gerahmte Foto meiner Mutter kopfüber im Kies gelandet ist.

Dad und Charlotte stehen in der Einfahrt, mit verschränkten Armen und strengen Gesichtern.

»Honey?«, ruft Charlotte zum Erkerfenster hoch. »Cherry? Was ist da los? Kommt sofort hier runter!«

Honey wirft mir einen total angewiderten Blick zu, ehe sie die Treppe runterstolziert raus in die Sonne, während ich mich wie benommen hinter ihr herschleppe.

»Habt ihr irgendeine Erklärung hierfür?«, will Charlotte wissen, als wir beide in der gekiesten Auffahrt stehen. »Honey? Hast du etwas damit zu tun?«

»Bestimmt nicht«, sagt sie achtlos, und am liebsten hätte

ich sie geohrfeigt. »Die Schachtel muss vom Fensterbrett gekippt sein.«

»Cherry?« Mit gerunzelter Stirn sieht Charlotte mich an. »So war das doch sicher nicht, oder?«

Ich werfe Honey einen kurzen Blick zu, und ihre Augenbrauen zucken nach oben. Herausfordernd sieht sie mich an, ob ich sie wohl hinhängen werde.

»War wohl so«, sage ich schulterzuckend.

»Habt ihr beide euch gestritten?«, erkundigt Dad sich. »Gibt es irgendetwas, was ihr uns zu sagen habt?«

»Was denn zum Beispiel?«, fragt Honey ganz unschuldig.

»Es ist nichts, Dad«, versichere ich ihm und sehe, wie die Furcht aus seinen Augen schwindet, während er einen Blick mit Charlotte wechselt.

»Tja … dann passt das nächste Mal bitte besser auf«, sagt Charlotte zu Honey. »Wenn man ein Zimmer teilt, hat man das Eigentum des anderen zu respektieren …«

Honey verdreht die Augen. »Ich will mir ja gar kein Zimmer teilen«, winselt sie. »Mom, bitte … nichts gegen Cherry, klar, aber … na ja, wir sind Teenager! Wir brauchen unsere Privatsphäre!«

»Honey, Liebes, so einfach ist das nicht …«

Coco klettert auf den Baum, um den japanischen Fächer zu retten, und Skye zerrt am Saum des rosafarbenen Kimonos, bis er in ihre Arme segelt. Summer hebt den Sonnenschirm auf und lässt ihn ein klein wenig kreisen. Ich bücke mich, um das gerahmte Bild aufzusammeln, und zucke zusammen, als ich die Glassplitter sehe.

»Ich kauf dir einen neuen«, verspricht Dad, während er alles in die Schachtel packt und sie zurück ins Haus trägt.

Charlotte begleitet Honey nach drinnen, und noch immer jammert sie, dass sie ihr eigenes Zimmer brauche und es echt nicht fair sei, dass sie ihres teilen müsse, zumal sie sich doch eh schon so Mühe gebe, sich anzupassen. Keiner fragt mich nach meiner Meinung, aber ich bin hier ja schließlich auch die Außenseiterin, nicht wahr?

»Nimm es nicht persönlich«, sagt Summer. »Honey ist sehr eigen, was ihr Zimmer betrifft. Vielleicht kannst du ja bei uns einziehen?«

»Das wäre dann allerdings ziemlich eng«, meint Skye nachdenklich. »Aber wir kämen damit klar.«

»Ich will keine Umstände machen«, sage ich.

»Ach, bestimmt nicht! Im Ernst, achte nicht auf Honey«, erklärt Coco. »Sie ist nur ein bisschen … na ja, launisch in letzter Zeit. Am besten ignoriert man sie.«

»Mom meint, sie macht gerade so eine Phase durch«, sagt Skye schulterzuckend. »Eine Phase, die jetzt schon recht lang dauert.«

»Sie ist extrem empfindlich«, sagt Summer. »Sie hat es immer noch nicht verkraftet, dass Dad abgehauen ist.«

»Ich wünschte, sie würde sich damit beeilen«, schnaubt Skye. »Er ist jetzt schon drei Jahre weg.«

Ich ringe mir ein Lächeln ab. Drei der vier Tanberry-Schwestern scheinen mich ja tatsächlich zu mögen … das ist doch schon mal was, oder nicht?

»Ich finde diesen Kimono toll, Cherry«, sagt Skye gerade. »Wo hast du den denn her?«

»Der hat meiner Mom gehört«, sage ich leise, und die drei Mädchen reißen die Augen ganz weit auf. Jetzt sind sie neugierig geworden, und offensichtlich haben sie Mitleid mit mir. »Er und das Foto und der Sonnenschirm und der Fächer … na ja, das ist alles, was mir von ihr geblieben ist.«

»Im Ernst?«, fragt Coco ungläubig. »Oh, wow!«

»Wie tragisch«, sagt Summer.

»Sind die Sachen wirklich vom Fensterbrett gekippt?«, will Skye wissen.

Ich verdrehe die Augen. »Was glaubst du wohl?«

»Wir wissen, dass es ein Problem gibt«, erklärt Charlotte mir später in der Küche. »Uns ist ja klar, dass du uns keine Schwierigkeiten machen willst, Cherry, aber … nun ja, Honey hat es nicht leicht gehabt die letzten Jahre. Sie vermisst ihren Dad.«

»Klar.«

»Ich dachte wirklich, es wäre eine gute Idee, wenn ihr beide euch ein Zimmer teilt.« Charlotte runzelt die Stirn. »Ich denke aber, im Augenblick hätte sie lieber ihr Zimmer für sich allein …«

»Ich bin mir sicher, dir wäre es auch lieber, dein eigenes Reich zu haben«, sagt Dad. »Aber leider gibt es kein freies Zimmer mehr, und die Gästezimmer sind alle belegt, daher haben wir uns gefragt ...«

»Wir wollen ja nicht, dass du dich ausgeschlossen fühlst ...«

»Es gäbe da noch eine andere Möglichkeit ... nur so ein Gedanke ...«

»Was denn?«, frage ich ungehalten.

»Na ja. Wie wäre es«, meint Charlotte, »wenn du in dem Zigeunerwagen wohnen würdest?«

»Draußen?«, frage ich.

»Na ja, wir haben ja Juli, da wirst du also nicht erfrieren, und wir könnten Strom und Heizung einbauen und ihn näher ans Haus stellen, und wenn du dich darin nicht sicher fühlst, könnte der Hund bei dir schlafen ...«

»Nein!«, falle ich ihr ins Wort. »Mir gefällt es, wo er steht. Ich meine ... ich find es richtig toll, wo er steht. Und nichts gegen den Hund, aber ... ach, Charlotte, ich würde liebend gern darin wohnen! Darf ich wirklich?«

Ich werfe Dad die Arme um den Nacken, und Charlotte lacht und umarmt uns ihrerseits, und dann ist alles geregelt.

Ich schätze, nach Regen kommt immer Sonne, und jetzt scheint sie gerade besonders hell. Ich bringe meine Sachen unverzüglich nach draußen. Meine Klamotten verstaue ich in den Schubladen unter dem Bett, meine Bücher stelle ich ins Regal, und Rovers Goldfischglas passt perfekt oben auf das bunt gestrichene Schränkchen. Charlotte hat den rosafarbenen Kimono gewaschen und gebügelt nach seiner abenteuerlichen Begegnung mit dem Baum, und dann schiebt sie einen Bambusstab durch die Ärmel und zeigt mir, dass ich ihn so an der Wand des Wohnwagens aufhängen kann. Sie drapiert den Stoff so, dass man das Kirschblütenmuster gut sieht.

Skye hilft mir dabei, den japanischen Fächer und den Papiersonnenschirm hübsch zu arrangieren, und Dad war unten im Dorf und hat mir einen neuen Bilderrahmen besorgt, sodass Moms Bild wieder so gut wie neu ist.

Ich würde ja gerne behaupten, dass ich mich darin wie Zuhause gefühlt habe, aber in meinem Zimmer daheim hatte immer das totale Chaos geherrscht, ein schwarzes Loch mit abblätternder Tapete und zerrissenen Postern. Leere Teller und Toastkrümel und Süßigkeitenverpackungen und zerknitterte Kleidung haben den Boden übersät. Einmal habe ich ganze sechs Monate nach einem Schuh gesucht.

Dieser Wohnwagen unter den Bäumen fühlt sich tausendmal besser an.

Er ist perfekt, mit seinen hellen, gerundeten Wänden und den perfekt eingepassten Schränken, die mit fliegenden Vögeln mit Blumen im Schnabel bemalt sind. Charlotte hat die Matratze durchgelüftet, neue Laken aufgezogen, meine

Decke von letzter Nacht heruntergeholt und dann noch eine Patchworkdecke darübergebreitet, falls es kalt wird. Auf dem Boden liegt ein flauschig weicher Teppich, und Dad hat ein Loch in die Tür gebohrt und eine Leitung durchgezogen, und jetzt habe ich nicht nur draußen in den Bäumen eine Lichterkette, sondern auch drinnen.

»Irgendwie passt das doch gut«, meint Charlotte. »Cherry schläft unter den Kirschbäumen!«

Erst in diesem Moment schaue ich hoch ins Geäst und sehe, dass die Bäume, die sich über dem Wohnwagen wölben, mit dunklen, leuchtend roten Kirschen beladen sind. Mein Herz tut einen Satz. Echte Kirschen, die an echten Kirschbäumen wachsen … das sieht man in Glasgow nicht allzu oft.

Dad stellt eine Leiter an den Baum und pflückt eine Schüssel voll Kirschen für mich, und dann sitze ich auf den Stufen zum Wohnwagen in der Sonne und lasse die Süße der Früchte auf meiner Zunge explodieren.

Ich erinnere mich noch, wie ich einmal mit Mrs Mackie von nebenan Kirschen gegessen habe, da hat sie mir einen Reim beigebracht, zu dem man die Kerne der Kirschen zählt und dann die Zukunft vorhersagt und bestimmt, wer die große Liebe sein wird. Sorgsam reihe ich die Kirschkerne auf und sage den Reim auf, den ich von ihr gelernt habe. *Kaiser, König, Edelmann, Bürger, Bauer, Bettelmann …*

Klar kommt bei mir Bettelmann raus, und das bedeutet

vermutlich, dass Shay Fletcher gemeint ist, der mir mein Herz gestohlen hat, oder aber, dass ich mich in einen Versager verlieben werde. Also auch wieder Shay Fletcher, logisch.

Nur dass das nicht passieren wird. Er mag mich ja eine Minute oder auch zwei getäuscht haben, aber Shay Fletcher bedeutet nichts als Ärger. Er war die ganze Zeit schon vergeben, und trotzdem hat er mit mir geflirtet, und dann besaß er auch noch die Unverfrorenheit, Honey zu erzählen, es wäre andersherum gewesen. Ich schleudere ein paar von den Kirschkernen ins lange Gras und fang noch mal an zu zählen. *Kaiser, König, Edelmann, Bürger …*

Das war dann mal eine sichere Sache. Bürger ist ja heutzutage im Grunde jeder … Vielleicht sollte man die Sache mit dem Kirschkernspiel mal ein bisschen auf den neusten Stand bringen?

»Hast du Vater-Mutter-Kind gespielt in deinem neuen Heim?«, meint Honey, als ich rauf zum Haus laufe fürs Abendbrot. Ich aber lächele nur in mich hinein und tue so, als wäre sie Luft.

Nach dem Essen begleiten mich Summer, Skye und Coco runter zum Wohnwagen mit Zinnbechern voll kalter, sprudelnder Limonade. Wir sitzen auf den Stufen, und Fred hat sich zu unseren Füßen im Gras zusammengerollt, während wir unsere Getränke schlürfen und darüber reden, wie komisch es doch ist, dass wir jetzt Schwestern sind.

»Vermisst du deine Freunde?«, will Coco wissen. »Muss echt schwer sein, ans andere Ende des Landes zu ziehen und alle zurückzulassen. Ich fände das nicht so toll.«

»Äh … na ja, ich versuch das Ganze als ein Abenteuer zu betrachten«, sage ich. »Aber natürlich vermisse ich meine Freunde …«

Welche Freunde eigentlich? Ich mache den Mund zu, ehe mir noch weitere Lügen entschlüpfen. Diese ganze Geschichtenerzählerei hat mir ja doch immer bloß Ärger eingebracht, aber zumindest klingt die hier jetzt plausibel. Die meisten Leute haben doch Freunde, oder? Ich bin da wohl die Einzige, die keine hat.

»Du kannst ja mit ihnen in Kontakt bleiben«, schlägt Summer vor. »Wofür gibt es denn SMS und E-Mails und Facebook? Und ich gehe doch davon aus, dass deine besten Freundinnen jederzeit hier runterkommen und dich besuchen können …«

»Klar … Sicher, das werden sie …« Ich verstumme. »Wir haben schon eifrig Pläne geschmiedet …«

Als würde das jemals passieren.

»Ich mach mir eher Gedanken, ob ich wohl neue Freunde finde, wenn ich ehrlich bin«, sage ich, und das ist jetzt wenigstens mal die Wahrheit.

»Oh, das wird leicht«, sagt Skye mit einer wegwerfenden Handbewegung. »Jeder wird dich mögen, keine Sorge!«

»Honey nicht«, höre ich mich selbst sagen.

»Mach dir keine Gedanken wegen Honey«, versichert Coco mir. »Sie wird sich schon früher oder später damit abfinden.«

»Ich hoffe es«, sagt Summer seufzend. »Ich hasse es, wenn sie die ganze Zeit so launisch und kratzbürstig ist.«

»Ja, stimmt«, meint Skye. »Ich verstehe ja, dass sie sich aufregt, dass Dad weg ist – wir waren alle enttäuscht. Dann kam es zur Scheidung, und auch das war nicht leicht, schätze ich. Es war das Ende von allem. Aber im Ernst, als sie hörte, dass du und Paddy …«

»Psst«, zischt Coco, und Summer und Skye wirken ein klein wenig verlegen.

»Ich schätze, wir waren am Anfang alle ein bisschen misstrauisch«, gibt Summer zu. »Wir hatten Paddy schon kennengelernt, und wir waren uns einig, dass wir ihn mögen, aber eine neue Schwester …«

»Wir waren uns nicht sicher, wie du sein würdest«, meint Skye vorsichtig.

»Wir wussten doch nicht, ob wir uns mit dir verstehen würden!«, gibt Coco zu.

Meine um den Becher gekrümmten Finger zittern, und mit einem Mal hinterlässt die süße Limonade einen sauren Geschmack auf der Zunge.

Dann streckt Skye die Hand aus und zieht mich an den Haaren, und dabei grinst sie so breit, dass die Angst wieder von mir abfällt. »Aber wir mögen dich«, erklärt sie mir nun.

»Du bist … tja, echt irgendwie anders! Total cool! Honey meinte, du könntest aggressiv und mies drauf sein und versuchen, hier das Ruder zu übernehmen … aber so bist du überhaupt nicht. Eigentlich glaube ich sogar, dass es gut ist, dass du hier bist, ganz gleich, was Honey auch sagt. Denn jetzt wird sie endlich aufwachen müssen und die Vergangenheit hinter sich lassen, endlich nach vorne schauen. Die Dinge verändern sich, und ich glaube, das ist gut so!«

»Findest du?«, frage ich.

»Ganz bestimmt.« Skye nickt.

»Finde ich auch«, sagt Summer.

»Und ich auch«, flötet Coco schließlich. »Also, was glaubst du … werden die beiden heiraten? Paddy und Mom?«

Fast hätte ich mich an meiner Limo verschluckt.

Heiraten? Es ist ja nicht so, als hätte ich mir das für Dad nicht immer gewünscht. Aber jetzt geht das alles so dermaßen schnell, dass ich mir nicht sicher bin, ob ich schon dafür bereit bin, dass es wirklich geschieht. Träume und Wirklichkeit sind etwas Grundverschiedenes, wie ich jetzt feststellen muss. Ich habe die ganze Zeit davon geträumt, eine Mom zu haben, aber ich hatte mir nie ausgemalt, dass ich sie mit vier anderen Töchtern würde teilen müssen, und ich hatte nie auch nur einen Gedanken daran verschwendet, dass ich Dad würde teilen müssen.

Ich stelle mir eine hübsche Kirche auf dem Land vor, Charlotte in einem weißen Kleid und Dad in einem Anzug, der nicht so recht passt. Ich stelle mir vor, wie ich in einem langen Kleid in Pastellfarben neben Skye, Summer und Coco herspringe, und wir vier lächeln hinter unseren Blumensträußen hervor in die Kamera. Dann stelle ich mir Honey vor, und mit einem Mal löst sich das Bild auf.

Skye und Summer wechseln einen Blick.

»Heiraten …«, sagt Skye nachdenklich. »Das ist ein großer Schritt … Ich glaube nicht, dass Mom vorhat, irgendetwas zu überstürzen. Ich denke, sie will erst mal sehen, wie das hier läuft … ob das alles so funktioniert.«

»Klar wird es das«, beharrt Coco. »Oder nicht? Ich fände es toll, wieder einen Dad zu haben. Paddy könnte mir beibringen, die Violine zu spielen …«

»Nein, könnte er nicht«, jault Summer. »Es war doch schon schlimm genug, als du Blockflöte gelernt hast! Ernsthaft!«

Coco verdreht empört die Augen.

»Tja, ich fände es jedenfalls cool«, schnaubt sie. »Dann wären wir richtige Stiefschwestern.«

»Aber … Dad und Charlotte waren doch beide schon verheiratet«, erkläre ich. »Mit jemand anderem. Vermutlich wollen sie es langsam angehen. Sichergehen, dass alles passt …«

Ich spreche es nicht aus, aber ich bin nicht sicher, ob es wirklich Dad und Charlotte sind, die Zeit brauchen, um sich an den Gedanken zu gewöhnen. Vielmehr glaube ich, dass wir es sind, die noch Zeit benötigen. Eine Hochzeit? Ich kann mir das irgendwie nicht vorstellen, zumindest für eine ganze Weile noch nicht.

»Könnte doch cool sein«, meint Summer.

»Bestimmt«, pflichtet Skye ihr bei. »Aber jetzt noch nicht. Warten wir lieber ab, wie es sich entwickelt.«

»Erst sollten wir uns besser kennenlernen«, erkläre ich, und Coco seufzt bloß.

Später kommen Dad und Charlotte mit neuen Holzscheiten zu uns, und Dad zündet ein kleines Lagerfeuer an, um das wir alle im Gras sitzen. Im schwindenden Abendlicht spielt Dad auf seiner Geige.

Die Bäume über uns bewegen sich sachte im Wind, und auf dem samtigen Himmel erscheinen nach und nach die Sterne.

9

Am nächsten Morgen weckt Fred mich mit wildem Gebell und heftigem Schwanzwedeln. Ich ziehe den Vorhang zurück und spähe durchs Fenster des Wohnwagens, und als Erstes sehe ich Dad, frisch und fröhlich kommt er über den Rasen gestapft mit einem Tablett voll leckerer Frühstückssachen. Er trägt ein blaues, kragenloses Hemd, die Ärmel hochgekrempelt, und dazu seine Röhrenjeans aus dem Sozialkaufhaus. Seine Haare stehen ein kleines bisschen hoch, als wäre er soeben erst aus der Dusche gestiegen.

Wir sind erst seit wenigen Tagen hier in Somerset, und schon wirkt Dad um Jahre jünger, viel entspannter, als ich ihn die letzten Jahre erlebt habe. Ich öffne die Tür und setze mich eingehüllt in meine Patchworkdecke auf die Stufen, während Fred an mir vorbeihuscht und wie verrückt mit dem Schwanz wedelnd an Dad hochspringt.

Dad lacht und scheucht Fred davon. »Keine Würstchen, dummer Hund …«, erklärt er ihm. »Hast du gut geschlafen, Cherry? War dir auch nicht zu kalt?«

»Ich habe prima geschlafen«, entgegne ich. »Mir war sogar angenehm warm, und Fred hat sich wie eine große, flauschige Wärmflasche am Fußende meines Bettes zusammengerollt.«

Dad stellt das Tablett auf dem vom Tau noch feuchten Gras ab und breitet eine Picknickdecke aus. Nachdem Fred ein paarmal neugierig geschnuppert hat, ob da auch sicher keine Würstchen sind, die er abstauben könnte, lässt er uns allein und trottet davon in Richtung Haus auf der Suche nach einem Frühstück. Selbst schuld. Das Tablett ist voll beladen mit Orangensaft und Joghurt und heißer Schokolade, und Dad reicht mir sogar einen Teller mit frischen Pfannkuchen mit Ahornsirup, vermutlich das beste Frühstück, das je erfunden wurde.

»Komm mir aber bloß nicht auf falsche Gedanken«, erklärt Dad mir. »Das hier kriegst du jetzt nicht jeden Tag, aber ich dachte mir, dieses eine Mal ... um deine erste Nacht in dem Wohnwagen zu feiern. Außerdem wollte ich Charlotte zeigen, wie gut ich Pfannkuchen machen kann. Ich glaube, sie war ziemlich beeindruckt!«

Ein Lächeln zerrt an meinen Mundwinkeln. »Klar ist sie das«, erwidere ich. »Du bist doch der Pfannkuchenkönig von Glasgow. Na ja, jetzt eben von Kitnor!«

»Mein Talent in punkto Frühstück ist aber auch sonst legendär«, meint Dad. »Charlotte sagt, ich kann morgen einen Versuch wagen, ohne sie das Frühstück für die Gäste zuzubereiten … Skye und Summer helfen mir, bis ich die Sache raushabe.«

»Mach dir keine Sorgen«, versichere ich ihm. »Du bist ein genialer Koch. Verlier nur nicht die Nerven, und wenn doch irgendwas schiefgeht, leg einfach ein paar zusätzliche Pfannkuchen obendrauf. Dann fressen sie dir aus der Hand!«

»Schön wär's«, sagt Dad. »Bei manchen Leuten braucht es ein bisschen mehr als nur ein paar Pfannkuchen …«

Er seufzt und trinkt einen Schluck von seiner heißen Schokolade, und ich frage mich, ob er sich wirklich von Honeys kleiner Show gestern, wo sie so unschuldig getan hat, täuschen hat lassen.

»Ist alles gerade ein bisschen hektisch, nicht wahr?«, fährt er fort. »Und die Gäste sind dabei noch das geringste Problem! Ich habe das Gefühl, nicht mehr richtig mit dir geredet zu haben, seit wir hier sind, und dabei wollte ich doch immer dafür sorgen, dass es dir gut geht.«

»Mir geht es gut«, versichere ich ihm. »Ist zwar ein bisschen so, wie wenn man ins kalte Wasser geschubst wird, aber … Skye und Summer und Coco sind echt nett … und Charlotte ist super, eh klar, aber …«

»… aber?«, wiederholt Dad.

Ich seufze. »Tja, ich bin mir nicht ganz sicher, ob Honey es so toll findet, dass wir hier sind«, sage ich vorsichtig. »Sie kommt mir ein bisschen … gereizt vor?«

Dad nickt. »Ein bisschen, ja. Ich hatte schon gestern das Gefühl, dass da was nicht stimmt, aber ich wollte keine Szene machen, wegen Charlotte … Ich schätze, an Honey müssen wir uns langsam herantasten.«

Wieder seufze ich. Langsam herantasten, da war schon was dran … Ich habe so das Gefühl, dass das Leben mit Honey eine Art Marsch durch ein Minenfeld werden wird. Jede Sekunde kann eine von ihnen hochgehen.

»Sie ist nicht sonderlich glücklich«, sagt er. »Charlotte weiß, dass sie Probleme hat, aber sie drückt schon eine Weile beide Augen zu, weil sie denkt, das hilft. Ich schätze, sie hofft, Honey kommt da irgendwann von allein wieder raus, lässt die Vergangenheit hinter sich … Tja, vielleicht schafft sie es ja wirklich …«

Dad runzelt die Stirn und blickt in die Ferne, als würde er etwas betrachten, worauf er keinen Einfluss hat.

»Was ich sagen will, ist, dass mir klar ist, dass Honey uns die Sache schwer machen könnte«, sagt er. »Sei einfach vorsichtig, und vergiss nicht, sie ist nicht so abgebrüht, wie sie vielleicht tut. Okay?«

»Okay.«

»Alles wird gut, Cherry«, meint Dad grinsend. »Das sind krasse Veränderungen, für uns beide, aber für Charlotte und die Mädchen ist es nicht anders. Ich will nicht behaupten, dass es einfach werden wird, aber ich weiß, dass wir das hinbekommen. Ich hätte nie gedacht, dass ich je eine zweite

Chance kriegen könnte, dass ich noch mal glücklich werde … na ja, du weißt schon, so wie ich mit deiner Mom glücklich war. Ich wollte dir immer eine richtige Familie bieten, und jetzt glaube ich, dass ich das vielleicht doch kann … Ich will, dass du so glücklich hier bist wie ich«, fährt er fort. »Das hier ist der Beginn von etwas Wundervollem, ich weiß, dass es so ist. Charlotte und ich … wir sind schon eine ganze Weile befreundet, daher kennen wir uns recht gut. So jemanden zu finden, sich zu verlieben … das ist mehr, als ich mir je erhofft habe. Wir haben so viele gemeinsame Träume, so viele gemeinsame Interessen. Zusammen können wir etwas aufbauen, nicht nur mit dem B&B, sondern auch im Hinblick auf das Schokoladengeschäft. Ich habe viel recherchiert, und inzwischen bin ich mir sicher, dass wir es schaffen können. Charlotte will eine Website entwickeln, eine Art Image für uns entwerfen, und wenn ich erst mal alle Zahlen und Fakten zusammenhabe, werde ich einen Antrag für die Bank ausarbeiten, und dann sehen wir mal, ob wir einen Kredit bekommen. Das alles ist so aufregend!«

Dad wirkt so glücklich, so voller Hoffnung, dass ich ihm die Arme um den Hals schlinge und ihn ganz fest drücke, so fest, dass ich die Pfannkuchen und den Ahornsirup in seinem Atem riechen kann sowie den dezenten Duft seines zitronigen Duschgels.

Es gibt niemanden auf der Welt, den ich mehr liebe als

Dad. Ich will, dass er glücklich ist, weil er es verdient, glücklich zu sein, nachdem er sich jahrelang abrackern musste am Fließband in der McBean's-Schokoladenfabrik, nachdem er jahrelang das Beste aus allem machen und aussortierte Taystee-Riegel und Bohnen auf Toast essen und dazu mit mir MTV gucken musste, während das Leben an ihm vorbeizog. Tja, jetzt ist das anders.

»Zeit, dass wir endlich unseren Traum leben«, sagt Dad. »Es ist nicht einfach, zwei Familien zu einer zusammenzubringen, aber es ist machbar, und ich glaube, es ist den ganzen Aufwand allemal wert. Charlotte und ich wünschen uns so sehr, dass es funktioniert …«

»Ich weiß«, sage ich, und meiner Stimme ist anzuhören, dass ich lächle. Ich will ja auch Teil von dieser Familie sein. Charlotte … die Tanberry-Schwestern … Tanglewood House … das alles ist unendlich viel besser als alles, was ich mir je erträumt habe, und zwar aus dem Grund, weil sie real sind. Klar war in meiner Vorstellung nie jemand wie Honey vorgekommen, aber letzten Endes frage ich mich doch, ob ich mir nicht zu viele Gedanken ihretwegen mache. Sie hat gesehen, wie ich mich mit Shay unterhalten habe, und wenn er ihr erzählt hat, dass ich mit ihm flirten wollte – tja, dann ist es doch kein Wunder, dass sie nicht gut auf mich zu sprechen ist.

Shay ist vermutlich einer von diesen flatterhaften, stets mit anderen flirtenden Jungs, die jede Frau zwischen fünf und fünfzig anquatschen. Da würde ja wohl jede durchdrehen. Aber ich bin ganz bestimmt nicht an Shay Fletcher interessiert, nicht die Bohne. Ich schätze, er ist so ein Typ, der reihenweise Mädchen hinhält und seinen ganz persönlichen Fanklub hat. Ich hab keine Lust, da auch noch Mitglied zu werden.

Honey wird das schon noch kapieren, und dann wird ihr allmählich dämmern, dass ich kein schlechter Mensch bin und dass Dad cool ist und nett und einen richtig guten Stiefvater abgeben wird. Irgendwann werden sich die einzelnen Puzzleteile schon ineinanderfügen … hoffe ich.

»Ich will auch, dass es funktioniert«, flüstere ich. »Mehr als alles will ich das …«

»Nun denn«, sagt Dad. »Dann müssen wir es wohl hinkriegen, wie?«

Das Ganze fühlt sich an wie ein Pakt, ein Versprechen.

10

Die Wochen verfliegen, und langsam gewöhne ich mich an den Wohnwagen und an das Leben in Tanglewood. Ich wache früh auf, wenn das Sonnenlicht durch die rot-weiß-karierten Vorhänge hereinströmt, und lese oder zeichne oder träume vor mich hin.

Um neun bin ich in der Regel oben im Haus, fertig geduscht und angezogen, und esse ein selbst gemachtes Frühstück aus Toast und Marmelade, zusammen mit Skye, Summer und Coco, während Dad und Charlotte hin und her hetzen und für die Gäste Speck braten und Eier pochieren. Alles ist immer irgendwie total hektisch, und eine von den Schwestern muss stets servieren und ganze Tabletts voll Eier auf Toast oder gegrillten Räucherhering zu den Urlaubern bringen, die ihr Frühstück in dem großen, luftigen Wintergarten, der als Speisesaal dient, zu sich nehmen.

Honey taucht nie zum Frühstück auf, was mir nur recht ist, und die ersten paar Tage hänge ich einfach bloß mit Skye, Summer und Coco in Tanglewood ab. Wir helfen

Charlotte beim Bettenmachen und saugen und säubern die Gästezimmer, und es macht tatsächlich Spaß, weil wir es gemeinsam tun. Dabei tanzen wir zur Musik aus dem Radio und jagen mit Staubwedeln hintereinander her.

Später liegen wir faul im Garten, sonnen uns, lesen, reden, und auch jetzt gesellt Honey sich nicht zu uns. Manchmal zieht sie los, um sich im Dorf mit Freunden zu treffen, aber die meiste Zeit bleibt sie in ihrem Zimmer.

Nicht selten, wenn ich hochschaue zu ihrem Erkerzimmer, steht das kleine Bogenfenster offen, und Honey sitzt auf dem Fensterbrett mit einem Zeichenblock auf dem Schoß, während das lange Haar sanft im Wind weht. Manchmal trägt sie es zu einem dicken, langen Zopf geflochten, und dann erinnert sie mich an Rapunzel aus dem dicken Märchenbuch, das Mrs Mackie mir mal zu Weihnachten geschenkt hat.

Charlotte findet beim Ausmisten auf dem Dachboden, wo sie Platz für Dads Sachen schaffen will, eine alte Hängematte, und die spannen wir jetzt zwischen zwei Bäume und liegen dann abwechselnd darin im Schatten, mit einer Hand über das Gras streifend. Coco stellt mich den Enten vor, drei kohlschwarze Laufenten, so groß, elegant und aufrecht, dass es aussieht, als hätte jemand sie gedehnt und aus der Form gebracht. Wir füttern sie mit Maismehl und beobachten, wie sie in dem Teich in ihrem Gehege planschen und schwimmen.

»Deinem Fisch würde es da drinnen vielleicht auch gut gefallen«, schlägt Coco vor. »Mehr Platz.«

»Neeee – die Enten fressen ihn sonst vielleicht auf«, erkläre ich. »Rover gefällt es sehr gut, wo er ist, echt.«

»Ich hätte auch gern einen Fisch«, sagt Coco nachdenklich. »Und ein Lama und einen Esel und einen Papagei natürlich. Mom meint, wir könnten uns keine weiteren Haustiere leisten, aber ich werde eines Tages Tierärztin, dann kann ich mich um all diese Tiere kümmern.«

»Ich glaube, du wärst eine großartige Tierärztin«, sage ich.

»Na ja, ist noch nicht ganz sicher«, meint sie stirnrunzelnd. »Vielleicht will ich ja auch für Greenpeace arbeiten und in diesem Boot mit dem Regenbogen drauf um die Welt segeln und Wale retten und den Regenwald und so was …«

»Klingt gut«, versichere ich ihr. »Wenn jemand das schafft, dann du.«

Coco sieht durch ein Gewirr aus Haaren, einem richtigen Vogelnest, zu mir auf. »Sonst glaubt keiner an mich«, sagt sie, und ihre blauen Augen wirken total ernst. »Aber eines Tages werde ich etwas Großartiges tun. Ich weiß, dass ich es schaffe!«

»Das glaube ich auch«, bestätige ich.

Coco grinst. »Ich bin echt froh, dass du hier bist«, sagt sie, und in dem Moment bin ich auch froh.

Mitten in der Woche macht Skye mit mir eine Sightseeing-Tour durch Kitnor. Wir gehen entlang der engen, gewundenen Straße, die sich über den bewaldeten Hügel zieht und schließlich runter ins Dorf führt, von Haus zu Haus. Es ist die Art von Dorf, von dem ich dachte, dass es nur im Märchen existiert, mit einer altmodischen Bäckerei und einem Metzger und einem Feinkostladen und einem Gemüsehändler sowie einem Supermarkt und einem Zeitungskiosk und einer ganzen Reihe von Cafés, Pubs und B&Bs.

»Ist total touristisch hier«, erklärt Skye. »Aber irgendwie auch cool.«

Skye hat immer noch ihren Samthut auf und dazu ein anderes Flohmarktkleid, aber keiner würdigt sie eines zweiten Blickes, daher gehe ich davon aus, dass das ihr ganz normaler Style ist.

»Das ist der Buchladen«, erzählt Skye weiter. »Und da haben wir die Eisenwarenhandlung – der ältere Herr, der den Laden betreibt, verkauft immer noch Blecheimer und Fliegenfänger aus Papier und Bürsten, mit denen man den Kamin kehren kann. Ist echt irre. Und das da ist die Post, wenn du ein paar Karten für deine Freunde besorgen willst.«

»Oh … ja, vielleicht«, sage ich. »Das hatte ich eh vor …«

Drinnen schnappe ich mir ein paar Postkarten, auf denen strohgedeckte Häuser abgebildet sind, nur damit Skye endlich Ruhe gibt. Ich kann ja wenigstens eine an Mrs Mackie schicken.

»Hallo, Skye«, sagt die Dame hinter dem Tresen strahlend. »Genießt du die Schulferien?«

»Ja, Mrs Lee«, erwidert Skye.

»Und wer ist deine nette kleine Freundin hier?«, fährt die Frau fort, wobei sie mich anlächelt. »Nicht von hier, nehme ich an. Und vielleicht auch mehr als nur eine Freundin – seid ihr möglicherweise verwandt? Obwohl ich schon sagen muss, dass ihr beide euch nicht wirklich ähnlich seht …«

Die Frau mustert mich stirnrunzelnd. Dann wirft sie ihre dunklen Locken über die Schultern zurück, sodass die silbernen Kreolen in ihren Ohren wild hin und her baumeln.

Skye lacht. »Mrs Lee hat Zigeunerblut in sich«, erklärt sie mir. »Sie kann Dinge sehen …«

Ich muss an den Zigeunerwohnwagen denken, den ich vor einigen Jahren in den Borders gesehen habe, und auch an den, in dem ich jetzt wohne, und ich denke an Mrs Mackies Lied und ihre Theorie von wegen, Dad habe wohl ein wenig Zigeunerblut in sich.

Ich blinzle. »Dinge sehen?«

»Na ja, ich *spüre* eher Dinge«, sagt die Frau. »Ich sehe, was unter der Oberfläche liegt, sehe die Wahrheit hinter den Dingen …«

Ich merke, wie ich instinktiv zurückweiche, wie ein Kind, das man mit der Hand in der Keksdose erwischt hat. Zum

Glück kriegt Skye das nicht mit. »Sie haben wie immer recht, Mrs Lee«, sagt sie. »Das hier ist Cherry, meine neue Stiefschwester. Na ja, zumindest fast. Sie und ihr Dad Paddy sind gerade erst hierhergezogen. Ist das nicht cool?«

Ich halte ihr die Postkarten mit den strohgedeckten Häuschen drauf hin, und Mrs Lee nimmt sie mir ab und dreht meine Hand um, sodass die Handfläche nach oben zeigt. »Ein Mädchen an einer Kreuzung«, sagt sie. »Eine neue Familie, Wahrheit und Lügen, eine entscheidende Phase im Leben … schwierige Entscheidungen liegen vor dir, Cherry.«

Wenn ich jetzt die Wahl hätte, wäre ich am liebsten Lichtjahre von hier entfernt. Die Frau hat nämlich eindeutig nicht mehr alle Tassen im Schrank.

»Äh … zwei Briefmarken für die Postkarten, bitte«, sage ich.

Mrs Lee lächelt. »Sicher. Ich hoffe, du lebst dich gut ein hier, meine Kleine!«

Ich beiße die Zähne zusammen und ringe mir ein Lächeln ab, ehe ich Skye zurück nach draußen in den Sonnenschein folge.

»Sie ist ein bisschen sonderbar«, gibt Skye zu. »Aber auch ganz cool, wenn man auf solche Dinge steht. Sie hat mir mal gesagt, ich solle mich vor Fremden hüten und aufpassen, dass mir meine Liebe zur Geschichte nicht allzu sehr zu Kopf steigt, und genau an dem Tag ließ mich ein neuer

Aushilfslehrer nachsitzen, weil ich meinen uralten Schlapphut im Unterricht getragen hatte …«

»Äh … klar …«

»Aber egal … da ist die Kirche, dort drüben, stammt aus dem zwölften Jahrhundert …«, plappert Skye einfach weiter. »Und das ist die Grundschule, und jetzt könnte ich dir noch den Park zeigen …«

Eine Bande kleiner Kinder auf Fahrrädern rauscht an uns vorbei und lässt Schotter hochspritzen, und sie alle rufen ihr zu, ob sie denn auch in den Park komme, und dann folgen wir ihnen dorthin und sitzen dann alle auf den Schaukeln, auf der Rutsche und auf dem Karussell. Das hab ich nicht mehr gemacht, seit ich acht Jahre alt war, im Ernst. Die Kids wollen uns zu einer Runde Fußball überreden, aber Skye meint, wir wären im Augenblick zu beschäftigt, und dann schleift sie mich weiter auf der Sightseeing-Tour.

Ich weiß jetzt, wo die Kleingartensiedlung ist und das Gemeindezentrum, und auch die Glascontainer und die öffentliche Toilette zeigt sie mir. Sie hat mich ungefähr einer Million Menschen vorgestellt, strahlenden Frauen in mittleren Jahren und älteren Herren mit Schnauzbärten sowie ganzen Horden von kleinen Kindern, die seilspringen, und sie alle kennen Skye und finden sie ganz offensichtlich toll. Ich bin allmählich auch der Meinung – Skyes Begeisterungsfähigkeit ist echt ansteckend.

»Willst du einen Milchshake?«, fragt Skye und schleift

mich auch schon auf ein Café zu, das »Der verrückte Hutmacher« heißt. »Hier gehen wir immer hin, die haben die besten Bananenshakes und die besten Scones mit Sahne im ganzen Dorf …«

Wir schieben uns durch die Tür, und sofort fängt mein Herz an zu rasen – Honey und Shay hocken an einem Tisch in der Ecke, nippen an einer Cola und unterhalten sich. Ich versuche, nicht zu schmunzeln, nicht rot zu werden, mir nichts zu denken.

»Hey, Skye, Cherry!«, ruft Shay, dabei grinst er breit und winkt. »Hier drüben!«

Ich begegne Shays Blick und wende mich ab, zeige ihm die kalte Schulter und tue so, als würde ich mir meine Postkarten ansehen.

»Ihr könnt unseren Platz haben«, sagt Honey zu Skye. »Wir wollten gerade gehen.«

Shay blinzelt. »Ach, wollten wir das?«

»Wollten wir. Komm, Shay. Ich hab keinen Bock, hier rumzuhängen und mit meiner kleinen Schwester und ihrem Freak von einer Freundin über Puppen und Ponys zu reden …«

Für mich fühlt es sich an, als hätte sie mich geohrfeigt, und die Zornesröte kriecht mir übers Gesicht.

»Miau«, sagt Shay zu Honey. »Kannst du deine Krallen dann bitte wieder einfahren?«

»Ach, mich wundert ja, dass bei diesem Kätzchen die

Milch nicht sauer wird«, meint Skye, drängt sich an den beiden vorbei und setzt sich. »Im Ernst, Honey, als würden wir mit dir rumhängen wollen.«

Shay greift nach seiner blauen Gitarre und hängt sie sich über die Schulter. Dann rückt er noch seine schwarze Mütze zurecht. Honey wirft ihr hüftlanges Haar zurück und legt eine weitere Schicht glänzendes Lipgloss auf, während sie auf ihn wartet.

»Wir sehen uns«, sagt Skye.

»Will ich nicht hoffen«, sagt Honey in süßlichem Tonfall, und Shay zuckt nur entschuldigend mit der Schulter und bugsiert sie aus dem Café raus.

»Sie meint es nicht so«, versichert Skye mir, als die Tür hinter ihnen zuschwingt. »Na ja, vielleicht schon, aber es ist nichts gegen dich persönlich. Sie wollte dieses Wochenende eigentlich hoch nach London fahren, um Dad zu treffen … aber blöderweise hat er gestern Abend angerufen und das Ganze abgesagt. Wieder mal. Erinnerst du dich, direkt nach dem Abendessen, als Mom ewig am Telefon hing und sie zu uns sagte, wir sollen nach draußen gehen und uns nicht um das dreckige Geschirr kümmern?«

Langsam nicke ich, und ich erinnere mich an Charlottes müdes, erschöpftes Gesicht, während sie den Telefonhörer in der Hand hielt und uns nach draußen schickte.

»Deshalb ist Honey im Moment besonders reizbar«, sagt Skye. »Dad ist ein Loser, nur will sie das nicht sehen …«

»Oh … ach so«, flüstere ich. »Tut mir leid …«

Skye zuckt mit der Schulter. »Nicht nötig. Selbst in den besten Zeiten war er nie ein guter Vater. Er gibt ja sein Bestes, aber … eigentlich ist er total egoistisch. Er hat sich Mom gegenüber unmöglich benommen. Er hat uns nie hier besucht, kein einziges Mal. Er sollte eigentlich kommen und übers Wochenende hierbleiben, als Mom zu euch hoch nach Glasgow fuhr, um bei dir und Paddy zu übernachten, doch er hat in letzter Minute abgesagt, und dann musste stattdessen eine Freundin von Mom bei uns bleiben.«

Ich mache den Mund auf und schließe ihn dann wieder, weil ich sprachlos bin.

»Weißt du noch, was du gesagt hast, an dem Tag, als ihr hier angekommen seid? Von wegen, alles sei perfekt hier?«, meint Skye. »Tja, ich schätze, jetzt siehst du, dass es ganz und gar nicht so ist. Weit gefehlt. Honey ist wütend auf alles und jeden, sie ist durcheinander – manchmal ist es so, als würde man mit einer Gewitterwolke zusammenleben. Mom hat die meiste Zeit Angst, irgendwas zu ihr zu sagen. Ich finde es großartig, dass ihr hier seid, Paddy und du … jetzt wird sich endlich was ändern müssen.«

Ich beiße mir auf die Unterlippe.

»Jedenfalls hoffe ich das«, sagt Skye seufzend. »Weil ich nämlich langsam die Schnauze voll habe von Honey. Zum Glück hat sie ja Shay, weil er nämlich der Einzige ist, auf den sie hört. Er tut ihr echt gut. Dank ihm ist sie schon viel ruhiger geworden. Keinen Schimmer, wo er die Geduld hernimmt, weil sie nämlich immer total launisch ist und fies … aber ich glaube, Shay liebt sie wirklich.«

Eine Klinge bohrt sich in mein Herz und wird herumgedreht, aber ich achte nicht darauf. Das ist ganz und gar nicht das, was ich hören wollte.

»Sie passen gut zusammen«, plappert Skye unbeirrt weiter. »Sie sehen beide gut aus, sind beliebt, und sie sind cool … Ich hätte irgendwann gerne einen Freund wie Shay!«

»Ich mag ihn nicht«, sage ich.

Skye blinzelt verwirrt. »Was? Du magst Shay nicht?«, wiederholt sie meine Worte. »Aber den mag doch jeder! Er ist toll, echt total lieb und nett. Er verbringt so viel Zeit bei uns im Haus, dass er mir schon fast vorkommt wie ein Adoptivbruder …«

Perfekt. Das hat mir gerade noch gefehlt.

»Er gehört mehr oder weniger zur Familie«, fährt Skye fort. »Du wirst ihn schon noch mögen, wenn du ihn erst mal besser kennst.«

»Das glaube ich nicht«, sage ich stur. »Er kommt mir ein bisschen … oberflächlich vor. Und eingebildet. Mal ehrlich, wieso trägt der im Juli eine Mütze? Und ich wette, seinen Pony glättet er sich mit einem Glätteisen.«

»Schon möglich«, pflichtet Skye mir bei. »Aber was soll's?«

Ich verdrehe die Augen. »Ich mag Jungs wie ihn nun mal nicht. Du weißt schon, wie er die ganze Zeit mit dieser blöden blauen Gitarre durch die Gegend zieht und so tut, als wäre er ein Rockstar …«

»Nein«, korrigiert Skye mich. »Er kann echt spielen – du hast es doch gehört, bei der Party am Lagerfeuer. Im Ernst, Cherry, gib ihm eine Chance. Shay ist in Ordnung.«

Die Bedienung kommt zu uns rüber, um unsere Bestellung aufzunehmen. Skye setzt ein Lächeln auf und macht sich an das übliche Vorstellungsspiel, und die Bedienung grinst und sagt, sie hofft, dass ich hier glücklich sein werde, und dann schenkt sie uns die Bananenmilchshakes und die Scones mit Sahne.

Skye beschließt, dass wir zurück nach Tanglewood den Strand entlanggehen, also schlendern wir runter an den Kitnor Quay, vorbei an rundbauchigen Fischerbooten und funkelnden Yachten, die entlang der Landungsstege festgemacht sind, und vorbei an einer Reihe von Segeljollen, die an Land gezogen sind.

»Dort drüben wohnt Shay«, erklärt sie mir und deutet mit einem Kopfnicken auf ein hübsches kleines Cottage mit Strohdach, gleich neben einigen umgebauten Wirtschaftsgebäuden am Quai. »Sein Dad leitet das Segelcenter – in den Ferien arbeitet Shay ebenfalls dort. Heute muss er den Nachmittag freihaben. Man bringt dort Kindern das Segeln bei, und sie bieten Kurse auf hoher See an, vermieten Jollen und Bananenboote an die Grockles …«

»Grockles? Was soll das denn sein?«

»Touristen!«, erklärt Skye. »So nennen wir sie hier im Süden. Es sind immer ein paar von ihnen da, ganz gleich welche Jahreszeit wir haben. Aber jetzt, da die Ferien angefangen haben, sind sie wirklich überall. Sie picknicken auf den Wiesen, liegen faul am Strand rum, überfüllen die Teestuben … sicher brauchen wir sie, daher werde ich mich bestimmt nicht beschweren. So gut wie jedes Geschäft hier in Kitnor ist von den Grockles abhängig, um überleben zu können. Das B&B wird den ganzen Sommer über ausgebucht sein …«

Ich werfe einen Blick zurück zu dem Cottage und zu den Nebengebäuden und bemerke das Schild, auf dem *Kitnor Segelcenter* steht, und die Kanus und Paddel, die an der weiß getünchten Wand lehnen. Shay sieht eigentlich nicht wie ein sonderlich sportlicher Typ aus. Ich kann mir gar nicht vorstellen, wie er Segel hievt und Anhänger durch die Gegend schleppt und dickliche Grockles in mittleren Jahren mit Neoprenanzügen und leuchtend orangen Rettungswesten ausstattet, aber ich erinnere mich, dass er nach Meer roch, und jetzt weiß ich auch warum.

Kaiser, König, Edelmann …

Gibt es denn kein Entkommen vor diesem Typen?

Obwohl, wenn Shay tatsächlich den ganzen Sommer

über im Segelcenter arbeitet, wird ihm nicht viel Zeit bleiben, um in Tanglewood House abzuhängen. Hoffe ich zumindest.

Skye hat wieder ihren Reiseleiterinnen-Modus aktiviert. Sie hakt sich bei mir unter und erzählt mir etwas von Schmugglerhöhlen und zerfallenen Schlössern und den Archäologen, die bisweilen an diesen Küstenabschnitt kommen, um nach Fossilien und Dinosaurierknochen zu suchen.

»Ich hab mal ein Fossil gefunden«, sagt sie, und ihre Augen leuchten dabei. »Ich hatte mich gerade gebückt, um ein paar Muscheln aufzusammeln … Da sah ich etwas, das war halb im Sand vergraben, und wie sich rausstellte, war es ein Ammonit!«

»Ein … was?«

»Das ist das Fossil von diesem spiralförmigen Tier, das im Meer gelebt hat«, erklärt Skye. »Das ist Millionen von Jahren her, sie sind längst ausgestorben. Und ich hatte eines in der Hand, kannst du dir das vorstellen? Ich meine, diese kleine Kreatur ist irgendwann mal im Meer geschwommen, direkt hier, damals, als die Dinosaurier noch über die Erde streiften. Das war fast so, als hätte ich ein kleines Stück Geschichte in der Hand!«

»Cool«, sage ich.

Skye grinst. »Das war es«, erwidert sie. »Nicht jeder versteht das mit der Geschichte. Summer und Coco und

Honey finden das alles todlangweilig, sie denken, es geht um nichts weiter als staubige Relikte und stickige Museen. Aber Geschichte ist nicht langweilig, sie ist einfach genial! Allein der Name … Geschichte … Hier geht es um Geschichten!«

»Könige und Königinnen und Schmuggler«, sage ich. »Mysterien und Dramen und Intrigen und Abenteuer …«

»Ganz genau!«

Skye weiß es nicht, klar, aber ich bin eine Expertin im Geschichtenerzählen. Andere Menschen können auf eine ganze Reihe von Erinnerungen zurückgreifen, von denen ich aber leider kaum welche habe … nichts von wegen glückliche Familie, da waren immer nur Dad und ich und eine Vergangenheit, an die keiner von uns sich gern erinnerte. Da helfen mir die Geschichten, um die Leere zu füllen, wo eigentlich meine Mom hätte sein sollen. Ich habe die Geschichte so viele Male umgeschrieben in meinem eigenen Kopf, dass ich selbst nicht mal mehr weiß, was die Wahrheit ist. Aber spielt das eine Rolle?

Ich glaube schon. Es bringt nichts, Honey zu erzählen, ich hätte in einem großen, schicken Apartment gewohnt, wo sie doch genau weiß, dass es nicht so war, und selbst, dass ich Skye, Summer und Coco erzählt habe, ich hätte haufenweise Freunde daheim in Glasgow, birgt ein gewisses Risiko. Außerdem, wenn die Tanberrys nicht perfekt sind, dann muss ich es ja vielleicht auch nicht sein, oder?

Vielleicht ist es an der Zeit, mir die Geschichten für den Englischunterricht aufzusparen.

Ich will Teil dieser Familie sein, und wenn das bedeutet, dass ich in Zukunft die Klappe halte, wenn sich wieder irgendwelche Lügen auf meiner Zunge formieren, dann werde ich das eben in Kauf nehmen müssen.

Ich werde nichts tun, womit ich mir das hier verderben könnte.

Ich muss an die spiralige kleine Kreatur denken, die vor langer, langer Zeit durch den Ozean trieb, und ich kann mir ein Lächeln nicht verkneifen.

Wir gehen weiter, schmieden Pläne für den Sommer, die unter anderem so aussehen, dass wir im Meer schwimmen und lange Fahrradtouren und Picknicks machen und die süßen Tourijungs im Dorf abchecken wollen. Wir umrunden die gesamte Bucht und marschieren weiter bis hinter die nächste Landzunge, bis wir den kleinen versteckten Strand unterhalb des Klippenpfads erreicht haben, der zurückführt hoch nach Tanglewood House.

Plötzlich taucht Skye neben mir weg und rennt bis runter an die Wasserkante. »Also, wie wär's … mit schwimmen im Meer, meine ich?«, sagt sie herausfordernd.

Sie schleudert ihre Schuhe von sich, streift die Socken ab und zieht sich das lange Kleid über den Kopf, das sie auf den nassen Sand wirft, ehe sie in lila Hemdchen und Unterhose lossprintet, hinein in die Brandung. »Komm schon!«, brüllt sie, während sie die silbrige Gischt hochspritzen lässt. »Es ist fantastisch! Gar nicht mal so kalt!«

Ja, genau. Wir mögen zwar jetzt Juli haben, aber wir sind hier nicht am Mittelmeer. Auch wenn ich weiß, dass es falsch ist, streife ich die Schuhe ab und ziehe die Strümpfe aus. Der feuchte Sand jagt mir einen Schauer über den Rücken.

»Komm schon, Cherry!« Skye lacht. »Sei nicht so eine Memme!«

Das lasse ich mir nicht zweimal sagen. Ich schäle mich aus meiner Jeans und renne in T-Shirt und Unterhose hinein ins Meer, und sobald mich die erste Welle erfasst, fange ich an zu kreischen, weil das Wasser nicht einfach nur kalt ist, nein, es ist eisig, arktisch, so kalt, dass es schmerzt. Skye hält mich fest, sodass ich nicht wieder rauskann, und gemeinsam springen und hüpfen und quietschen wir vor Vergnügen, während die Wellen über uns hereinbrechen.

Ich bin mir nicht sicher, ob Skye sich schon wie eine Schwester anfühlt, aber sie wird mir auf jeden Fall allmählich zu einer guten Freundin.

11

Am Freitagabend sitze ich am Küchentisch und schreibe meine Postkarte an Mrs Mackie, wobei ich so tue, als wäre sie für eine Freundin unter sechzig. Ich decke die Karte mit einer Hand ab, während Charlotte Teller voll Pasta mit Pesto und Knoblauchbaguette austeilt.

»Wo steckt denn Honey?«, erkundigt sie sich. »Ich hab sie vor zehn Minuten schon gerufen!«

»Ich glaube, sie ist in ihrem Zimmer«, meint Summer schulterzuckend. »Sie entwickelt sich allmählich zu einer echten Einsiedlerin.«

Ich lebe mich ganz gut ein hier, schreibe ich soeben auf die Postkarte. *Das Haus ist wunderschön, wir wohnen direkt am Strand, daher kann ich schwimmen gehen, wann immer ich will. Ich schlafe in einem echten Zigeunerwohnwagen, zusammen mit Rover und einem Hund namens Fred. Alle sind sehr nett …*

Na ja, fast alle sind nett. Und das ist ja auch nicht unbedingt gelogen.

Mrs Mackie verblasst bereits zu etwas aus der Vergangenheit, genauso wie das braune Cordsofa und die Clyde-Akademie und Kirsty McRae. Wer braucht schon Kirsty, wenn man doch Honey Tanberry hat? Sie schafft es locker auf Platz eins der Liste der fiesesten Mädchen, die ich je getroffen habe.

Ich unterschreibe mit meinem Namen und stecke die Karte in die Tasche, um sie das nächste Mal in den Briefkasten zu werfen, wenn ich wieder im Dorf bin.

»Honey!«, ruft Charlotte die Treppe hoch. »Abendessen ist fertig!«

Sie schüttelt den Kopf und verteilt die Teller mit der Pasta.

»Wir können genauso gut schon mal anfangen«, meint sie. »Wenn wir auf sie warten, wird das Essen kalt …«

Ein paar Minuten später kommt Honey in die Küche geschlurft, leichenblass im Gesicht und mit bläulichen Schatten unter den Augen, die Lippen leicht grau. Sie sieht aus wie ein Gespenst.

»Alles in Ordnung mit dir?«, fragt Dad, und Honey funkelt ihn böse an.

»Das ist Make-up«, sagt sie. »Sieht man doch.«

»Scheint so, als wäre Halloween dieses Jahr etwas früher«, meint Charlotte seufzend. »Was soll das, Honey?«

»Ein paar von uns treffen sich bei Georgia, um sich *Twilight* auf DVD anzugucken«, sagt Honey. »Wir fanden die Idee witzig, uns dafür ein bisschen zu verkleiden.«

»Okay«, meint Charlotte. »Klingt gut. Setz dich, Liebes, und iss deine Pasta, solange sie noch heiß ist.«

Honey verzieht den Mund. »Wir essen bei Georgia Pizza«, sagt sie achtlos. »Also lass ich das Essen jetzt lieber ausfallen, wenn das okay ist. Wartet nicht auf mich …«

Charlotte runzelt die Stirn. »Aber … du liebst doch Nudeln mit Pesto!«, protestiert sie. »Und ich hab extra Knoblauchbaguette gemacht, mit geriebenem Käse drauf, genau wie du es magst …«

»Schade auch.«

Dad und Charlotte wechseln einen Blick, dann seufzt Charlotte, und lässt die Schultern hängen. »Aber komm bitte nicht zu spät nach Hause. Du weißt, dass um elf für dich Zapfenstreich ist. Und erschreck bloß keine kleinen Kinder!«

»Ja, ganz bestimmt«, schnaubt Honey, stolziert in ihrem weit schwingenden schwarzen Samtkleid davon und knallt die Tür hinter sich zu.

»Meine Schwester, die Vampirin«, meint Summer grinsend.

»Ich wette, sie trifft sich in Wirklichkeit mit Shay«, schiebt Coco hinterher. »Vielleicht hat sie vor, ihn zu küssen. Ich wette, deshalb wollte sie kein Knoblauchbaguette«

Ein Stück Brotkrume bleibt mir im Hals stecken und bringt mich zum Husten, sodass Dad mir auf den Rücken klopfen muss und Coco mir ein Glas Wasser holt.

Skye grinst. »Liebe auf den ersten Biss …«

Ich wache in der Dunkelheit auf, und mein Herz rast, weil irgendetwas gegen die Tür des Wohnwagens donnert. Fred knurrt, ein leises, wütendes Grollen, das sich allmählich zu einem jaulenden Bellen auswächst. Einen Augenblick lang weiß ich nicht mal, wo ich bin oder warum, und dann fällt es mir wieder ein, und ich wünsche mir, es wäre nicht so, weil ich mich nämlich hier allein in einem Wohnwagen befinde, und das mitten im Nirgendwo, mit einem knurrenden, aber total gutmütigen Hund, und einem verrückten Axtmörder, der zu mir reinwill.

»Cherry!«, ruft eine Stimme, und fast bleibt mir das Herz stehen. »Cherry! Ich bin's! Mach auf!«

Ich schalte die Lichterkette an und hebe den Vorhang an der Tür hoch. Draußen erkenne ich eine dunkle Gestalt in einer Werwolfmaske mit einer wilden Mähne drahtigen grauen Haars und einer blauen Gitarre über der Schulter.

Also doch kein irrer Axtmörder.

Ich entriegle die Tür, und Fred kommt aus der Dunkelheit angesprungen. Ein ersticktes Jaulen ist zu hören, dann das Surren einer gerissenen Gitarrensaite, und als ich vorsichtig nach draußen luge, sehe ich Shay Fletcher im Gras liegen, die Werwolfmaske jetzt ganz schief, während Fred ihn halb tot leckt.

»Fred!«, schnaubt er. »Runter von mir!«

Der Angsthase von einem Hund springt zurück in den Wohnwagen und versteckt sich hinter meinen Beinen. Jetzt wird mir klar, dass er nicht unbedingt eine Bereicherung wäre, falls ein echter Axtmörder unangekündigt hier aufkreuzt. Shay Fletcher grinst mich an. »Hab ich dich erschreckt?«, fragt er.

»Ja, und wie«, knurre ich. »Schnell, setz die Maske wieder auf.«

»Hey«, sagt er. »Das ist aber fies. Ich bin nur grad zufällig vorbeigekommen, da dachte ich, ich sag mal kurz Hallo …« Er rappelt sich hoch und wischt sich grinsend den Schmutz von der Jeans.

Ich hülle mich auf den Stufen enger in meine Patchworkdecke, und Shay macht es sich auf einem einsamen Holzscheit bequem.

Selbst im flackernden Schein der Lichterkette in den Bäumen kann ich erkennen, dass ich mich bei Shay Fletcher nicht getäuscht hatte. Er ist kein Typ zum Verlieben. Es mag ja Leute geben, die auf schlaff herabhängendes weizenblondes Haar, auf Sommersprossen im Gesicht und auf ein solches Grinsen stehen … mich aber, mich lässt das kalt. Na ja, vielleicht nicht ganz.

Außerdem hat er einen fürchterlichen Geschmack, was seine Freundinnen betrifft.

»Bist du sauer auf mich?«, will Shay wissen.

»Warum sollte ich sauer sein? Weil du mitten in der Nacht unangekündigt hier aufkreuzt und mir einen Riesenschrecken einjagst? Weil deine Freundin das absolut fieseste

Mädchen ist, das es je gab? Oder weil du ihr erzählt hast, ich hätte mit dir geflirtet neulich bei der Party am Lagerfeuer?«

»Geflirtet? Das habe ich nie behauptet.« Er runzelt die Stirn. »Wie kommst du denn darauf?«

»Mal nachdenken …« Ich tue so, als würde ich überlegen. »Jep … das hab ich dann wohl von Honey.«

Shay wirkt verwirrt. »So etwas habe ich nie behauptet, ehrlich. Du kannst jederzeit mit mir flirten, wenn du willst …«

»Sehr witzig«, fauche ich.

»Ja, das bin ich wohl. Nein, im Ernst, ich habe mich gefragt, ob du wohl sauer auf mich bist. Du hast mich im Café gar nicht beachtet.«

»Du warst ja auch beschäftigt«, seufze ich. »Mit deiner Freundin.«

»Hör zu, ich wollte dir nur sagen, dass Honey im Moment vielleicht nicht ganz so nett ist«, meint Shay. »Aber das geht wieder vorbei, und außerdem, das heißt ja auch nicht, dass wir nicht befreundet sein können. Ich verspreche dir, dass ich dir was auf der Gitarre vorspiele …«

Mein Herz macht einen Satz, ehe es zurück in die Tiefe sinkt, weil mir wieder einfällt, was Skye alles über Shay und Honey gesagt hat.

Er tut ihr gut.

Ich glaube, Shay liebt sie wirklich.

Großartig.

»Ich entbinde dich von deinem Versprechen«, erkläre ich ihm. »Das war ja, bevor ich wusste, dass du mit meiner Stiefschwester zusammen bist. Also … weiß sie eigentlich, dass du hier bist?«

»Na ja, nein, aber …«

Ich beiße mir auf die Unterlippe. »Shay, weshalb bist du *wirklich* hier?«

Er grinst, und dieses Grinsen erhellt die Dunkelheit um einiges mehr, als die Lichterketten das tun. Er mag ja oberflächlich und flatterhaft und der geborene Flirter sein, aber trotzdem ist es schwer, Shay Fletcher nicht zu mögen, wenigstens ein kleines bisschen.

»Wie ich schon sagte, wir können wohl keine Freunde sein, wie?«, fragt Shay stirnrunzelnd. »Du wolltest mir eigentlich deine Lebensgeschichte erzählen.«

»Es ist schon fast Mitternacht …«

Er verzieht das Gesicht. »Na und? Du hast doch noch nicht geschlafen, oder?«

»Natürlich nicht«, behaupte ich.

»Na dann. Wie gesagt, ich bin nur zufällig vorbeigekommen!«

»Ja, klar«, sage ich seufzend. »Diese *Twilight*-Verkleidungsgeschichte. Ich glaube, ich bevorzuge Vampire …«

»Keine gute Wahl«, sagt Shay. »Warum sich einen Jungen aussuchen, der im Dunkeln leuchtet und einen für das erste

Date auf einen Baum hochfliegt? Jeder, der danach kommt, kann doch nur noch eine Enttäuschung sein. Nein, mit einem Werwolf ist man definitiv besser dran. Perfekt im Benehmen, abgesehen von den Vollmondnächten. Also … was soll es sein? Süßes oder Saures?«

»Wir haben Juli«, rufe ich ihm in Erinnerung. »Halloween ist erst in ein paar Monaten, und ich hab grad nichts Süßes …«

»Dann erzähl mir eine Geschichte«, sagt Shay und setzt sich auf den umgefallenen Baumstamm. »Erzähl mir was von dir.«

Entnervt seufze ich. Der Junge kann aber auch echt ganz schön hartnäckig sein.

»Wenn ich dir was erzähle, gehst du dann?«

»Wenn du willst, dass ich gehe«, meint Shay schulterzuckend, und ich merke, wie ich schwach werde. Wenn ich mit ihm rede, ihm ein wenig von meiner Vergangenheit erzähle … wäre das wirklich so schlimm, solange er dann den Mund hält und sich vom Acker macht?

»Das will ich.«

Ich lege einen Arm um Fred und schmiege meine Wange an sein Fell, während ich im Geiste nach etwas suche, womit ich am besten anfange. Ich könnte Shay ja schließlich alles erzählen. Es muss ja nicht die Wahrheit sein. Oder doch?

»Es war einmal …«, treibt er mich an, und ich seufze und fange mit meiner Geschichte an.

»Es war einmal ein junger Mann namens Paddy, der wollte die Welt in allen Farben des Regenbogens anmalen«, fing ich an. »Als er mit der Kunstschule fertig war, ging er auf Reisen und traf ein wunderschönes japanisches Mädchen namens Kiko. Die beiden verliebten sich und reisten gemeinsam durch die Welt, und sämtliche Farben des Regenbogens folgten ihnen …«

»Das gefällt mir«, meint Shay zu mir. »Und wo kommst du ins Spiel?«

»Dazu kommen wir gleich! Nach einer Weile fanden sie heraus, dass sie ein Kind erwarteten. Sie ließen sich in einem *minka*-Haus in Kyoto nieder, mit Wänden aus Reispapier und *tatami*-Matten auf dem Boden, und als ihr Kind geboren wurde, da nannten sie es Sakura, weil gerade Kirschblütenzeit war, und in der ganzen Stadt hingen die hellrosa Blüten schwer in den Bäumen …«

»Warte mal«, unterbricht Shay mich. »Wer ist denn diese Sakura?«

Ich lege mir einen Finger an die Lippen.

»Das kleine Mädchen, dessen Name *Kirschblüte* bedeutete, wurde größer und kräftiger, und die Farben des Regenbogens tanzten, wenn sie lachte. Sie wusste, dass sie immer in Sicherheit sein und geliebt werden würde, solange ihre Mom und ihr Dad in ihrer Nähe waren. Eines Tages, wieder zur Kirschblütenzeit, gingen Sakura und ihre Mom in den Park, um sich die Bäume anzusehen, und ein steifer Nordwind riss die Blüten von den Zweigen, und sie schwebten zu Boden wie Schneeflocken. Sakura fing an zu weinen, aber ihre Mom schloss sie ganz fest in die Arme und bat sie, nicht traurig zu sein, denn mit dem Leben sei es wie mit den Kirschblüten, wunderschön und vergänglich, und es ginge nur darum, die Schönheit zu genießen, solange es ging, jede einzelne Sekunde zu schätzen …«

Shay hat angefangen, auf seiner Gitarre zu spielen, eine sanfte, traurige Melodie, die ich nie zuvor gehört habe. Sie wandert durch die Nacht wie eine Erinnerung. Meine Stimme schwankt ein wenig, und ich werfe einen Blick auf Shay, sein Gesicht erhellt vom Schein der flackernden Lichterkette, während er mir lauscht.

»Ein paar Monate später wachte Sakura eines Morgens auf und stellte fest, dass ihre Mom verschwunden war. Und sämtliche Farben waren ebenfalls aus ihrer Welt verschwunden, und nichts sollte je wieder sein, wie es war …«

Eine Träne rinnt mir über die Wange, und ich wische sie an Freds Fell ab. Die Vergangenheit ist voller längst vergessener Gefühle. Ich habe all diese Erinnerungen, diese Gefühle nie mit jemandem geteilt, nicht einmal mit Dad. Wieder werfe ich Shay einen Blick zu und sehe sofort wieder weg, ganz schnell. Was hat dieser Junge nur an sich, dass ich es tatsächlich wage, ihm all die Dinge zu zeigen, die ich so lange in meinem Inneren verborgen habe?

Er stellt seine Gitarre ab.

»Ach, Cherry«, sagt er ganz leise. »Sakura – das bist du, stimmt's?«

»Jetzt musst du gehen«, sage ich rasch. »Du hast es versprochen …«

»Aber was ist mit dem Rest der Geschichte!«, protestiert er. »Was ist aus Sakuras Mom geworden? Wohin ist sie gegangen? Was geschah als Nächstes?«

Ich schüttele den Kopf. Jetzt betrete ich gefährliches Gelände, und das macht mir Angst.

»Geh jetzt einfach, okay? Bitte. Und halt dich von mir fern, Shay. Du solltest nicht hier sein.«

Er steht auf und hängt sich zitternd den Gitarrengurt um die Schulter. »Tut mir leid, Cherry«, sagt er. »Wegen allem.«

Dann setzt er die Werwolfmaske auf und geht davon.

12

Ich schlafe lange, und als ich aufwache, sind meine Wimpern feucht von Tränen. Die Vergangenheit ist ein gefährlicher Ort. Man kann sich in einer Geschichte dorthin begeben, sie weniger schlimm, süßer erscheinen lassen, als sie wirklich ist … aber im Schlaf kommt die Wahrheit ans Licht, ohne dass man es mitkriegt, und dann wacht man auf und fühlt sich hundeelend.

Ich esse ein schnelles Frühstück aus Schokolade und einer Banane und trotte dann mit Rover in seinem glänzenden Glas im Arm rüber zur Hängematte. Während die Hängematte sanft hin und her schwingt, schwappt das Wasser im Goldfischglas sachte gegen den Rand, und Rover wirft mir einen düsteren, vorwurfsvollen Blick zu. Vielleicht ist er ja seekrank?

Möglicherweise hat Coco recht. Vielleicht braucht er ja doch mehr Platz zum Rumschwimmen. Ich stelle mir einen Teich vor, ruhig und glatt und wunderschön, mit kleinen japanischen Brücken und Seerosen und einer Steinpagode.

Das wäre eigentlich ziemlich cool.

Ich stelle das Glas runter ins lange Gras und starre seufzend auf ihn hinab.

Rover und ich kennen uns nun schon so lange.

Ich habe ihn an einem Jahrmarktstand in Largs gewonnen, als ich sieben Jahre alt war. Dafür musste ich Tischtennisbälle in glänzende Goldfischgläser werfen. Eigentlich wollte ich diesen riesigen rosa Teddybär mit der roten Satinschleife gewinnen, aber ich war weit davon entfernt. Ich bettelte Dad an, für fünf Runden zu bezahlen, aber ich glaube, irgendwann hatte der Typ an dem Stand die Schnauze voll von uns und überreichte uns einfach einen Fisch, nur damit wir endlich verschwanden.

Als ich Rover sah, ein wunderschönes, orange-goldenes Etwas in einer Plastiktüte voll Wasser, vergaß ich den rosa Teddybär völlig.

Natürlich wählte Dad den Namen aus. Er meinte, Rover sei ein großartiger Name für ein Haustier und dass wir ihm vielleicht beibringen könnten, Stöckchen zu holen und die Wohnung für uns zu bewachen, und ich brauchte eine ganze Weile, ehe mir bewusst wurde, dass er nur einen Witz gemacht hatte. Kirsty McRae stellte das für mich klar, logo.

Rover musste vorerst in einer großen Suppenschüssel aus Emaille leben, ehe Dad mich an dem Tag, an dem er seinen Lohn bekam, in die Zoohandlung auf der Byres Road mitnahm und mir ein großes glänzendes Goldfischglas mit Wasserfilter und ein paar Plastikpflanzen und einem kleinen Steinbogen zum Durchschwimmen kaufte.

Ich fütterte ihn jeden Tag, mit einer Prise rötlich-brauner Flocken, und sofort ließ Rover alles stehen und liegen und schoss in Windeseile hoch an die Oberfläche, um zu fressen. Ich reinigte wöchentlich das Wasser, indem ich mit einer Suppenkelle das schmutzige Wasser rausschöpfte, um ihn nicht zu stören.

Ich besaß ein Buch aus der Bibliothek zum Thema Goldfischpflege. Ich nahm das Ganze sehr, sehr ernst.

Es klingt verrückt, aber ich hab Rover früher alles erzählt. In meinem Bibliotheksbuch stand, Goldfische besäßen ein sehr schlechtes Kurzzeitgedächtnis, das hielt gerade mal drei Sekunden an oder so. Deshalb wurde ihnen auch nicht langweilig dabei, den ganzen Tag im Kreis zu schwimmen, logisch. Aber ich war trotzdem nicht so ganz überzeugt. Rover wirkte nämlich sehr wohl gelangweilt auf mich.

Trotzdem konnte ich ihm meine Geheimnisse so oder so ohne Bedenken anvertrauen, und wenn ich traurig war, dann war das auch okay, denn Rover würde es innerhalb von drei Sekunden vergessen, daher brauchte ich mir keine Sorgen zu machen, ich würde ihn runterziehen oder so. Ich achtete immer peinlich darauf, keine Tränen ins Goldfischglas tropfen zu lassen, weil Goldfische nämlich kein Salzwasser mögen.

»Shay Fletcher bedeutet nur Ärger«, erzähle ich Rover soeben im Flüsterton. »Er ist tabu für mich.«

Rover wedelt mit der Schwanzflosse.

»Er gehört einer anderen. Einer, die mich hasst …«

Rover schießt durch den kleinen Bogen aus Stein und legt einen raschen Slalom zwischen den Plastikpflanzen hin.

»Aber … ich kann nicht aufhören, an ihn zu denken. Ich mag ihn echt. Ist das etwa falsch?«

Ich lasse mich aus der Hängematte ins lange Gras rollen und presse das Gesicht gegen das glänzende Glas. Als ich klein war, dachte ich immer, das Goldfischglas sei so was wie eine Kristallkugel, dass ich in das Glas, ins Wasser schauen und einen Blick auf meine Zukunft erhaschen kann. Heute mach ich mir nichts mehr vor, und außerdem hat es keine Zukunft, sich in einen Jungen wie Shay zu verknallen, überhaupt keine Zukunft. Denn das Problem an einer solchen Schwärmerei ist doch, dass sie einseitig ist. Shay empfindet vermutlich nichts als Mitleid für mich, und selbst das wird irgendwann verfliegen, weil ich die ganze Zeit nur schrecklich fies zu ihm bin. Außerdem hat er ja schon eine Freundin, die mindestens hundertmal hübscher ist als ich.

Und dass ich mit Shay Fletcher unter den Kirschbäumen gesessen bin, das war ganz entschieden eine schlechte Idee, eine ganz, ganz schlechte. Er mag ja denken, dass wir Freunde sind, aber ich bin mir da nicht so sicher. Denn es ist nicht unbedingt Freundschaft, was ich empfinde, wenn ich an Shay denke.

Ich glaube, Honey würde das auch nicht verstehen … wenn sie das mit gestern Nacht wüsste, würde sie mich vermutlich mit bloßen Händen erwürgen. Und was würden Skye, Summer und Coco sagen, wenn sie davon erführen? Oder Dad und Charlotte? Ich brauch mir gar nichts vormachen, sie würden es nicht verstehen. Es gibt eben Dinge, die sind schlichtweg falsch. Und nach Einbruch der Dunkelheit mit dem Freund der eigenen Stiefschwester rumzusitzen, gehört definitiv dazu.

Ich werde runter ins Dorf gehen und meine Postkarte an Mrs Mackie abschicken. Dann komme ich zurück und tue alles in meiner Macht Stehende, um die Dinge, von denen ich geschrieben habe, wahr werden zu lassen.

Es wird keine spätnächtlichen Geschichten mehr geben, schwöre ich mir selbst. Ich muss diese Freundschaft im Keim ersticken, ehe ich damit alles ruiniere.

Rover starrt mich an, ohne auch nur die geringste Regung zu zeigen. Das ist das Problem, wenn man seine Sorgen und Ängste einem Goldfisch anvertraut. Keine Chance auf eine Umarmung oder ein Gespräch, keine Chance, dass auch er mir sein Herz ausschüttet. Ganz gleich, wie oft ich ihn noch um Rat frage, ich werde nichts weiter kriegen als einen kalten Blick aus seinen Fischaugen.

Typisch.

»Was tust du hier?«, ruft eine Stimme, und ich richte mich auf und wische mir das Gras aus dem Haar.

»Nichts!«

Coco lässt sich neben mir in die Hängematte plumpsen und winkt Rover in seinem Glas zu. »Sprichst du mit ihm?«, will sie wissen. »So wie das manche Leute … na ja, mit ihrem Hund oder so tun?«

»Natürlich nicht«, flunkere ich. »Er ist ein Fisch! Was hätte das denn für einen Sinn?«

Coco zuckt mit den Schultern. »Auch Fische haben Gefühle«, sagt sie. »Tut er dir denn nie leid, wie er den ganzen Tag in seinem Glas im Kreis schwimmt? Ich weiß ja, dass du gesagt hast, du willst nicht, dass er in den Ententeich kommt, aber wir könnten ihm ja einen Fischteich anlegen oder so.«

Ich verdränge den Teich im japanischen Stil aus meinen Gedanken.

»Vielleicht«, erkläre ich. »Aber er braucht gar keinen Teich. Fische haben ein sehr kurzes Gedächtnis – drei Sekunden, im Ernst. Er ist glücklich in seinem Glas.«

»Bist du dir da sicher mit den drei Sekunden?« Coco runzelt die Stirn.

»Ich hab das in einem Buch aus der Bibliothek gelesen.«

»Ich guck das im Internet nach«, beschließt Coco. »Wenn ich ein Fisch wäre, hätte ich gern einen richtigen Teich. Und noch andere Fische als Freunde.«

»Rover geht es gut«, sage ich abwehrend. »Er braucht keine anderen Fische, um glücklich zu sein.«

»Okay«, sagt Coco. »Ich meinte ja nur …«

»Er braucht niemanden außer mir.«

»'tschuldige.«

Ich hebe das Glas hoch und trage es vorsichtig über den Rasen auf den Wohnwagen zu. Dann stelle ich es zurück an seinen Platz oben auf dem Schrank. Fische sind doch nicht wie Menschen, oder? Die brauchen keine tollen Teiche oder Seerosen oder Steinpagoden. Sie brauchen keine Familien, keine Freunde, keine Träume.

Vorsichtig spitze ich rüber zu Rover. Vor gar nicht langer Zeit war ich genau wie er … ich saß in meinem kleinen Goldfischglas fest und schwamm immerfort im Kreis. Jetzt hatte sich alles verändert für mich. Meine Welt hatte sich geöffnet, war plötzlich voller Herausforderungen und Komplikationen und Möglichkeiten. Das ist beängstigend, klar, aber ich habe vor, das Beste draus zu machen. Ich werde nicht in mein kleines Goldfischglasleben zurückkehren, nicht, wenn ich es verhindern kann.

»Komm bloß nicht auf falsche Gedanken«, erkläre ich Rover, und er starrt mich an, und es sieht so aus, als wäre er nicht ganz einverstanden.

Und dann kommt mir in den Sinn, dass Rover, wenn er reden könnte, mir seinerseits vermutlich sagen würde, ich solle bloß nicht auf falsche Gedanken kommen.

13

Am Freitag hat Summer Ballettunterricht in Mine-head, währenddessen geht Charlotte mit Skye und mir in den Supermarkt zum Einkaufen. Wir fahren an der Highschool vorbei, auf die ich ab September gehen werde.

»Sieht doch nett aus«, meint Charlotte. »Und außerdem wird Honey schon auf dich aufpassen.«

Skye sieht mich an und zieht eine Grimasse.

»Äh … klar …«, murmle ich, aber in Wirklichkeit wird mir ganz schwer ums Herz. Skye, Summer und Coco sind immer noch auf der Mittelschule. Inwiefern wird Honey wohl auf mich aufpassen, frage ich mich? Indem sie meine Schulbücher aus einem der oberen Fenster wirft oder meine Sportsachen in einen Baum schleudert? Na, da freue ich mich ja drauf.

Als Summer mit ihrem Unterricht fertig ist, fährt Charlotte mit uns runter ans Meer, damit wir Fred im Sand spazieren führen können, und sie kauft uns allen am Strandkiosk ein Eis.

Nach einer Weile, während ich mit Charlotte, Summer und Skye Eis esse und Fred dabei zusehe, wie er auf dem Strand herumtollt, vergesse ich die Sache mit den Puzzleteilen und den aussortierten Taystee-Riegeln. Ich entspanne mich einfach und genieße die Sonne, die mir ins Gesicht scheint, das kalte Wasser, das meine nackten Füße umspült. Summer und Skye haken sich jeweils bei mir unter, und das fühlt sich gut an.

Als wir nach Tanglewood zurückkehren, beladen mit unseren Einkäufen, sieht die Küche aus, als wäre eine Bande Irrer hier eingebrochen, um alles zu durchwühlen und durcheinanderzubringen. Schmutzige Töpfe, Teller und Tabletts stapeln sich im Spülbecken, und die Spülmaschine arbeitet auf Hochtouren, während Dad den Küchentisch schrubbt. Ein sonderbar würziges Aroma liegt in der Luft, so als wäre bei einem Hähnchen Korma was schiefgegangen.

»Gibt es Curry zum Abendessen?«, fragt Charlotte.

»Äh … nein«, gibt Dad zu. »Ich hab wieder mal mit verschiedenen Geschmacksrichtungen für die Pralinen experimentiert. Es gibt ja schon Schokolade mit Chili, und ich bin ein großer Fan von indischem Essen …«

»Neeeeein«, ächze ich. »Currypralinen? Im Ernst?«

»Vielleicht nicht gerade eine meiner besten Ideen«, meint Dad mit einem Schulterzucken. »Aber mach dir keine Sorgen, ich hab noch mit ein paar anderen Sachen herumprobiert … Ich habe sechs neue Geschmacksrichtungen kreiert.

Dachte mir, wir könnten eine kleine Pralinenprobe machen, ich will wissen, welche euch allen schmecken und welche nicht!«

Charlotte sieht sich auf dem Schlachtfeld in der Küche um, und sie wirkt, als stünde sie nach der Detonation unter Schock.

»Spitze«, sagt sie. »Äh … wie oft hast du vor, solche Pralinenexperimente zu veranstalten, Paddy? Ich bin mir nämlich nicht sicher, ob meine Nerven das mitmachen.«

Dad wirkt geknickt. »Ich weiß ja, dass der Küchentisch nicht der beste Ort für ein Schokoladengeschäft ist«, gibt er zu. »Aber ich hab noch ein paar andere Ideen. Sehr viele Ideen, genau genommen. Jetzt, da wir uns einigermaßen aneinander gewöhnt haben und alles so gut läuft, dachte ich, wir könnten vielleicht ein paar Pläne schmieden. Wenn wir das wirklich durchziehen wollen … nun, dann müssen wir reden, uns überlegen, wie wir vorgehen.«

Charlotte lässt sich in einen alten Sessel neben dem Herd sinken.

»Klingt so, als wäre es an der Zeit für ein Familienmeeting«, sagt sie seufzend.

»Gute Idee!«, pflichtet Dad ihr bei. »Das betrifft schließlich jeden von uns. Es wird ja auch ein Familienunternehmen.«

»Das klingt ja richtig ernst«, meint Charlotte.

»Und wie«, stimmt Dad ihr zu.

Keiner von uns bringt es übers Herz, ihm zu sagen, dass er Schokolade an der Nase hat.

Bis Skye Coco endlich gefunden hat, hat Summer bereits die Einkäufe ausgepackt und verstaut, und Dad und ich haben die schokoladeverkrusteten Töpfe und Pfannen und Schüsseln gereinigt, sodass es in der Küche nicht mehr ganz wie nach einem neuerlichen Weltkrieg aussieht.

Charlotte schenkt jedem ein Glas gekühlten Fruchtsaft ein, und Dad verteilt Teller voll Pralinen in der Mitte des Tisches, damit wir sie probieren können. »Keine Spur von Honey?«, meint Charlotte stirnrunzelnd. »Wenn wir hier ein Familienmeeting abhalten, dann sollte sie auch dabei sein …«

»Sie war unten am Strand«, meint Skye. »Ich hab ihr gesagt, sie soll hoch ins Haus kommen, aber sie schien nicht allzu begeistert …«

Charlotte und Dad wechseln einen Blick. »Tja«, sagt Dad schließlich. »Kein Problem. Wir können ihr ja ein paar Pralinen zum Probieren für später übrig lassen.«

In dem Moment schwingt die Küchentür auf, und Honey kommt reinmarschiert, in kurzer Hose und T-Shirt und mit einer herzförmigen Sonnenbrille, dazu ihr übliches finsteres Gesicht. »Was soll denn der ganze Mist hier?«, will sie wissen und schaut angewidert auf die aufgestellten Pralinen. »Und überhaupt, was ist denn so wichtig? Ich hab eigentlich zu tun – und außerdem esse ich gar keine Schokolade! Davon kriegt man Pickel!«

Sie sieht mich mit einem fiesen Grinsen an, und ich hebe meine Hand an die Nase, wo über Nacht ein winziger Pickel in barbierosa aufgeblüht ist.

»Hey, komm schon, Honey, diese Pralinen sehen doch lecker aus«, widerspricht ihr eine zweite Stimme, und mehr brauche ich nicht. Es ist Shay, in abgeschnittener Jeans und einem Muppets-T-Shirt. Die schwarze Beanie-Mütze sitzt immer noch auf seinem Hinterkopf. Bei seinem Anblick schlägt mein Herz einen Purzelbaum.

Er grinst mich an. »Außerdem kriegt man von Schokolade keine Pickel«, sagt er. »Die kriegt man nur vom Erwachsenwerden.«

»Erwachsenwerden?«, sagt Honey leise und wirft mir einen finsteren Blick zu. »Ja, logo …«

Ich spüre, wie meine Wangen rot anlaufen, noch dunkler als der Pickel auf meiner Nase. Ich hab schon kapiert – altersmäßig mögen ja nur wenige Monate zwischen Honey und mir liegen, aber es könnte auch ein ganzes Leben sein. Honey wirkt erwachsen, cool und kultiviert, und ich sehe aus wie ein pickeliges kleines Kind.

»Egal, jedenfalls wären wir dann alle hier«, verkündet Dad. »Also fangen wir an – ich will nicht allzu viel von eurer kostbaren Zeit in Anspruch nehmen. Ich habe ein paar neue Pralinenkreationen entwickelt, die ihr jetzt probieren dürft, und ich dachte, wir könnten noch dies und das besprechen in Bezug auf das Schokoladengeschäft …«

»Was für ein Schokoladengeschäft denn?«, knurrt Honey, aber als Shay ihr den Ellbogen in die Seite rammt, seufzt sie nur und hält den Mund.

Die Verkostung der Pralinen läuft recht gut. Dad hat Pralinen aus Dingen wie Tiramisu und Sherrytrifle gemacht und aus frischen Himbeeren, und sie alle stoßen auf Anerkennung. Diejenigen mit Curry und Roter Bete oder Petersilie hingegen kommen weniger gut an, aber das überrascht eigentlich keinen außer Dad.

»Man muss doch auch mal was Neues wagen«, beharrt er und zuckt ganz leicht zusammen, als er versucht, eine der besonders ekligen Rote-Bete-Pralinen zu schlucken. »Neue Dinge ausprobieren. Neue Geschmacksrichtungen entdecken, die nie zuvor jemand gekannt hat …«

»Du glaubst also, die Leute wollen unbedingt Pralinen aus Rote Bete?«, fragt Summer. »Ist die Welt denn bereit für so was?«

»Ich glaube nicht«, sagt Skye nachdenklich, und Honey verdreht die Augen.

»Vertraut mir«, meint Dad grinsend. »Ich werde etwas ganz Tolles entdecken, eines Tages werde ich das. Eine Geschmacksrichtung, die einen von den Socken haut und mit der wir ein Vermögen machen!«

»Na, du hast da doch schon drei außergewöhnliche Geschmacksrichtungen«, sagt Charlotte. »Das ist doch ein Anfang.«

Honey nimmt eine der Rote-Bete-Pralinen, betrachtet sie angewidert und befördert sie dann in hohem Bogen in den Mülleimer.

»Sind doch nur Pralinen«, meint sie. »Man kriegt hundert verschiedene zu kaufen, überall. Und das hier sind ja noch nicht mal richtige Pralinen! Du schmilzt doch nur ganz gewöhnliche Supermarktschokolade und machst was anderes draus. Mit etwas, das jeder zu Hause selber hinkriegt, wirst du nicht viel Kohle machen. Das ist doch bescheuert!«

»Honey!«, sagt Shay, aber sie zuckt nur mit der Schulter.

»Paddy weiß genau, was er tut«, entgegnet Charlotte. »Gib dem Ganzen eine Chance, Honey. Hör dir das doch bitte zu Ende an!«

Dad sieht sich am Tisch um. »Honey hat schon irgendwie recht«, erklärt er. »Pralinen am Küchentisch zu fabrizieren, damit wird keiner reich. Wir müssen bei der Pralinenproduktion ganz von vorn anfangen – die besten Bio-Kakaobohnen ausfindig machen, sie rösten, knacken und von der Schale trennen, sie mahlen und zu Likör verarbeiten, das Ganze conchieren und die Schokolade dann verfeinern und härten und das endgültige Produkt daraus herstellen. Das ist ein komplizierter Prozess. Wir werden einen Gasgrill benötigen, eine Rösttrommel, eine Mühle und ein Mahlwerk …«

»Wie viel wird all das denn kosten?«, unterbricht Honey ihn. »Und woher soll das Geld kommen? Nicht von uns, das steht schon mal fest. Mom, siehst du denn nicht, worum es hier geht? Er denkt, er kann dein Geld für die Finanzierung nutzen …«

»Honey!«, sagt Charlotte. »Hör auf damit – sofort! Paddy ist nicht auf mein Geld aus, außerdem habe ich ja gar keins. Dieses Geschäft ist etwas, was wir beide uns wünschen … wir wollen das gemeinsam durchziehen. Du redest mir hier nicht noch mal in diesem Ton, ist das klar?«

Ein versteinerter Ausdruck legt sich über Honeys Gesicht. Charlotte mag ja die meiste Zeit blind sein für ihre Launen und ihr ständiges Schmollen, aber auch bei ihr gibt es offenbar Grenzen. Sie will nicht dulden, dass Honey meinen Dad angreift.

Charlotte seufzt und fährt mit einer Hand durch ihr blondes Haar. »Meine Sorge ist eher, wo wir mit all dem Zeug hinsollen, Paddy? Du sprichst hier von Profi-Equipment. Wir bräuchten dafür einen anständigen Raum, in dem wir arbeiten können. Aber leider können wir kein Zimmer entbehren, ohne dass das auf Kosten des B&Bs geht, und damit verdienen wir nun mal unser täglich Brot …«

»Ich weiß, ich weiß«, meint Dad grinsend. »Mach dir keine Sorgen, ich hab da schon eine Idee. Ich hab mir die alten Stallungen hinter dem Haus angesehen. Im Moment liegt da nur ein Haufen Krempel rum, aber ich glaube, ich könnte das Gebäude umbauen zu einer Werkstatt oder einer kleinen Fabrik …«

»Willie Wonka wird vor Neid platzen, wie«, schnaubt Honey. »Vergiss es. Mein Dad hat diese Stallungen für sein altes Auto genutzt, also halt dich davon fern, Paddy Costello! Du kannst nicht einfach so hier aufkreuzen und dann alles in Beschlag nehmen und eine lächerliche Fabrik einrichten, in der du deine Pralinen herstellst, die keiner will! Sieht denn niemand, wie lächerlich das alles ist?«

»Honey!«, sagt Charlotte. »Das reicht! Du entschuldigst dich auf der Stelle bei Paddy!«

Honey steht auf, und ihre Augen funkeln wütend. »Mich entschuldigen?«, faucht sie. »Auf keinen Fall! Ich will dich hier nicht haben … du machst deine bescheuerten Currypralinen und schmiedest Pläne, aus denen sowieso nichts wird! Du bist nicht mein Dad!«

Dad hebt resignierend die Hand. »Das weiß ich ja …«

»Du weißt gar nichts!«, brüllt Honey. »Du und diese kleine Miss Perfect da drüben … da lasst ihr mich hier antanzen, um über diese idiotischen Pralinen zu reden, und beruft ein Familienmeeting ein, wo wir doch noch nicht mal eine richtige Familie sind! Und das werden wir auch nie sein, kapiert? Niemals!«

Damit packt Honey die Ecke der Wachstuchtischdecke und zieht ganz fest daran, sodass sie vom Tisch rutscht, und mit ihr die ganzen Teller und Gläser und die restlichen

Pralinen, die keiner wollte. Man hört das Klirren von zerbrechenden Gläsern und Geschirr, und dann rennt Honey aus dem Zimmer, mit wehender blonder Mähne und einer Wut, die sie die Tür hinter sich zuknallen lässt.

Dad setzt sich und legt das Gesicht in die Hände.

»Ach herrje«, seufzt er.

14

»Sie beruhigt sich schon wieder«, meint Shay und nimmt in dem Sessel neben dem Ofen Platz, während Dad Glas- und Porzellanscherben mit Besen und Schaufel wegkehrt. Fred ist ihm auf den Fersen und saugt die Rote-Bete-Pralinen auf wie ein Staubsauger. »Ich geh nachher hoch zu ihr und rede mit ihr.«

Er wirkt so ruhig, so entspannt angesichts all dessen. Und irgendwie macht mich das wütend.

»Solltest du nicht gleich zu ihr gehen?«, frage ich. »Sie klang mir schon ziemlich aufgebracht. Immerhin ist sie deine Freundin, oder nicht?«

»Stimmt«, pflichtet Shay mir bei. »Das ist sie.«

Ich verdrehe die Augen. »Also …?«

»Ich finde, ich sollte ihr erst mal Zeit geben, sich zu beruhigen, ehe ich ihr ins Gewissen rede«, meint er mit einem Schulterzucken. »Es hat keinen Sinn, ihr jetzt sofort zu folgen, sonst muss ich mir auch noch den Kopf abreißen lassen …«

Darauf sage ich nichts, obwohl es mir seltsamerweise ein Gefühl der Genugtuung bereitet, mir vorzustellen, Shay und Honey könnten sich zoffen. Doch mir wird klar, wie fies das ist – nichts von alledem ist Shays Schuld.

»Ja, vermutlich hast du recht«, sage ich seufzend.

»Hoffen wir, dass du sie wieder zur Raison bringst, Shay«, fügt Charlotte noch hinzu. »Du kannst so gut mit ihr umgehen … Ich hingegen sage irgendwie immer das Falsche. Es ist alles so schwierig! Bleibst du zum Abendbrot? Es gibt nur Quiche und Salat, aber wir haben mehr als genug …«

»Cool«, sagt er grinsend.

Skye und Coco decken den Tisch für das Abendessen und breiten eine neue karierte Tischdecke aus, ehe sie Teller und Besteck arrangieren, während Summer eine Ballett-CD in den Player legt und Pliés übt mit einer Hand auf der Kommode, um die Balance zu halten.

Und ich, ich stehe einfach nur in der Ecke und weiche sorgsam Shays Blick aus, beschämt, ängstlich. Ich bin hier das einzige Puzzlestück, das nirgends reinpassen will.

Shay nimmt seine blaue Gitarre zur Hand und stimmt ein paar Akkorde an, wobei er sich in dem Sessel zurücklehnt, als wolle er nicht so bald gehen. Er ist komplett entspannt, scheint sich hier derart wohlzufühlen, wie es bei mir wohl nie der Fall sein wird. Er war immerhin gerade bei einem Familienmeeting der Tanberrys anwesend, und keiner hat auch nur mit einer Wimper gezuckt angesichts seiner Präsenz, selbst nicht nach dem, was Honey über Dad und mich gesagt hat. Das scheint mir nicht fair.

Und genauso wenig gefällt mir die Vorstellung, dass er zu Honey geht und mit ihr redet, nicht im Geringsten.

»Mir war das nicht klar«, sagt Dad gerade. »Das mit den Stallungen. Ich wollte Honey doch nicht ärgern!«

»In letzter Zeit regt sie sich über alles auf«, erklärt Charlotte ihm und schneidet die noch dampfende Quiche auf. »Ihr Verhalten ist vollkommen unangemessen. Greg hat seinen Wagen in diesen Stallungen untergestellt, sicher – aber das ist lange her. Er kommt nicht mehr zurück, und mit diesem Gedanken muss Honey sich endlich abfinden. Tu mit den Stallungen, was immer du willst, Paddy. Wir können das Gebäude ja schlecht als eine Art Schrein für ein Automobil, geschweige denn für eine Beziehung bewahren, die lange schon nicht mehr existiert. Honey wird so und so nicht glücklich sein, ganz gleich was wir tun«, fährt sie fort und zuckt mit der Schulter, während sie die Salatblätter wäscht. »Das macht mich traurig, aber was kann ich tun? Honey hat uns doch alle um den kleinen Finger gewickelt, und ich habe dabei zugesehen … Ich hatte Angst, sie zu verärgern. Sie nimmt sich alles so zu Herzen. Damals schon, als Greg uns verlassen hat, dann bei der Scheidung, und das vergangene Jahr lag es daran, dass ich jemand Neuen getroffen und mich wieder verliebt habe … Mal ehrlich, ist das denn so falsch?«

»Natürlich nicht«, versichert Dad ihr. »Mach dir keine Sorgen, Liebes … Sie wird sich schon wieder beruhigen.«

Charlotte verteilt Kartoffelsalat, grünen Salat und zwei Quiches auf dem Tisch, und wir setzen uns alle gemeinsam zum Essen hin, auch Shay, der für alle Saft ausschenkt, als wäre er ein Mitglied der Familie.

»Also, wie wollt ihr euer Schokoladengeschäft nennen?«, will er wissen.

Dad blinzelt. »Tja … gute Frage, Shay. Wir haben ehrlich gesagt noch gar keinen Namen. Irgendwelche Vorschläge? Es muss etwas Schlagkräftiges, etwas nicht ganz Alltägliches sein …«

»Ihr könntet es ja nach mir benennen«, meint Coco. »Cool Coco.«

»Der ist gut«, meint Dad grinsend. »Und wie passend! Aber was ist mit Skye und Summer und Honey und Cherry? Charlotte nicht zu vergessen! Ich müsste euch doch alle erwähnen!«

Ich bin nicht so recht überzeugt, dass Honey sonderlich erfreut wäre, wenn man ihren Namen für ein Schokoladengeschäft missbrauchen würde, aber ich sage lieber nichts.

»Wie wäre es mit Kitnor Pralinen?«, schlägt Summer vor. »Einfach und direkt.«

»Tanglewood Trüffel?«, lautet Skyes Vorschlag.

»Gut«, stimmt Dad zu. »Wir brauchen aber etwas, das man nicht so schnell vergisst, etwas, das sofort überzeugt.

Und es muss nicht unbedingt einen örtlichen Bezug haben, weil wir nämlich viel vorhaben mit diesem Geschäft!«

»Was für ein Image wollt ihr denn erzeugen?«, erkundigt Shay sich. »Luxuspralinen? Handgemacht? Bio, fairtrade? Man braucht ein Image, eine ausgefallene Werbemasche.«

»Das Besondere sind vielleicht die außergewöhnlichen Geschmacksrichtungen«, meint Summer. »Rote-Bete-Bonbons. Curryschokolade. Warum nennen wir es nicht Traumatrüffel …«

»Kotzkonfekt?«, sagt Coco grinsend.

»Vielleicht eher nicht«, erklärt Dad lachend. »Ich glaub, ich bleib eher bei den genießbaren Varianten …«

»Ich fand das super, als du noch diese kleinen Schachteln voll Pralinen mit der Post geschickt hast«, mischt Skye sich ein. »Das war cool.«

»Oh, das hat auch echt Spaß gemacht«, versichere ich ihr. »Wir haben uns immer Karton besorgt und haben ihn mit Farben und Mustern und kleinen Botschaften verziert, und dann hat Dad eine Vorlage für eine Schachtel draufgezeichnet und ihn entlang der Faltlinien eingeritzt, und schon hatten wir diese perfekte kleine Schachtel für die Pralinen.«

»Und dann habt ihr die mit goldenem Seidenpapier ausgelegt und ein Band drumgebunden«, erinnert Charlotte sich. »Die waren wirklich was Besonderes … Ich hab sogar ein paar von den Schachteln aufgehoben. Das würde den kleinen, aber feinen Unterschied machen bei unseren Produkten, Paddy – wunderschöne kleine Schachteln mit handgemalten Verzierungen, ein hübsches Band drum herum …«

Dads Augen fangen an zu leuchten. »Du hast recht – wir brauchen eine einzigartige Optik, etwas, das sich von dem unterscheidet, was es in den Läden bereits gibt. Das könnte es sein! Ein echt handgemachtes Produkt, luxuriös und stylish zugleich … das ist die Message, die wir brauchen!«

»Willst du die Sachen in richtigen Läden verkaufen oder über einen Onlineshop?«, will Shay wissen. »Ich kann mir richtig gut vorstellen, dass ich ein Paket mit der Post kriege, und dann mache ich es auf, und drin liegt diese coole kleine Schachtel …«

»… voll mit Rote-Bete- und Currypralinen«, sagt Skye scherzhaft.

»Voll mit wunderschönen handgemachten Pralinen«, korrigiert Dad sie. »Wir könnten Geschäfte anwerben, die unsere Produkte ins Sortiment nehmen, und dann zusätzlich über einen Onlineshop verkaufen … wir brauchen eine Website. Wie auch immer, wir wollen uns von der Masse abheben, anders sein, besonders. Und wenn die Pralinen selbst dann ein klein wenig anders sind, muss das auch für die Verpackung gelten …«

Eine Idee nimmt in meinem Kopf Form an, und fast wäre ich an einem Bissen von der Quiche erstickt. »So könntest du das Geschäft doch nennen«, sage ich. »Chocolate Box!«

»Chocolate Box?«, wiederholt Dad. »Das gefällt mir.«

»Das ist gut – einfach«, pflichtet Charlotte ihm bei.

»Leicht zu merken«, fügt Skye hinzu.

Shay grinst, und einen kurzen Moment begegnen seine meergrünen Augen den meinen. »Perfekt«, sagt er.

Bis wir die Quiche und den Salat verputzt haben, haben wir einen Plan ausgearbeitet.

Das Geschäft nennen wir also Chocolate Box, und Charlotte wird sich gleich daranmachen, eine Website dafür zu erstellen, weil sie sich damit auskennt und schon ihre eigene Seite für das B&B betreibt. Dad fängt an, die Stallungen umzubauen, und geht dann die Woche darauf zur Bank, um über einen Kredit für die Gerätschaften und die Grundausstattung zu reden. Er wird goldenes Seidenpapier und Bänder bestellen und Kartons in rot, rosa und schwarz, damit wir die dann mit Gold und Silber und allen Farben des Regenbogens bemalen können und mit Herzen und Sternen und kleinen handgeschriebenen Botschaften zwischen den Verzierungen.

»Ich weiß ja, dass wir jetzt noch keine Pralinen herstellen können«, sagt Charlotte. »Aber in Kitnor findet jedes Jahr im August eine Foodmesse statt, und wir wären ja dumm, wenn wir uns das nicht zunutze machen würden. Das könnte eine tolle Publicity für uns sein.«

»Klingt gut«, pflichtet Dad ihr bei. »Und wie kommen wir da rein?«

»Es gibt so eine Art Food-Erlebnistag«, erklärt Charlotte. »Dazu gibt es eine Karte der Gegend, auf der sämtliche Gastronomien und Lebensmittelproduzenten verzeichnet sind. Dafür könnten wir uns bewerben … die Zeit könnte gerade noch reichen. An diesem einen Tag ist das Dorf dann voller Touristen, die von Station zu Station ziehen und sich ansehen, wie die Sachen hergestellt werden, und dann kaufen sie diese einzigartigen, handgemachten Sachen. Wenn wir da dabei sind … tja, das wäre wohl der beste Weg, ein neues Unternehmen bekannt zu machen!«

Dads Augen leuchten. »Wir tun es«, sagt er. »Ist zwar ganz schön knapp vom Timing her, aber du hast recht, Charlotte, das ist eine Chance, die wir uns nicht entgehen lassen dürfen.«

»Klingt nach einem guten Plan«, sage ich grinsend.

Lächelnd sammeln wir unsere leeren Teller und die benutzten Gläser ein, als über uns mit einem Mal ein ohrenbetäubendes Wummern von einem Bass zu hören ist. Vielleicht war das ja mal Musik, aber die ist dermaßen laut aufgedreht, dass man sich da nicht mehr so sicher sein kann. Im Moment kommt es einem eher vor wie ein tätlicher Angriff, ein hämmernder Kopfschmerz von etwa einer Million Dezibel, die das Haus vibrieren und die Decke zittern lassen.

»Was zum …«, fragt Dad und schlägt sich die Hände über die Ohren.

»Das ist Honey«, meint Charlotte seufzend. »Ach herrje, die macht uns ja die Gäste taub, oder das Dach fliegt davon, oder beides … Ich glaube nicht, dass meine Nerven das noch länger mitmachen!«

»Vielleicht ist sie sauer, dass ich noch nicht aufgetaucht bin«, meint Shay schuldbewusst, und sofort schnappt er sich seine Gitarre. »Keine Sorge. Ich regle das schon.«

Eine Minute später verstummt der Lärm ganz unvermittelt, und alle atmen erleichtert auf. Ein weiteres Desaster konnte abgewendet werden, zumindest vorerst.

Wie Rapunzel in ihrem Turm hat Honey ihren Prinzen zu sich gelockt, ihn verzaubert … und Shay ist verloren.

15

Nach der Schokoladendiskussion und dem Lärmangriff und Shays hastigem Abgang macht der Rest von uns sich auf zu den weichen Sofas im Wohnzimmer, und Charlotte legt eine DVD ein, einen Film namens *Chocolat*. »Der wird dir gefallen«, versichert sie mir. »Glaub mir ... mach es dir einfach nur auf dem Sofa gemütlich, und los geht's ...«

Die Sofas sind riesig, wie große weiche Inseln aus Samt, die um einen cremefarbenen Flokatiteppich gruppiert sind. Wenn man sich da draufsetzt, versinkt man darin, als würde man auf einer Wolke Platz nehmen. Sie haben nichts gemeinsam mit dem durchgesessenen braunen Cordsofa, das wir in Glasgow hatten. Dad und Charlotte kuscheln sich auf einer Couch eng aneinander, während Skye und Summer es sich auf dem anderen gemütlich machen. Coco legt sich auf den Teppich, Fred neben sich.

Schuhe darf man hier keine tragen, klar, aber wir legen die Beine hoch und rollen uns zusammen, und als der Film eine Weile läuft, lehnt Skye sich zurück an ihre Zwillingsschwester, die Beine auf meinem Schoß ausgestreckt. Wir sind ein wilder Haufen aus Gliedmaßen, ein fauler, gemütlicher, schwesterlicher Haufen. Das zaubert mir ein Lächeln ins Gesicht.

Was den Film betrifft, nun, der ist echt cool. Es geht da um ein mysteriöses Mutter-Tochter-Gespann, das wie aus dem Nichts in diesem französischen Dorf auftaucht und alles auf den Kopf stellt und dieses kleine Schokoladengeschäft eröffnet. Es gibt Flusszigeuner und Schokoladenfestivals und Freundschaften und Fehden und Zauberei, und nach einer Weile bringt er mich zu der Überzeugung, dass das klappen kann mit unserem Schokoladengeschäft und dass das rein gar nichts zu tun haben wird mit den aussortierten Taystee-Riegeln.

»Wir könnten doch auch ein Schokoladenfestival abhalten«, schlage ich vor. »Und zwar zeitgleich mit diesem Food-Erlebnistag.«

Charlotte hebt eine Augenbraue. »Das könnten wir«, stimmt sie mir zu. »Das könnten wir wirklich. Das ist eine sehr, sehr gute Idee!«

»Genial«, meint Dad blinzelnd.

»Der Garten wäre perfekt für so was«, meint Summer. »Wir könnten Stände aufstellen und Spiele veranstalten und die Leuten Pralinen probieren lassen und für Unterhaltung sorgen zum Thema Schokolade …«

»Wir könnten alle helfen«, schlägt Coco vor.

»So werden wir bekannt!«, meint Skye. »Und wir werden ein wenig zaubern.«

Klingt gut in meinen Ohren.

Später gehe ich runter zum Wohnwagen mit Fred an meiner Seite. Ich atme hörbar in der Dunkelheit, die kalte Nachtluft umschließt mich wie ein Versprechen. Stille tropft von den Bäumen wie Regen, und die Lichterketten flackern und glitzern, während Fred vorausläuft und unsichtbaren Hasen hinterherjagt und sich schnüffelnd durchs Unterholz kämpft.

Ich sehe den Wohnwagen, eine dunkle, kurvige Silhouette unter den Bäumen, und dann durchschneidet ein einzelner leiser Gitarrenakkord die Stille, und Fred fängt zu bellen an, während ich mich fast zu Tode erschrecke.

Ein Junge mit blonden Stirnfransen sitzt auf den Stufen zum Wohnwagen und grinst mir entgegen.

»Shay!«, stöhne ich. »Was tust du hier? Lauerst mir hier auf und jagst mir einen höllischen Schrecken ein …«

Shay Fletcher ist definitiv der Junge, der mich am meisten durcheinanderbringt. Wenn ich mit ihm zusammen bin, dann herrscht in mir das totale Gefühlschaos … Verärgerung, Wut, Eifersucht … und ein ganzer Haufen anderer Empfindungen, die ich noch nicht mal zuzugeben wage.

»Wieso soll ich dir denn auflauern?«, fragt er. »Ich hab mich nur hier ausgeruht auf dem Nachhauseweg …«

»Ja, klar.«

Er macht ein schuldbewusstes Gesicht. »Na ja, okay, ich habe auf dich gewartet, aber da kann man ja noch lange nicht von Auflauern reden, oder? Ich wollte nur mit dir reden.«

»Gute Idee«, sage ich. »Wir plaudern also ein wenig, während deine geschirrzerdeppernde Freundin, die eine Gefahr für unsere Ohren ist, das Haus verwüstet und sich überlegt, wie sie mich am besten mit bloßen Händen erwürgt …«

»Hä?«

»Ach, vergiss es«, sage ich seufzend. »Hör zu, du solltest nicht hier sein.«

»Wo sollte ich denn sonst sein?«, fragt Shay.

»Irgendwo anders«, sage ich. »Egal wo, aber nicht hier.«

Er grinst. »Ich bin flexibel. Wir könnten ja an den Strand gehen, wenn du magst. Ein wenig auf dem Meer paddeln, die Sterne beobachten. Aber wir hatten eine Abmachung, du wolltest mir deine Geschichte erzählen, und ich wollte dir was auf der Gitarre vorspielen …«

»Das war keine Abmachung!«

»War es doch«, beharrt Shay. »Eine Abmachung unter Freunden.«

Ich beiße mir auf die Unterlippe. Ich kenne die Regeln, Shay ist für mich tabu. In dem Punkt sind sich alle Teeniezeitschriften, die ich je gelesen habe, einig. Mir fällt es nur schwer zu verstehen, weshalb die Regeln so strikt gelten sollen nach allem, was Honey zu meinem Dad und mir gesagt hat. Sie ist fies und gemein und gehässig, und sie will uns loswerden.

Selbst nachdem ich stundenlang gemütlich mit Dad, Charlotte, Skye, Summer und Coco herumgehangen bin, tun Honeys Worte immer noch weh. Ich befürchte, nichts, was ich tue, kann sie besänftigen … und mit einem Mal habe ich es satt, mich weiter zu bemühen.

Wenn ich wirklich mit Shay befreundet wäre … einfach nur befreundet … wäre das dann echt so schlimm?

»Vielleicht«, höre ich mich selbst sagen, und Shays Augen fangen an zu leuchten.

»Klasse, ich will, dass wir Freunde werden. Ich mag dich, Cherry, ich mag dich wirklich … du hörst mir wenigstens zu.«

»Also, worüber wolltest du denn mit mir reden?«, frage ich.

Shay seufzt. »Glaub mir, das willst du nicht wissen. Mein Dad hasst mich, meine Freundin wird immer mehr zum Psycho, und ich soll mich zurücklehnen und seelenruhig dabei zusehen. Keiner kommt je auf die Idee, ich könnte es vielleicht schwer haben. Na ja, außer dir vielleicht. Und selbst du weißt die meiste Zeit nicht, ob du mich magst oder mich hassen sollst.«

»Ich mag dich schon, Shay«, gebe ich zu. »Es ist nur … kompliziert.«

»Wem sagst du das«, schnaubt er. »Aber im Ernst … du bist anders. Irgendwie interessant.«

»Ich bin doch nicht interessant«, sage ich.

»Ich finde schon …«

Mein Herz überschlägt sich, im selben Moment, wie mein Kopf mir sagt, ich solle mich schleunigst aus dem Staub machen. Ich bin ja gerne interessant. Das mag zwar nicht ganz so toll klingen wie schön oder sexy oder was auch immer Honey in seinen Augen ist, aber es ist doch ein Anfang. Interessant … das wollte ich eigentlich immer sein, war es aber irgendwie nie.

»Wie dem auch sei … ist eine lange Geschichte, und ich glaube nicht, dass es ein Happy End geben wird.« Seufzend lehnt Shay sich zurück gegen die Tür des Wohnwagens. »Mein Leben ist eigentlich ziemlich beschissen, ehrlich. Erzähl mir lieber was von Sakura … bitte?«

Ich setze mich auf den umgestürzten Baumstamm, während Fred zu meinen Füßen fläzt. Shay hat recht – manchmal sind Geschichten tatsächlich besser als die Realität. Und natürlich auch viel interessanter, vor allem bei mir.

Ich hole tief Luft und erzähle Shay die Geschichte vom Kimono und vom Fächer.

»Es gab da ein ganz besonderes Festival in Kyoto«, beginne ich meine Geschichte. »Vielleicht fünf oder sechs Monate vor dem Tag im Park, als Sakura die Kirschblüten fallen sah. Am Tag dieses Festivals nahmen Eltern mit Kindern im Alter von sieben, fünf oder drei Jahren diese mit zu einem Schrein, um ihren Dank auszusprechen für ihre Gesundheit und um für die Zukunft zu beten. Sakura war drei, daher liehen ihre Eltern sich einen winzigen Seidenkimono aus, den sie ihr anlegten, und steckten ihr eine Klammer mit Kirschblüten ins Haar.«

Shay lächelt in der Dunkelheit.

»Sakuras Dad trug einen schwarzen Kimono und ihre Mutter einen aus schwerer, lachsfarbener Seide, der von Hand mit Kirschblüten und fliegenden Vögeln bemalt war, durchwirkt mit Goldfäden. Am Schrein angekommen, durfte Sakura am Glockenseil ziehen und drei Mal klatschen, um die Götter zu rufen, und ihre Mutter schrieb ein Gebet auf ein kleines Holzbrett, das sie aufhängten, damit es ihnen Glück bringen würde. Zurück zu Hause erhielt sie ein Geschenk, einen mit Kirschblüten bemalten Fächer. Es war ein perfekter Tag, und Sakura war überzeugt, dass sie sich ein Leben lang daran erinnern würde …«

»Wow«, sagt Shay. »Ich kann mir dich gar nicht mit drei Jahren vorstellen, wie du auf einem völlig anderen Kontinent lebst …«

»Psst«, sage ich. »Die Geschichte ist noch nicht zu Ende. Ich habe dir bereits von dem Tag erzählt, als Sakura die Kirschblüten fallen sah, und wie sie dann eines Tages aufwachte und feststellen musste, dass ihre Mutter verschwunden war … das war etwa ein Jahr nach diesem Festival.

Sakura verstand das alles nicht. Sie vermisste ihre Mom, und oft fragte sie nach ihr und wollte wissen, weshalb sie verschwunden war und wohin und ob sie wohl je zurückkommen würde. Sakuras Dad war schweigsam und traurig, und er antwortete nie auf ihre Fragen, sondern hob sie einfach nur hoch und umarmte sie ganz fest. Manchmal spürte Sakura seine Wimpern, die feucht waren von Tränen, wie sie über ihre Wangen streiften. Sie wusste, dass er Kiko ebenso sehr vermisste wie sie selbst …« Ich halte in meiner Erzählung inne.

Shay erhebt sich von den Wohnwagenstufen und kommt auf mich zu, um sich neben mich zu setzen. Ich weiche vor ihm zurück, doch Shay legt seinen Arm um mich, und schon bin ich verloren. Ich sehne mich nach nichts mehr als danach, mich an ihn zu kuscheln, meine Wange an seine Schulter zu drücken.

Das tue ich natürlich nicht. Fred, der weltbeste Wachhund, nein, des ganzen Universums, rettet mich, indem er sich zwischen uns drängt und seinen Kopf auf mein Knie legt. »Hey, hey, Fred«, lache ich und fahre mit den Fingern durch sein verfilztes Fell. Wieder ziehe ich mich von Shay zurück, und dieses Mal lässt er es zu, nimmt seine Gitarre und spielt ein paar traurige Akkorde.

»Wie dem auch sei«, fahre ich jetzt fort. »Ein paar Monate später gab Sakuras Dad ihr ein Päckchen, das in knisterndes Seidenpapier eingewickelt war. Und als sie es auspackte, lag der lachsfarbene Kimono darin, den ihre Mom an jenem Tag zu diesem Festival getragen hatte. Sakura hob die schwere Seide hoch und ließ die Finger über die handgemalten Vögel und Kirschblüten gleiten. Sie drückte ihr Gesicht gegen den Stoff und atmete den Duft von Jasmin und Puder ein, den weichen, süßen Geruch ihrer Mom, und zum ersten Mal, seit Kiko verschwunden war, weinte Sakura.«

Shay seufzt und legt seine Gitarre neben sich ins Gras.

»Wow«, flüstert er. »Das war also der Kimono, den Honey aus dem Fenster geworfen hat?«

»Charlotte hat ihn gewaschen«, sage ich mit leiser Stimme. »Sie wollte, dass er wieder ganz frisch und wie neu ist, aber jetzt riecht er nur noch nach Waschpulver … von meiner Mom ist nichts mehr übrig.«

Shay drückt im Dunkeln meine Hand. »Ich wette, es ist noch sehr viel von ihr übrig«, flüstert er. »Sie ist in dir.«

Shay steht auf und zieht einen Ast an dem Baum nach unten, um ein paar Kirschen zu pflücken. In der Dunkelheit beugt er sich zu mir und hängt mir je ein Kirschenpaar an jedes Ohr, wie übergroße hängende Ohrringe, und mich durchfährt ein Schauder, obwohl die Nacht eigentlich recht warm ist.

Dann hängt er sich die Gitarre über die Schulter und geht davon, lässt mich hier stehen mit rasendem Herzen und dem Kopf voller Träume, die nichts mit Freundschaft zu tun haben, rein gar nichts.

16

Ich erwache in einem Gewirr aus Laken, und Fred ist an mich gekuschelt, das Sonnenlicht blitzt durch die Vorhänge des Wohnwagens herein. Und dann fällt mir die gestrige Nacht wieder ein, und die Schuldgefühle machen sich als Schmerz in der Kehle bemerkbar wie eine Krankheit.

Warum habe ich zugelassen, dass Shay bei mir bleibt? Ich hatte mir doch geschworen, dass ich damit aufhören würde, und dann knicke ich bei erster Gelegenheit gleich wieder ein. Ich seufze. Wenn Shay in meiner Nähe ist, zerrinnt meine Entschlossenheit zu Staub.

Während ich hochmarschiere zum Haus, barfuß und im Pyjama, höre ich aus der Ferne die Klänge von Dads allerliebster Geigen-CD, unterbrochen von gelegentlichem lautem Krachen und Poltern. Ich folge dem Geräusch und treffe auf Dad in einer uralten Jeans und einem T-Shirt voller Spinnweben, wie er Kisten, Abfallsäcke und kaputte Möbel aus dem Stall herausschleift, während aus einem kleinen CD-Player auf dem Fensterbrett der Abstellkammer fröhliche, folkige Musik ertönt.

»Morgen, Cherry!«, ruft Dad grinsend. »Dachte mir, ich fange schon mal an! Wir haben genügend Zeug hier für ein Dutzend Lagerfeuer, und wir werden sicher ein paarmal zur Müllkippe fahren müssen …«

»Toll«, sage ich schwach. »Ich helfe dir, wenn du willst … Hab ein bisschen länger geschlafen, und ich hab nicht groß was vor heute …«

»Nein, nein, du gehst schön und machst was mit den Mädchen«, beharrt Dad. »Mir macht das hier Spaß!«

Er eilt wieder nach drinnen, und einen Augenblick später kommen ein paar staubige, schäbige alte Küchenstühle rausgeflogen und landen auf dem wachsenden Müllberg.

Ich seufze und gehe nach drinnen, um zu duschen und mir was anzuziehen. Ich mache mir einen Toast und helfe Charlotte dabei, die Geschirrspülmaschine zu beladen und nach dem großen Ansturm auf das Frühstück die Küche aufzuräumen. Skye ist runter ins Dorf, um sich mit einer Freundin zu treffen, und Summer hat eine Tanzstunde in der Stadt, daher helfen Coco und ich Charlotte dabei, die Gästezimmer zu säubern, ehe ich wieder zurück zum Wohnwagen gehe und ein bisschen lese.

»Wie geht es deinem Fisch?«, erkundigt Coco sich, während sie neben mir hertrottet.

»Rover geht es gut«, sage ich. »Mehr als gut sogar.«

»Na ja, ich hab nämlich ein wenig recherchiert«, meint sie schulterzuckend. »Die neusten Forschungsergebnisse zum Thema Goldfisch besagen nämlich, dass sie ein weit besseres Gedächtnis haben, als man bislang dachte. Im Ernst. Also so was wie fünf oder sechs Sekunden statt nur drei. Rover könnte sich also wirklich einsam fühlen, wie er da seit Jahren in diesem Glas im Kreis schwimmt, in dem er nichts hat als eine leuchtend pinke Brücke und ein paar Plastikpflanzen, die sein Umfeld ein bisschen angenehmer machen.«

Ich nehme mein Buch zur Hand und sehe Rover stirnrunzelnd an. »Sechs Sekunden«, seufze ich. »Das ist immer noch eine sehr kurze Zeit.«

»Ich weiß, aber … na ja, du willst doch sein Bestes, oder nicht?«

»Für wen hältst du dich, Doctor Doolittle?«, sage ich. »Rover ist mein Haustier. Ich kümmere mich gut um ihn. Er liebt mich!«

»Das weiß ich ja«, meint Coco. »Und du liebst ihn. Aber denk doch bloß mal nach, wenn er seinen eigenen Teich hätte …«

Ich werfe Rover einen langen, festen Blick zu und denke an den Teich, den ich mir für ihn vorgestellt habe, mit Seerosen und einer Steinpagode und einer Brücke. Das wäre bestimmt ein echtes Paradies für einen Fisch.

Ich finde es toll, ihn bei mir ihm Wohnwagen zu haben, aber vielleicht verdient er wirklich etwas Besseres als das?

»Denkst du echt, das würde ihm gefallen?«, frage ich.

»Glaub mir«, meint Coco grinsend. »Er würde es lieben. Ein Goldfisch in einem Glas lebt vielleicht fünf bis zehn Jahre … wenn er Glück hat. Und natürlich wird er nie sonderlich viel wachsen, weil er ja nicht den Platz dafür hat.«

»Rover ist eigentlich schon recht groß«, sage ich. »Aber wenn er jetzt einen Teich hätte, dann würde er doch richtig, richtig winzig wirken. Vielleicht fühlt er sich dann fehl am Platz.«

Coco lacht. »Rover ist ein kleiner Fisch in einem winzig kleinen Teich«, sagt sie. »In einem Goldfischglas vielmehr. Es gibt nichts mehr für ihn zu erforschen, nichts mehr, das er lernen könnte. Trau dich. Lass ihn ein kleiner Fisch in einem großen Teich sein! Glaub mir, Fischen macht es überhaupt nichts aus, wenn sie irgendetwas nicht ganz gewachsen sind. Sie mögen das!«

»Tja, vielleicht …«

Ich denke darüber nach, wie ich mich gefühlt habe, als ich das erste Mal hier nach Tanglewood kam. Auch ich hab mich hier fehl am Platz gefühlt, aber gleichzeitig war das alles so dermaßen aufregend, so voller Möglichkeiten. Es war der Beginn von etwas Neuem, und das hat mir gefallen.

Vielleicht fände Rover das auch gut?

»Er wird wachsen«, meint Coco. »Und vielleicht lebt er sogar länger. Er wird glücklich sein.«

Das überzeugt mich dann doch.

»Es kann ja nicht so schwer sein, einen Fischteich auszuheben«, sagt Coco. »Ich sehe mal im Internet nach. Wir könnten ihn neben der Veranda anlegen, dann können die Gäste ihn sehen.«

»Könnte ganz cool sein«, sage ich. »Okay, dann tun wir es!«

Coco grinst. »Ich frag gleich mal Mom«, sagt sie.

Am nächsten Morgen, als wir gerade beim Frühstück sitzen, klopft es an die Küchentür. Ein Mann in blauem Overall steht da und grinst. »Sie brauchen jemanden, der Erdarbeiten erledigt?«, fragt er.

»Erdarbeiten?«, wiederholt Charlotte erstaunt, die Bratpfanne in der Hand. »Nein, nein, wir brauchen niemanden für Erdarbeiten, Joe. Wie kommen Sie denn auf die Idee?«

»Die kleine Coco hat mich gestern Abend angerufen«, sagt er. »Irgendwas wegen eines Fischteichs?«

Charlotte wirft Coco einen Blick zu, während die sich vergebens hinter einer Packung Cornflakes zu verstecken versucht. »Wir hatten uns noch nicht auf einen Fischteich geeinigt, Coco«, sagt sie ganz sanft. »Ich hab nur gesagt, dass ich darüber nachdenken werde.«

»Du hast gesagt, das sei eine sehr gute Idee«, ruft Coco ihr in Erinnerung. »Also prinzipiell. Und jetzt, wo der Herr schon mal hier ist … es wäre doch eine Schande, wenn wir ihn wieder fortschicken müssten, oder etwa nicht?«

»Aber wo sollen wir den Fischteich denn anlegen?«, erkundigt Charlotte sich.

»Ganz in der Nähe des Hauses, neben der Veranda«, sagt Coco.

Dad nickt. »Das könnten wir. Den Gästen gefällt das möglicherweise sogar. Könnte eine echte Bereicherung sein.«

»Aber das ist so ein Haufen Arbeit«, meint Charlotte stirnrunzelnd. »Du bist mit dem Ausräumen der Stallungen beschäftigt, und dann sind da ja auch noch die Vorbereitungen für das Festival, und wir sollten eigentlich beide an unserer Präsentation für die Bank arbeiten, damit wir einen Kredit für die Chocolate Box bekommen.«

Dad zuckt die Achsel. »Willst du wirklich einen Teich?«

»Ja!«, sage ich. »Für Rover! Damit er das Gefühl hat, dass er richtig hierher gehört.«

»Tja, ich fahr später eh noch in die Stadt«, sagt Dad. »Ich muss zur Müllkippe und einen Hochdruckreiniger ausleihen, damit ich die Wände und die Böden in den Stallungen säubern kann. Wenn ich eh in den Baumarkt gehe, kann ich auch gleich Teichfolie mitbringen, dann können die Mädchen den Rest erledigen. Stimmt's, Coco, Cherry?«

»Stimmt!«, rufen wir im Chor.

»Wir helfen euch«, schlägt Skye vor.

»Klar, das wird ein Spaß«, pflichtet Summer ihr bei.

»Also«, macht sich Joe in der Tür bemerkbar, »wollen Sie jetzt, dass ich ein Loch aushebe oder nicht?«

Bis Charlotte die Eier auf Toast für Tisch sechs und die gegrillten Heringe für Tisch drei serviert hat, hat Joe, der Mann für Erdarbeiten aller Art, ein riesiges Loch neben der Veranda ausgehoben. Ein Berg Erde von der Höhe des roten Minivans türmt sich daneben auf, und Joe fährt bereits über die gekieste Auffahrt davon.

»Ach herrje«, sagt Coco. »Das ist aber ein ganz schöner Haufen Erde.«

Wir fahren nach Minehead, entsorgen eine ganze Anhängerladung Erde und Unrat auf der Müllkippe und gehen dann gleich in den großen Baumarkt, um dicke schwarze Teichfolie, drei Seerosen in Unterwasserkörben, sechs Säcke Kies und ein paar große Pflanzentröge zu besorgen, die wir mit Erde befüllen und bepflanzen.

Außerdem nehmen wir vier neue Goldfische aus der Tierhandlung mit, die Rover Gesellschaft leisten sollen. Wir brauchten ewig, um Fische auszusuchen, die anders aussahen als Rover, damit wir sie unterscheiden konnten. Einer hat einen ganz ausgefallenen Schwanz, einer hat einen schwarzen Fleck an der Seite, einer hat eine eingekerbte Flosse, und einer hat silbrig-weiße Flecken auf seiner goldenen Haut.

»Wie sollen wir sie nennen?«, überlegt Coco. »Goldie und Lola und Silberschweif und Prinzessin?«

»Oder Fido und Patch und Spot und Butch«, schlage ich vor. »Damit Rover sich wie zu Hause fühlt.«

Dad nickt anerkennend. Er verbringt den Vormittag damit, uns beim Anlegen des Teichs zu helfen und Steine und Kies am Rand zu arrangieren, um die Teichfolie zu verbergen. Am Nachmittag geht Dad zurück in die Werkstatt, und wir machen uns daran, den Teich mit Wasser zu füllen. Bis zum Abendessen sind wir so gut wie fertig. Wir versenken die Seerosen an der entsprechenden Stelle und schaufeln den Berg Erde in die Tröge, stecken die Pflanzen rein und arrangieren sie auf der Veranda. Wir kehren gerade die letzten Reste von der Erde weg, als Charlotte mit einem Tablett Limonade nach draußen kommt, als Belohnung für die kleinen Arbeiterinnen.

»Sieht sehr hübsch aus«, gibt sie zu. »Ihr habt alle richtig schwer geschuftet!«

Es gibt zwar keine Steinpagode und keine japanische Fußbrücke, aber das kann ja noch werden … eines Tages. Charlotte hat recht, der Teich ist cool. Jeder Fisch wäre stolz, ein Zuhause wie dieses zu haben.

Dad meint, wir müssen einen Tag warten, bis das Wasser sich erwärmt und gelegt hat, ehe wir die Fische reinsetzen, und insgeheim bin ich froh, dass ich noch eine weitere Nacht mit Rover habe, nur wir beide, wie in alten Zeiten.

»Alles ändert sich«, sage ich zu ihm, als ich im Wohnwagen in meine Schlafkoje gekuschelt liege. »Für uns beide. Es wird Zeit, nach vorne zu sehen, erwachsen zu werden. Wir sind jetzt Teil einer richtigen Familie.«

Rover blinzelt.

»Du brauchst nicht zu denken, dass der Teich zu groß oder zu toll ist für dich«, versichere ich ihm. »Du verdienst das, nach all der Zeit in diesem Glas. Und mach dir keine Gedanken wegen der anderen Fische. Du wirst dich an sie gewöhnen. Ich hab mich ja auch an Tanglewood House gewöhnt, nicht wahr? Und an Charlotte und Skye und Summer und Coco. Vielleicht gewöhne ich mich irgendwann ja sogar an Honey.«

Ich zähle bis sechs und beobachte ihn eingehend. »Hörst du mir zu?«, frage ich. »Du musst dir das merken, und zwar länger als nur sechs Sekunden. Es ist wichtig.«

Rover wackelt mit der Schwanzflosse.

»Ich werde trotzdem jeden Tag vorbeikommen und dich besuchen«, verspreche ich ihm. »Ich werde dich auch weiterhin füttern. Du wirst wachsen und dazulernen und Abenteuer erleben. Du wirst sehr alt werden und sehr weise. Eines Tages bist du vielleicht sogar ein großer Fisch in einem kleinen Teich! Und ich werde dich immer noch mehr lieben als jeden anderen Goldfisch, das verspreche ich dir.«

Ich werfe ihm durch das Glas eine Kusshand zu, ehe ich mich unter der Decke zusammenrolle, um zu schlafen.

17

Ein paar Tage später, als ich gerade neben dem neuen Teich ausgestreckt im Gras liege und ins Wasser starre, taucht plötzlich ein Paar schicker Riemchensandalen in meinem Blickfeld auf.

»Tu es nicht«, sagt eine ungerührte, gelangweilte Stimme. »Spring nicht.«

Ich rapple mich hoch in die Sitzposition. Honey sieht auf mich herab, ein Ausdruck des Bedauerns im Blick.

»Ich hab nur nach meinem Goldfisch Ausschau gehalten«, sage ich, als wäre das etwas völlig Normales. »Rover.«

Honey hockt sich auf eine der Bänke auf der Veranda. »Findest du das nicht seltsam?«, fragt sie. »Dass du deinem Goldfisch einen Hundenamen gegeben hast?«

»Das hat schon mal jemand gesagt«, entgegne ich seufzend, weil ich an Kirsty McRae denken muss. »Du erinnerst mich witzigerweise an sie.«

Honey wölbt eine Augenbraue und verzieht den Mund

zu einem mürrischen Grinsen, das gleich noch mehr nach Kirsty aussieht.

»Ich finde das witzig«, sage ich schulterzuckend. »Das mit dem Namen. Ironisch, du verstehst?«

»Logo«, sagt sie völlig unbeeindruckt. »Warum hast du überhaupt Ausschau gehalten nach deinem Goldfisch? Und erzähl mir jetzt nicht, dass du mit ihm redest und ihm all deine Geheimnisse anvertraust.«

»Natürlich tue ich das nicht«, schnaube ich gespielt empört. »Das wäre ja wohl total irre.«

Rover gleitet lautlos an die Oberfläche. Fast würde ich schwören, er lacht. Er wackelt mit der Schwanzflosse und taucht dann wieder zurück unter die Seerosen, ein kleiner Fisch in einem großen Teich, der jede Minute seines Lebens genießt.

Honey schlägt ein Skizzenbuch auf und zieht mit einem nachdenklichen Stirnrunzeln einen Bleistift hinter dem Ohr hervor. »Ich hab noch was zu erledigen für mein Kunstprojekt«, meint sie. »Da bist du mir zufällig im Weg.«

Sie schenkt mir ein süßliches Lächeln, wobei ihr hüftlanges blondes Haar sich wie ein goldener Mantel um sie herum ausbreitet. Ich glaube, sie hat mir soeben erklärt, ich solle ihr aus der Sicht gehen, aber so ganz glauben kann ich das noch nicht.

»Honey, ich weiß ja, dass dir nicht besonders gefällt, dass ich hier bin …«

»Nicht besonders?«, äfft sie mich mit fiesem Grinsen nach.

Ich seufze. »Okay, es gefällt dir nicht, dass ich hier bin, Punkt. Aber ich bin nun mal hier, und Dad auch, also findest du nicht, es wäre besser, wenn wir alle versuchen würden, miteinander auszukommen?«

»Bist du bescheuert?« Honey seufzt. »Verstehst du denn nicht? Ich weiß, dass die anderen dir in den Arsch kriechen, aber im Ernst, dir muss doch klar sein, dass dieser ganze Stieffamilienquatsch nicht funktioniert. Du wirst nie dazugehören, Cherry, ganz gleich wie sehr du dich auch anstrengst.«

Meine Wangen laufen knallrot an, und es fühlt sich an, als hätte sie mich geohrfeigt.

Dazugehören … woher will sie denn wissen, dass es das ist, was ich mir am meisten wünsche? Dazugehören, Teil von etwas sein? Ich dachte, es läuft ganz passabel, aber Honeys Worte lassen meine Hoffnungen zerbröseln wie Eierschalen.

»Es bringt nichts, wenn wir versuchen, miteinander auszukommen, Cherry«, fährt sie fort. »Sieh es endlich ein – ich kann dich nicht ausstehen. Und du kannst mich vermutlich genauso wenig leiden. Ende der Geschichte.«

Ich bin nicht allzu scharf auf Honey Tanberry, stimmt schon, aber es ist ja auch echt schwer, jemanden zu mögen, der einen auf den Tod nicht ausstehen kann. Honey sieht mich an, als wäre ich eine besonders widerliche Nacktschnecke, die auf ihre Riemchensandalen aus Wildleder gekrochen ist.

Unter der Fassade der hübschen Prinzessin ist Honey eine richtige Giftspritze … und trotzdem, ein Teil von mir wünscht sich, dass sie mich endlich akzeptiert, mich mag.

Als würde das je passieren.

»Es geht im Grunde aber gar nicht wirklich um uns beide, stimmt's?«, entgegne ich. »Honey, denkst du nicht, deine Mom und mein Dad verdienen eine zweite Chance, glücklich zu sein?«

In ihren blauen Augen blitzt Wut auf. »Oh, tu du bloß nicht so, als würde dich das interessieren!«, faucht sie. »Von wegen! Du kommst hier an und tust so, als würde das Haus dir gehören … du musst ja denken, dass du es echt gut getroffen hast, aber das wird nicht so bleiben, glaub mir. Dein Dad ist eine Witzfigur. Der kriegt das mit dem Schokoladengeschäft doch nie hin, nicht um alles in der Welt, und wenn er das vermasselt, wirft meine Mom ihn raus. Sie steht nicht auf Loser.«

Ich schlucke meinen eigenen Zorn hinunter. »Du täuschst dich in meinem Dad«, erkläre ich. »Er ist … er ist echt toll, und Charlotte mag ihn, ich weiß, dass es so ist.«

»Ja, jetzt vielleicht«, meint Honey schulterzuckend. »Meinen Dad hat sie ja auch gemocht, und dann hat sie ihre Meinung geändert und ihn rausgeworfen. Also mach es dir nicht allzu gemütlich, ja? Deine Tage hier sind gezählt. Ich schreibe Dad die ganze Zeit, daher weiß er genau, was hier vor sich geht, und glaub mir, ihm gefällt das alles gar nicht. Er liebt Mom immer noch – diese Trennung, das ist nur was Vorübergehendes …«

Honey lächelt, ein sanftes, süßes Lächeln, mit dem sie mich fast um den Finger wickelt. Ich sehe ein paar von den neuen Goldfischen, die unterhalb der Wasseroberfläche umherschwimmen, fast unsichtbar, und ich frage mich, was wohl bei Honey unter der Oberfläche los ist.

Nichts Gutes, wie ich vermute.

»Aber … die Trennung war doch schon vor drei Jahren. Sie sind geschieden, oder nicht? Ich meine, das ist doch alles endgültig und …«

Honey verdreht die Augen. »Die Scheidung war ein Fehler. Dad war nur wütend auf Mom … er liebt uns, jede Einzelne von uns. Wir werden wieder eine richtige Familie sein.«

Ich hab so das Gefühl, dass das zum Großteil reines Wunschdenken ist. Wenn Greg Tanberry tatsächlich eine große Familienvereinigung planen würde, würde er dann nicht Blumen schicken und vorbeikommen und versuchen, alles wieder zum Guten zu wenden? Doch was ich gehört habe, sitzt er in seiner Londoner Luxuswohnung und hat seit dem Tag seines Rauswurfs keinen Fuß mehr nach Kitnor gesetzt.

»Ich glaube nicht, dass Charlotte das will«, sage ich daher sanft.

Honey verzieht den Mund. »Du wärst überrascht. Paddy ist echt so gar nicht ihr Typ, glaub mir. Mein Dad ist ein richtiger Geschäftsmann, mit Armanianzug und Sportwagen und einer goldenen Uhr … dein Dad dagegen hat in einer Schokoladenfabrik gearbeitet! Und denk bloß nicht, dass du mir diesen Blödsinn erzählen kannst, von wegen, er wäre Manager gewesen, weil ich ihn nämlich selbst gefragt habe, und er hat gesagt, sein Job sei es gewesen, die missgestalteten Schokoriegel auszusortieren. Ich glaube nicht, dass man für diesen Job einen Manager braucht!«

Meine Wangen brennen, und ich wende den Blick ab.

»Glaub mir«, fährt Honey fort. »Mein Dad ist ein Volltreffer. Neben ihm sieht Paddy aus wie ein … Zigeuner!«

Ich muss an Mrs Mackies Lied von den verlotterten Zigeunern denken und an die DVD, die wir uns kürzlich angesehen haben, *Chocolat,* und ich überlege mir, dass ein Mann, der aussieht wie ein Zigeuner, vielleicht manchmal genau das ist, wovon man träumt. Ich habe beobachtet, wie Charlotte meinen Dad ansieht, und ich glaube, dass sie ihn fast ebenso sehr liebt wie ich … das ist auch einer der Gründe, weshalb ich sie so cool finde.

»Mein Dad ist ein echter Überflieger«, redet Honey weiter. »Er schuftet echt schwer. Rund um die Uhr, sieben Tage die Woche. Deshalb kann ich ihn auch nicht jederzeit anrufen, wenn ich das möchte, weil er gerade mitten in einer Geschäftsbesprechung sein könnte. Und deshalb kann er auch nicht immer hier runterkommen und uns besuchen, und deswegen muss er manchmal absagen, wenn wir zu ihm nach London fahren wollen …«

Ich beiße mir auf die Lippe. Wenn Honey mir beweisen will, wie viel besser ihr Dad ist als meiner, dann ist sie bei mir an der falschen Adresse. Ich sehe in ihm nichts als einen angeberischen, oberflächlichen Typ, dem seine Arbeit wichtiger ist als seine Töchter. Doch Honey betrachtet das alles durch die rosarote Brille. Allerdings liebt sie ihren Dad, und das wiederum verstehe ich.

»Sieh mal, Honey«, sage ich behutsam. »Ich weiß, dass du nicht viel von mir hältst, aber eines haben wir gemeinsam. Du hast jemanden verloren, den du liebst, das ist mir auch passiert, mit meiner Mom … das tut weh. Es tut verdammt weh.«

Honey verdreht die Augen. »Ich habe meinen Dad nicht verloren«, sagt sie in schneidendem Ton. »Was soll das überhaupt heißen? Das klingt ja fast so, als hätte ich ihn irgendwie verlegt, als hätte ich nur mal eben nicht aufgepasst und dann vergessen, wo ich ihn hingetan habe! Ich weiß aber sehr wohl, wo mein Dad ist, und glaub mir, ich hab ihn nicht verloren. Das ist etwas ganz anderes.«

Ein stechender Schmerz durchfährt meine Brust, doch ich recke mein Kinn trotzig in die Höhe, entschlossen, meine Schwäche nicht zu zeigen. Honey weiß das mit meiner Mom – sie muss es wissen –, aber es scheint ihr egal. Wir werden wohl nie einen gemeinsamen Nenner finden, so viel steht fest. Wenn wir beide auf einer einsamen Insel stranden würden, dann würde sie vermutlich ins Wasser springen und losschwimmen, nur um von mir wegzukommen.

Ich erhebe mich aus dem Gras, den Kopf hochgereckt, mit brennenden Wangen. Jede einzelne Zelle meines Körpers zittert vor Wut und Gekränktheit, doch ich darf das Honey nicht zeigen ... Das werde ich nicht zulassen.

»Cherry?«

Ich begegne ihrem Blick, warte auf den nächsten Angriff, aber er bleibt aus.

»Tut mir leid, das mit deiner Mom«, sagt sie rasch. »So fies bin ich ja dann doch nicht, weißt du.«

Meine Augen werden ganz groß, und ich weiß nicht, was ich sagen soll, überhaupt nicht. Hab ich da gerade eine weiche Stelle an Honeys harter Schale entdeckt? Vielleicht hat sie ja doch ein Herz ... und vielleicht gibt es für uns doch noch Hoffnung.

Vielleicht aber auch nicht.

»Es ist nichts Persönliches, okay?«, sagt sie. »Ich will nur sichergehen, dass du das weißt. Das ist zu unser aller Besten. Die Wahrheit ist, meine Mom benutzt Paddy nur, um Dad eifersüchtig zu machen. Also ... jetzt weißt du Bescheid. Und es hat echt keinen Sinn, wenn wir zwei uns weiter bemühen, miteinander auszukommen, Cherry, weil du nämlich nächste Woche vielleicht gar nicht mehr hier bist. Okay?«

Ich wende mich einfach nur ab und gehe davon.

18

Ich habe Shay seit einer Woche nicht mehr gesehen – zumindest nicht richtig, nicht allein. Das ist gut, das weiß ich, auch wenn es sich nicht so anfühlt.

Die ersten paar Tage liege ich nachts wach und warte darauf, dass ein Klopfen an die Wohnwagentür ertönt, aber vergebens. Nach ein paar weiteren Tagen, an denen ich ihn nicht sehe, rede ich mir ein, dass ich ja froh sein kann. Ich höre auf, auf ihn zu warten, höre auf zu hoffen, beschließe, dass es so das Beste ist, weil wir beide ja eh keine gemeinsame Zukunft haben. So muss es eben sein.

Als ich Shay dann schließlich doch zu Gesicht bekomme, weil er vorbeikommt, um Honey abzuholen, weil er an lauen Sommerabenden bei uns in der Hängematte herumlungert oder er sich wieder mal selbst zum Abendessen einlädt, da fühlt es sich an wie ein Messerstich. Mein Magen dreht sich um, und mein Herz fängt an zu rasen, und ich muss wegsehen, ehe die ganze Welt mitkriegt, dass ich in den Freund meiner Stiefschwester verknallt bin.

Ich muss an Honey denken, wie sie auf der Fensterbank in ihrem Turmzimmer sitzt und wartet, und der Zopf so dick wie ein Seil hängt ihr über die Schulter. Ich dachte immer, sie würde auf ihren Prinzen warten, auf Shay, doch jetzt glaube ich, dass sie auf jemand ganz anderen wartet, auf jemanden, der aalglatt ist und geschleckt und der unerreichbar ist für sie.

Sie wartet auf einen Dad, der nie wieder nach Hause zurückkehren wird. Sie lebt in einer Fantasiewelt, und das ist etwas, worüber ich nur allzu gut Bescheid weiß ... schließlich hab ich das selbst lange genug durchgezogen. Ich habe derart viel Zeit in einer Traumwelt verbracht und in einer Welt aus Lügen, dass ich vergessen habe, auf die Gegenwart zu achten. Jetzt aber bietet sich mir zum ersten Mal in meinem Leben eine Gegenwart, in der es sich zu leben lohnt, für die es sich zu kämpfen lohnt.

Das alles werde ich garantiert nicht aufs Spiel setzen, nur weil ich mich in einen Jungen verknallt habe, der einer anderen gehört.

Ich habe viel nachgedacht, und ganz gleich, wie ich es drehe und wende, die Antwort ist immer dieselbe. Es ist nicht gut, wenn man sich in einen Jungen verliebt, der eine Freundin hat, und wenn diese Freundin dann auch noch die eigene Stiefschwester ist, dann sieht man sich mehr oder weniger mit einer Situation konfrontiert, die in einer Katastrophe enden könnte. Ich halte das nicht aus, die Schuldgefühle, die Warterei, und erst recht halte ich diese Sehnsucht nicht aus, die Träumereien von einem Jungen, der unerreichbar ist.

Es ist an der Zeit, dass ich die Kontrolle übernehme.

Ich habe meine Entscheidung getroffen. Ich werde keine Geschichten mehr erzählen nach Einbruch der Dunkelheit, werde meine Vergangenheit nicht weiter ausschmücken, werde keine Erinnerungen mehr lebendig werden lassen, während ein Junge mit blonder Mähne mir zuhört und auf seiner blauen Gitarre herumklimpert. Es wird überhaupt keine Geschichten mehr geben, Punkt. Kein guter Plan, schon klar.

Shay Fletcher und ich, das ist Vergangenheit. Nicht dass da je wirklich irgendwas war, logo, aber trotzdem.

Als Shay ein paar Nächte später vor meiner Wohnwagentür steht, bin ich gewappnet.

Er pocht an die Tür, klopft gegen die Scheibe des kleinen Fensters. »Cherry?«, ruft er im Flüsterton. »Ich bin's! Bist du wach?«

Fred winselt und jault und will rüber zur Tür rennen, aber ich halte ihn am Halsband fest und ziehe mir die Patchworkdecke über den Kopf. Ich liege ganz ruhig und still da, bis das Klopfen verstummt und ich Schritte höre, die über das Gras davongehen. Anschließend heule ich mich in den Schlaf.

Am nächsten Morgen, als ich aus dem Wohnwagen klettere, entdecke ich ein kleines Stück abgerissenes Papier, das an einem Kirschzweig über meinem Kopf steckt. Ich strecke mich nach oben, nehme den kleinen Zettel herunter und glätte ihn.

Mit schwarzem Stift sind drei Zeilen daraufgeschrieben, verschmiert und in krakeliger Schrift:

Ein Seidenkimono
flattert in den Bäumen
Duft nach Jasmin und Tränen

Mein Herz schlägt einen Purzelbaum, und meine Wangen stehen in Flammen. Shay Fletcher.

Ich lasse mich auf die Stufen des Wohnwagens sinken. Hinterlassen einem Freunde japanische Haikus, die sie mitten in der Nacht an Bäume hängen? Ich glaube nicht. Hoffnung und Schuld lösen sich in meinem Inneren auf, und an ihre Stelle tritt Entschlossenheit.

Wieso fühlt es sich manchmal so dermaßen falsch an, das Richtige zu tun?

Ob Shay Fletcher jetzt aus meinem Leben verschwindet? Schön wär's.

Ganz plötzlich ist er überall … sieht sich mit uns Filme an, auf das blaue Samtsofa gekuschelt, und schmiert sich mitten in der Nacht bei uns in der Küche Käsebrote, oder er liegt mit seiner blauen Gitarre faul bei uns in der Hängematte.

»Wo hast du gesteckt?«, fragt er leise, das erste Mal, dass wir uns über den Weg laufen. »Ich war neulich nachts bei dir, aber du warst wohl nicht da …«

Ich schaffe es nicht, ihm in die Augen zu sehen. »Ich war schon da«, gestehe ich ihm.

»Schätze, du hast geschlafen«, sagt er erwartungsvoll. »Ich hätte etwas lauter klopfen sollen.«

»Ich habe nicht geschlafen«, flüstere ich. »Ich dachte nur … tja, ist nicht die beste aller Ideen, oder? Dass wir Freunde sind. Und außerdem … Freunde schreiben doch keine Gedichte füreinander, oder?«

Shay atmet aus, bläst die Luft nach oben in seine blonden Stirnfransen. »Was für ein Gedicht denn?«, blöfft er.

»Komm schon, Shay. Ich weiß, dass du es warst. Das musst du gewesen sein.«

»Hat es dir nicht gefallen?«, will er wissen.

»Ich hab nicht gesagt, dass es mir nicht gefallen hat!«, widerspreche ich ihm. »Ich mag es … Ich mein ja nur. Dass wir Freunde sind … das wird nicht funktionieren.«

»Nein?«

»Nein. Bleib weg von mir … Ich meine es ernst, Shay.«

Ich erwarte, dass er protestiert, mich provoziert, mich versucht zu überreden, aber das tut er nicht. Er lächelt mich einfach nur traurig an, mit vorwurfsvollem Blick, als hätte ich etwas Schreckliches getan, so was wie seine schwarze Beaniemütze in Brand stecken oder ihm Kaugummi in die Haare schmieren.

Zum Glück ist Honey nie weit, wenn Shay in der Nähe ist. Lautlos schleicht sie sich an uns heran, wie ein Hai.

»Los, komm«, sagt sie zu Shay. »Wir haben einiges zu erledigen ...« Sie hakt sich bei ihm unter und zerrt ihn davon.

Es gibt allerdings kein Entkommen – oder zumindest nicht für lange.

Selbst tagsüber, wenn eigentlich keine Gefahr bestehen sollte, dass Shay mir über den Weg läuft, weil er ja diesen Ferienjob im Segelcenter hat, schafft er es, immer wieder mal aufzukreuzen. Ich bin unten am Strand mit den Zwillingen und juchze und quieke und plansche im Wasser mit Skye, als Shay wie aus dem Nichts in einem Paddelboot vorbeigetrieben kommt mit einer ganzen Armada von Touristen in orangen Rettungswesten, die um ihn herum im Wasser auf und ab dümpeln.

»Hey!«, brüllt er und hebt das Ruder, um mich zu begrüßen, wobei er uns mit silbriger Gischt bespritzt. Mir entgeht nicht, dass er auch jetzt seine schwarze Beaniemütze trägt, obwohl die Sonne auf uns runterbrennt. Die blaue Gitarre kann ich allerdings nicht entdecken, aber schon möglich, dass er sie in dem Kanu verstaut hat.

Ich tauche unter Wasser, bis er und seine Begleiter die

Bucht umrundet haben und außer Sicht sind, ehe ich mich an den sicheren Strand zurückrette, wo Summer liegt und in einem Ballettbuch liest.

»Der Typ ist ja echt überall«, sage ich mürrisch zu ihr. »Ist ja fast so, als würde der an diesem Ort herumspuken. Hat er denn kein eigenes Zuhause?«

»Shay verbringt wirklich viel Zeit in Tanglewood«, gibt sie zu. »Zumindest wenn er nicht arbeitet. Mom macht manchmal schon Witze darüber, dass wir ihn adoptiert hätten.«

»Das fehlt mir gerade noch«, schnaube ich.

»Du bist wohl resistent gegen seinen Charme, wie?«, fragt sie, und ich seufze, weil Shays Charme natürlich nur allzu gut wirkt bei mir, doch nicht um alles in der Welt würde ich das zugeben.

»Schon komisch«, meint Summer. »Normalerweise fliegen die Mädchen auf Shay. Alle meine Freundinnen sind in ihn verknallt. Er ist nett und freundlich und immer für einen Flirt zu haben. Ich meine, ich empfinde nichts dergleichen für ihn. Klar … er ist ja schließlich Honeys Freund … aber ich mag ihn. Er hat so eine Art, mit einem zu reden, als wäre man die einzige Person weit und breit. Verstehst du, was ich meine?«

»Nein«, behaupte ich. »Nicht wirklich. Und warum muss er mit seiner Kanuexpedition ausgerechnet hier vorbeifahren? Diese Bucht ist doch eigentlich privat!«

Skye watet aus dem Wasser raus und hüllt sich in ein Handtuch, ehe sie rübergestapft kommt und sich zu uns gesellt.

»Schön wär's«, sagt Summer. »Der Strand ist öffentlich, Cherry. Jeder kann hier spazieren gehen, schwimmen, sich sonnen oder picknicken. Und Shay führt die Grockles in die Schmugglerhöhlen, das gehört zu seinem Job … sämtliche Touristen wollen sie sehen.«

»Die Höhlen gehören zur Hauptattraktion hier«, pflichtet auch Skye ihr bei und lässt sich neben uns in den Sand plumpsen. »Man kommt mit einem Fahrzeug oder zu Fuß nicht eben gut dorthin … sie sind zu beiden Seiten abgeschnitten durch Felsen und Klippen, daher ist die Bucht nur mit dem Boot erreichbar. Dort brachten die Schmuggler ihre Ware an Land und versteckten sie in den Höhlen, sodass die Zöllner und die Steuerfahnder sie nicht aufspüren konnten. Kein Wunder, dass die Schmugglerei in dieser Gegend früher floriert hat!«

»Was haben die denn genau geschmuggelt?«

»So ziemlich alles«, meint Skye schulterzuckend. »Brandy und Gin und Seide und Baumwolle und Kaffee und Tee … damals waren die Steuern für derartige Importware ziemlich hoch, deshalb brachten die Schmuggler das Zeug ins Land, ohne die Steuer zu bezahlen. Die ganzen Leute hier aus dem Ort steckten irgendwie mit drin. Sie haben diesen voll steilen, geheimen Pfad angelegt, der die Klippe hochführt, und dann durch den Wald, sodass man das Zeug raufschaffen konnte … die Leuten nahmen sich, was sie brauchten, und brachten den Rest in die Städte und Dörfer, um sich was zu verdienen. Das war ein großes Geschäft!«

Ich lege mich in den warmen Sand zurück und schließe die Augen. Dabei versuche ich, mir die Schmuggler in gestreiften Matrosenoberteilen vorzustellen, wie sie Fässer voll Brandy über den Strand rollen und sich in dunklen, feuchten Höhlen versteckt halten. Doch in meinem Traum drehen die Schmuggler sich zu mir um, und einer von ihnen trägt eine schwarze Beaniemütze und hat eine blaue Gitarre bei sich, und in dem Moment weiß ich, dass es kein Entkommen für mich gibt, und keine Hoffnung, niemals.

19

Wenn man jemanden partout vergessen will, dann muss man zusehen, dass man möglichst beschäftigt ist, zumindest sagen das sämtliche Teeniezeitschriften. Man muss arbeiten, möglichst rund um die Uhr, um sich von seinem Schwarm abzulenken. Und natürlich ist Shay nichts anderes als ein Schwarm, logo. Ist bestimmt nichts weiter, nichts Reales, nichts Ernstes.

Eine Schwärmerei, so die Teeniezeitschriften, ist eine einseitige Liebesgeschichte. Der Junge, in den man verknallt ist, bestimmt deine Träume, drängt sich in deinen Kopf, in dein Herz. Du denkst an ihn als Erstes in der Früh nach dem Aufwachen, und er ist das Letzte, woran man denkt, bevor man einschläft. Man stellt sich Millionen verschiedene Arten vor, mit ihm zusammen zu sein, doch es nutzt alles nichts, weil er unerreichbar ist. In der Regel liegt das daran, dass er ein Filmstar ist oder irgendein Musikgott oder ein Herzensbrecher aus der Gegend, der noch nicht einmal weiß, dass du existierst, aber bei mir ist das natürlich alles noch ein bisschen komplizierter.

Daher sehe ich zu, dass ich beschäftigt bin, und hoffe, dass das mit der Schwärmerei vorbeigeht. Ich gebe mir alle Mühe, das Richtige zu tun, auch wenn ich insgeheim versucht bin, das Falsche zu tun.

Ich gebe mir echt Mühe.

Dad macht Fortschritte mit den alten Stallungen, er verlegt Leitungen von der Hauptwasserversorgung aus und mietet sich eine Betonmischmaschine, um einen neuen Betonboden einzuziehen. Er schaufelt den Beton mit einer Hand und glättet dann alles und macht alles eben, bis der Boden perfekt ist. Ein paar Tage später wird ein großes Waschbecken aus Edelstahl geliefert, das Dad eigenhändig anschließt. Dann legt er eine Rolle glänzend roten Linoleumbelag aus und installiert einen riesigen Arbeitstisch, den er billig in einem Möbelladen erstanden hat. Ich wusste gar nicht, dass mein Dad all diese Dinge kann, und er wirkt selbst etwas überrascht und recht zufrieden mit seiner Leistung.

Er verpasst den Wänden zwei Anstriche mit weißer Farbe, und mit einem Mal wirkt der gesamte Arbeitsbereich total hell und luftig und echt cool.

Er hat immer noch weiße Farbspritzer im Haar, als er seinen einzigen Anzug anzieht und zur Bank geht, um sich um einen Kredit für sein Schokoladengeschäft zu bewerben. Charlotte begleitet ihn natürlich, auch sie total cool und unkonventionell in ihrem grün gemusterten Kleid, der Samtjacke und dem jadegrünen Nagellack.

Zusammen sehen sie total clever und kreativ und ein klein wenig wie zwei Bohemiens aus, doch der Businessplan in der eleganten schwarzen Aktenmappe, die sich Dad unter den Arm geklemmt hat, ist absolut logisch und detailliert ausgearbeitet und perfekt geplant. Die beiden haben eingehend recherchiert und die ganze letzte Woche jeden Abend damit verbracht, das alles zu verfassen. Es gibt Profit- und Verlustprognosen sowie Gestaltungsbeispiele für die Schachteln und ein brandneues Logo für die Chocolate Box, das wirklich total cool ist.

Wenn das alles die Bank nicht überzeugt, dann ganz sicher die handbemalte Schachtel mit dem hübschen Band darum, voll mit selbst gemachten Pralinen.

»Wir haben einen einwandfreien Plan«, sagt Dad. »Und wir haben ein astreines, absolut *brillantes* Produkt. Alles, was wir jetzt noch brauchen, ist ein klitzekleiner Kredit, der uns Starthilfe leistet!«

Charlotte rückt Dads Krawatte gerade und steckt sein Hemd für ihn in die Hose, dann umarme ich sie beide, und sie steigen in den kleinen roten Minivan.

»Wünsch uns viel Glück!«, meint Dad grinsend. Skye und Summer, die diesen Vormittag für das B&B verantwortlich sind, kommen raus, um sie zu verabschieden, und

Coco kommt vom Entengehege rübermarschiert und winkt, während vier schwarze Laufenten hinter ihr hertrippeln.

Die Einzige, die nicht auftaucht, ist Honey, aber die wünscht ihnen ja sowieso kein Glück bei der Sache. Vermutlich wünscht sie ihnen eher die Pest, eine Seuche oder ein anderes Unglück an den Hals.

Knirschend fährt der rote Minivan über den Kies davon.

»Viel Glück!«, rufe ich und winke wie wild, bis sie nicht mehr zu sehen sind.

»Ich drück ihnen echt alles«, sagt Skye. »Sämtliche Finger, Zehen, Augen ...«

So gut wie alles hängt von diesem Termin ab. Dad und Charlotte brauchen diesen Kredit, um das Schokoladengeschäft an den Start zu bringen, aber die Vorbereitungen für das Schokoladenfestival laufen bereits.

Charlotte hat mit den Organisatoren des Food-Erlebnistages telefoniert, um ihnen von der Chocolate Box und dem Festival zu erzählen. Sie fanden die Idee total genial und erklärten sich einverstanden, das in ihre Broschüre aufzunehmen und in ihrer Food-Landkarte, die soeben in Druck gegangen sind. Jetzt gibt es kein Zurück mehr. Ob es uns nun gefällt oder nicht, am letzten Wochenende im August werden Dutzende von Touristen hier in Tanglewood einfallen.

»Ich werde ein Banner malen für das Festival«, verkündet Skye, ehe sie zurück ins Haus eilt, um die Spülmaschine auszuräumen. »Und wir können ein paar Girlanden basteln und sie im Garten aufhängen, und unter den Bäumen bauen wir die Stände auf. Mom meint, wir könnten vielleicht Picknicktische und Stühle aufstellen und eine Art Outdoor-Café machen und dort heiße Schokolade mit Marshmallows und Schokomilchshakes und Schokoeis verkaufen …«

»Wir könnten doch unseren Cherry-Chocolate-Cola-Kuchen machen«, schlägt Summer vor, während sie das Geschirr in die Schränke räumt. »Der ist total lecker. Und Coco könnte eine Schokoladen-Kühlschranktorte machen, die braucht man nicht zu backen …«

»Wie wäre es mit einem Stand mit einem Schokoladenspringbrunnen?«, werfe ich ein. »So einen hab ich mal in dem großen Thorntons-Laden in Glasgow gesehen. Da können die Leute Erdbeeren eintunken und Marshmallows und andere Sachen. Das wäre doch cool!«

Summer grinst. »Brillant! Meine Freundin Evie hat so einen mal zum Geburtstag bekommen, die leiht uns ihren sicherlich. Ich frag sie!«

Als wir die Küche aufgeräumt haben, gehen wir nach oben, um zwei der Zimmer für neue Gäste vorzubereiten, die später eintreffen sollen. Skye und ich schütteln ein frisch gebügeltes Laken und legen es auf eins der Betten, während Summer mit einem Staubwedel durch den Raum wirbelt und Pirouetten dreht.

»Achte nicht auf sie«, meint Skye zu mir. »Sie ist echt

besessen. Wir haben zusammen mit dem Unterricht angefangen, als wir vier waren … aber ich hab nicht durchgehalten, das liegt mir einfach nicht. Hast du schon mal Ballett getanzt?«

Ich blinzele. »Oh … klar«, höre ich mich selbst sagen. »Eine Weile, ja, aber ich war nicht so begeistert davon. Hab vor ein paar Jahren damit aufgehört …«

Warum nur sage ich solche Dinge? Dummerchen, Dummerchen, Dummerchen. Die einzige Tanzstunde, die ich je hatte, war in der Schule, im Sportunterricht. Dort hat man uns schottische Volkstänze mit sonderbaren Bezeichnungen wie Gay Gordons beigebracht, als Vorbereitung auf die Burns-Nacht. Ich war ein hoffnungsloser Fall. Normalerweise geriet ich immer an Frazer McDuff, der Mundgeruch hatte und feuchte Hände und eine Brille, die immer kaputt und mit Klebeband fixiert war.

Ich war sogar so schlecht, dass sie mich am Tag des Festes zur Kellnerin degradierten und ich Teller voll braunem, stückigem Haggis an die Eltern beim Burns-Mahl unserer Klasse verteilte, damit ich nicht an der Tanzvorführung teilnehmen musste. Kirsty McRae zog mich wochenlang damit auf, bis ich ihr schließlich erzählte, dass meine Mom in Wahrheit eine berühmte Balletttänzerin in Tokio war, nur damit sie endlich ihre Klappe hielt.

Was sie natürlich nicht tat.

Sie lachte laut auf und erzählte jedem, ich wäre eine erbärmliche kleine Lügnerin. Bei dem Gedanken daran schüttelt es mich.

»Bis zu welchem Grad bist du gekommen?«, fragt Summer, als sie mit einer Ladung flauschiger Handtücher ins Bad gewirbelt kommt. »Ich wette, du warst voll gut! Kriegst du einen *pas de chat* hin? Oder einen *jeté?*«

»Nein«, entgegne ich, ein bisschen zu schnell. »Nein … das kann ich nicht … das, na ja, was immer du gesagt hast. So weit bin ich nie gekommen. Und ich hab überhaupt keinen Grad erreicht. Das … äh … gibt es nicht in Schottland. Ich glaube, ich hatte zwei linke Füße …«

»Ach ja?«, meint Summer, die nicht recht überzeugt wirkt. »Keine Ballettgrade in Schottland? Bist du sicher?«

Das Problem, wenn man Lügen erzählt, ist, dass aus einer Lüge irgendwie immer gleich mehrere werden. Da kommt man nicht raus. Man verstrickt sich immer weiter und weiter in diese Lügen, nur um nicht enttarnt zu werden.

»Ganz sicher«, flunkere ich also munter weiter, während ich die Kissen aufschüttele und die Decke glatt streiche. »Die haben da ein vollkommen anderes System in Glasgow.«

Summer lehnt an der Badezimmertür, die Stirn leicht gerunzelt, und mir wird klar, dass sie mich durchschaut hat. Sie weiß, dass ich lüge, denn ihrem Gesicht ist genau anzusehen, was sie denkt. Sie ist verwirrt, enttäuscht, ein wenig genervt.

Im Grunde kann ich es ihr nicht verdenken.

Werde ich wohl jemals schlauer werden?

20

Zu dritt sitzen wir in der Sonne im Gras und malen gerade ein kunterbuntes Banner für das Schokoladenfestival, als kurz nach eins der kleine rote Minivan knirschend über den Kies angefahren kommt.

»Und, wie ist es gelaufen?«, rufe ich und renne auf den Wagen zu. »Was haben sie gesagt?«

Dad sieht zu Charlotte, dann verzieht sich sein Gesicht zu einem Grinsen.

»Tja … ich schätze, die Pralinen waren letztlich ausschlaggebend«, sagt er. »Aber … die Leute von der Bank haben unseren Businessplan durchgewunken! Sie geben uns einen Kredit für die Chocolate Box! Wir können loslegen mit unserem Geschäft!«

»Und um das zu feiern, haben wir Fish and Chips mitgebracht«, verkündet Charlotte. »Geht und sucht Coco und Honey, wir essen hier draußen …«

Wir breiten eine Picknickdecke auf dem Rasen aus, und Charlotte bringt Teller und Besteck und Ketchup und einen

Glaskrug mit Orangensaft und Eis. Skye und ich laufen ins Haus, um Kissen zum Draufsitzen rauszuholen, während Summer nach Coco und Honey sucht.

»Fritten«, seufzt die älteste der Tanberry-Schwestern. »Na, wenigstens haben wir so auch was davon.«

»Für dich haben wir frittierte Ananas mitgebracht, Honey«, meint Dad grinsend. »Die magst du doch so gern, nicht wahr?«

Honey zuckt mit der Schulter, während sie ihre Pommes auspackt. Der Anflug eines Lächelns legt sich über ihre Züge. »Klar ... schätze schon. Danke ...«

Ich hab schon mal im Park in Glasgow aussortierte Taystee-Riegel gegessen und ein Käse-Gurken-Sandwich auf den Stufen vor dem Museum für moderne Kunst, selbst Hotdogs bei einem Volksmusikfestival in den Borders hatte ich ... aber das hier ist definitiv das beste Picknick, das ich je hatte. Hier in Tanglewood House Pommes in der Sonne zu essen, zusammen mit den Tanberrys, während Dad und Charlotte total auf Wolke sieben schweben vor Glück wegen dem Schokoladengeschäft ... tja, gute Laune ist wohl ansteckend. Fast habe ich den Fehler vergessen, den ich mir mit Summer geleistet habe wegen meiner dämlichen Ballettgeschichte. Jedenfalls scheint das nicht mehr wichtig.

Allmählich wird mir klar, dass ich auch überhaupt keine Lügen brauche, um hier dazuzugehören ... Ich muss einfach nur ich selbst sein. Vielleicht wäre nie wirklich viel mehr nötig gewesen?

»Wir sind im Geschäft!«, meint Dad grinsend, während er eine Fritte aufspießt und ins Ketchup tunkt. »Die von der Bank fanden unseren Plan wahnsinnig aufregend, und sie fanden alles richtig gut recherchiert. Jetzt müssen wir ihnen nur noch beweisen, dass sie sich nicht in uns getäuscht haben! Ich sehe zu, dass ich jetzt mit der Werkstatt fertig werde, und dann können wir loslegen und alles für das Schokoladenfestival vorbereiten …«

»Wir haben schon haufenweise Ideen, was wir machen könnten«, erklärt Skye Dad. »Mom würde gerne ein Schokoladencafé einrichten, und wir können vielleicht sogar einen Schokoladenbrunnen organisieren. Ich dachte, ich könnte vielleicht wahrsagen – ihr wisst schon, ich verkleide mich als Zigeunerin oder so und sitze auf den Wohnwagenstufen und erzähle den Leuten, was ihre Lieblingspraline ist, ein bisschen wie in *Chocolat!*«

»Ein paar von meinen Freundinnen helfen uns vielleicht, falls Not am Mann ist«, meint Summer.

»Ich nehme an, mich braucht ihr nicht«, sagt Honey gleichgültig. »Aber … falls doch …«

Wir alle drehen uns zu ihr um und sehen sie an. Falls doch, was dann? Sie würde doch sicher lieber tot umfallen, als irgendwas mit dem Schokoladenfestival zu tun zu haben, oder etwa nicht?

»Was denn?«, faucht sie, während sie in eine frittierte Ananas beißt.

Charlotte lacht. »Nichts, Liebes ... aber ja, natürlich werden wir dich brauchen, Honey. Du bist doch das größte Organisationstalent ... ohne dich wären wir aufgeschmissen! Wenn ich das mit dem Außencafé machen will, werde ich in der Küche festsitzen, um sämtliche Bestellungen zu koordinieren. Dann bräuchten wir jemanden, der hier draußen die Augen offen hält, jemand, auf den wir uns verlassen können.«

Honey zieht eine Augenbraue in die Höhe. »Schätze, das könnte ich dann übernehmen ...«

»Ausgezeichnet!«, sagt Charlotte. »Und ich wollte Shay bitten, ob er vielleicht eine Stereoanlage organisieren könnte, damit wir auch Musik haben. Das wird ein großartiger Tag!«

»Wartet mal«, mischt Dad sich ein. »Ich hab da was ganz Besonderes kalt gestellt im Kühlschrank, nur für den Fall, dass das mit der Bank klappt ... hätte ich fast vergessen. Wir haben ja wirklich allen Grund zum Feiern!«

Ein paar Augenblicke später lässt Dad den Korken einer Flasche Champagner knallen und gießt das Getränk rasch in verschiedene, nicht zusammenpassende Tassen und Gläser, die wir ihm hinhalten.

»Ein Hoch auf die Chocolate Box«, meint er grinsend und hebt seine Tasse. »Auf die Bank, dafür, dass sie uns das

Geld rüberwachsen lassen, und auf euch alle, weil ihr an meine verrückte Idee geglaubt habt. Ihr werdet es nicht bereuen, das verspreche ich euch!«

»Ja, ja, schon klar«, sagt Honey, doch der Rest von uns hebt die Gläser und trinkt. Ich habe noch nie zuvor Champagner getrunken, er schmeckt irgendwie nach Glück, wie kühle, spritzige Sonnenstrahlen. Die Bläschen explodieren mir auf der Zunge und bringen mich fast zum Lachen.

»Ich wollte mich außerdem bedanken«, fährt Dad fort und hebt erneut seine Tasse. »Bei euch allen. Im Ernst … Skye und Summer und Coco und Honey … ich danke euch, dafür, dass ihr Cherry und mich in eurer Familie aufgenommen habt. Dafür, dass ihr mir – uns – eine Chance gebt. Ich weiß, dass es sicher nicht leicht war für euch. Cherry danke ich natürlich auch, dafür, dass sie es all die Jahre mit mir ausgehalten hat, dass sie ein neues Leben hier riskiert, dass sie meine verrückten Vorstellungen erträgt …«

Dad sieht zu Charlotte, und sein Gesicht verzieht sich zu einem breiten Grinsen. »Doch vor allem«, so sagt er abschließend, »muss ich Charlotte danken, dafür, dass sie die Sonne zurück in mein Leben gebracht hat, mich wachgerüttelt hat, mir klargemacht hat, dass Träume tatsächlich wahr werden können und dass es sich lohnt, für die besten Dinge im Leben zu kämpfen …«

»Schlei-mig«, motzt Honey, doch Skye rammt ihr den Ellbogen in die Seite, was sie zum Schweigen bringt.

Und ab dem Zeitpunkt läuft irgendwie alles schief.

Dad steckt die Hand in die Tasche seines Anzugs und fischt eine kleine Schachtel mit einem Band darum raus. Er legt sie auf die flache Hand und hält sie Charlotte hin. Deren Augen werden ganz groß, und dann greift sie nach der handbemalten Schachtel und öffnet sie ganz vorsichtig. Alle sehen zu, alle halten den Atem an, und eine erste Vorahnung überkommt mich, denn es liegt etwas Dramatisches, Bedeutsames in dieser Geste. Etwas, das mir ein klein wenig Angst macht.

Nein, denke ich. *Nein, das würde er nicht wagen …*

Dann ist die Schachtel offen, und ich atme erleichtert aus, denn in der Schachtel ist lediglich Schokolade, eine herzförmige Praline mit einem weißen Schnörkel obendrauf.

»Oh, wie süß«!, sagt Charlotte. »Danke, Paddy!«

»Er hat ihr sein Herz geschenkt«, sagt Coco und klimpert mit den Wimpern wie ein Filmstar.

»Heißt das, dass Mom jetzt seine Süße ist?«, witzelt Summer. »Na, kapiert? Seine *Süße?*«

»Ach, bitte«, schnaubt Honey.

»Du musst sie probieren, Charlotte«, sagt Dad jetzt. »Es ist eine ganz neue Geschmacksrichtung. Ich habe sie nur für dich kreiert …«

Also nimmt Charlotte die herzförmige Praline in die Hand, beißt vorsichtig hinein, dann runzelt sie die Stirn und zieht die Praline wieder aus dem Mund. Jetzt betrachtet sie sie misstrauisch. Die Zeit scheint sich zu verlangsamen, während sie an der äußeren Hülle der Praline herumzupft, mit der Fingerspitze den weichen Fondant im Inneren berührt, und dann bemerke ich das goldene Glitzern, den schimmernden Diamanten, und ich beginne zu verstehen.

»Paddy …«, sagt Charlotte. »Was …«

»Oh. Mein. Gott …«, keucht Summer.

»Ich lese deine Zukunft in dieser Praline«, sagt Skye ganz langsam. »Und ich sage dir, es wird ein Happy End geben …«

»Willst du mich heiraten, Charlotte?«, fragt Dad, nur für den Fall, dass sie es noch nicht kapiert hat. »Nichts wünsche ich mir mehr, nichts würde mich glücklicher machen … und wir könnten eine richtige Familie sein. Und, willst du?«

Charlotte legt Dad einen Arm um den Nacken und küsst ihn aufs Ohr. »Ich will«, sagt sie. »Ach, Paddy, natürlich will ich!«

»Ach, das ist ja soooo romantisch!«, quiekt Summer.

»Eine Hochzeit!«, meint Coco grinsend. »Darf ich Brautjungfer sein?«

Charlotte zieht den Ring aus dem Inneren des Pralinenherzens. »Oh … oh … wow! Der ist wunderschön … Paddy, vielen Dank!« Sie grinst ganz breit, und man hat den Eindruck, ihr strahlendes Lächeln müsste das komplette Stromnetz des Landes zum Glühen bringen. Dann fangen alle an zu klatschen und zu jubeln. Ich frage mich, warum ich selbst wie erstarrt bin, denn eigentlich freue ich mich für Dad und Charlotte, das tue ich wirklich … aber … es tut irgendwie auch weh.

Und scheinbar bin ich nicht die Einzige, die so empfindet.

Honey wirkt vollkommen entsetzt. Ihre Augen sind weit aufgerissen, und ihre Lippen beginnen zu beben. Die Hände, mit der sie die Tasse Champagner umschlossen hält, zittern.

»Nein«, sagt sie, und ihre Stimme ist erst nicht viel mehr als ein Flüstern, ehe sie sich rasch zu einem verängstigten Wimmern auswächst. »Nein! Wie kannst du nur, Mom? Wie kannst du auch nur daran denken, zu heiraten, wo du doch bereits einen Ehemann hast? Schon vergessen? Meinen Dad!«

»Hey, hey, Honey …«, sagt Dad und hält besänftigend die Hände hoch. »Beruhige dich …«

Doch Honey will sich nicht beruhigen. »Sag du mir nicht, was ich tun soll!«, kreischt sie. »Du bist nicht mein Dad, und das wirst du auch niemals sein! Du hältst dich wohl für besonders schlau, wie? Schwafelst was von wegen

›richtige Familie‹ … Aber nur, damit du es weißt, wir sind bereits eine richtige Familie, dafür brauchen wir dich nicht, also hau ab!«

»Hör auf!«, brüllt Charlotte Honey an. »Hör auf damit … bitte! Warum kannst du dich nicht für mich freuen? Warum kannst du das nicht akzeptieren?«

»Weil es falsch ist!«, kreischt Honey. »Es ist falsch! Du gehörst nicht hierher, Paddy Costello! Du hast dich hier eingeschlichen, hast alle um den Finger gewickelt mit deinem freundlichen Getue und deinen dämlichen Pralinen … aber mich kannst du nicht zum Narren halten. Ich hab dich durchschaut. Ich hasse dich, kapiert? Ich HASSE dich!«

Sie springt auf und rennt über den Rasen davon, das blonde Haar weht hinter ihr her.

Dad wirkt völlig fassungslos. Er hat alles total falsch eingeschätzt, hat den falschen Zeitpunkt gewählt. Alles lief so gut, klar … aber es ist einfach noch zu früh. Und Honey wird noch eine ganze Weile brauchen, bis sie anfängt, uns zu akzeptieren. Vielleicht tut sie das aber auch nie?

»Sollen wir ihr nachlaufen?«, erkundigt Summer sich leise. »Mit ihr reden?«

»Nein«, sagt Charlotte mit bebender Stimme. »Lasst sie, Summer. Sie soll sich erst mal beruhigen. Wir können nicht ständig hinter ihr herrennen und sie besänftigen. Wir behandeln sie schon lange genug wie ein rohes Ei, haben

Angst, Luft zu holen, nur für den Fall, dass es sie aufregt … tja, tut mir leid, aber ich kann für Honey nicht mein ganzes Leben zum Stillstand bringen. Das geht nicht. Warum versteht sie nicht, dass ich genauso Gefühle habe? Warum kann sie sich nicht für uns freuen?«

Lächelnd drückt Charlotte Dads Hand, doch in ihren Augen glitzern Tränen.

21

Die eigentliche Bombe aber geht erst sehr viel später hoch.

Shay taucht auf, sonnengebräunt und nach Meer riechend, weil er den ganzen Tag im Segelcenter verbracht hat. Charlotte warnt ihn schon mal vor, er solle behutsam vorgehen, weil Honey ein wenig aufgebracht sei, doch Shay verdreht nur die Augen und zuckt mit den Schultern und wirft mir die Sorte Blick zu, die eigentlich Kinderschändern und Kätzchenmördern vorbehalten sind. Es ist die Sorte Blick, die mich auf den Gedanken bringt, diese ganze Geschichte von wegen, wir können keine Freunde bleiben, könnte auch für ihn nicht ganz einfach sein, und dafür gibt er mir die Schuld. Außerdem handelt es sich um die Sorte Blick, die besagt, dass er es satt hat, behutsam mit ihr umzugehen.

Ich schätze, das kann man ihm auch nicht verdenken.

Jedenfalls lassen Shay und Honey sich zum Abendessen nicht blicken, und der Rest von uns hat bereits die Hälfte der Spaghetti Bolognese verdrückt, als lautes Geschrei zu hören ist und ein ohrenbetäubender Lärm, weil Türen geknallt werden.

»Gütiger Himmel«, flüstert Charlotte. »Wollen wir hoffen, dass sämtliche Gäste heute Abend ausgegangen sind … oder zumindest taub sind. Was jetzt?«

»Klingt fast so, als wäre sie auf Shay losgegangen«, sagt Dad. »Ich hoffe, er hat an seine kugelsichere Weste gedacht.«

»Sie streiten sich eigentlich nie. Shay ist so ein geduldiger Mensch …«, sagt Skye nachdenklich.

In dem Moment kommt Shay in die Küche marschiert, mit finsterer Miene, die blaue Gitarre über der Schulter. »Tut mir leid, Leute«, sagt er. »Ich halte das gerade nicht mehr aus …«

Charlotte steht auf. »Alles in Ordnung?«, fragt sie. »Komm schon, Shay, was auch immer es ist, so schlimm kann es doch nicht sein … setz dich … und beruhige dich.«

Doch Shay schüttelt nur den Kopf und geht weiter, dann schlägt er die Küchentür hinter sich zu.

Eine Weile später, als ich gerade mit Fred zurück zum Wohnwagen gehe, höre ich von irgendwoher traurige Gitarrenklänge, und zwar aus so weiter Ferne, dass es nicht viel lauter als ein Flüstern ist. Ich marschiere am Wohnwagen vorbei, gehe weiter über den Rasen, atme den Duft frisch gemähten Grases und der Dunkelheit ein. Kein Shay weit und breit.

Und dann höre ich es erneut, entfernte Gitarrenklänge, die durch den nächtlichen Garten an mein Ohr dringen. Ich schleiche mich durch das Gatter, das direkt zum oberen Ende des Klippenpfads führt, und folge dem Geräusch. Shay ist am Strand, eine dunkle Gestalt, die auf den Felsen kauert und raus aufs Meer blickt.

Ich weiß gar nicht so recht, weshalb ich da runtersteige. Es ist dunkel, und die Stufen sind total uneben. Außerdem sollte ich mich ja eigentlich von Shay Fletcher fernhalten.

Aber irgendwie stehe ich dann plötzlich am Strand, und meine Füße versinken im Sand, während die Meeresbrise mir die Haare hochweht.

Shay sitzt auf einem Felsen, die spindeldürren Beine im Schneidersitz überkreuzt, die blaue Gitarre hat er auf dem Schoß liegen. Er dreht sich um und schaut mich an, und ausnahmsweise wirkt er mal gar nicht so begeistert, mich zu sehen. Sein Gesicht wirkt angespannt und verschlossen und verärgert.

»Du bist's«, sagt er müde.

Ich zucke im Mondlicht zurück. »Ja … ich bin's«, flüstere ich.

»Kommst du, um mich auszulachen?«, will Shay wissen. »Um mir zu erzählen *ich hab's dir ja gesagt?*«

»Äh … eigentlich nicht«, sage ich. »Ich habe mir Sorgen gemacht um dich.«

»Klar, logo.«

Shay schmeißt seine Gitarre in den Sand.

»Ich weiß gar nicht, warum ich mir die Mühe mache«, sagt er seufzend. »Ich gebe mein Bestes, das Richtige zu tun, es allen recht zu machen. Ich strenge mich echt an. Ich sehe Honey jeden Abend. Du sagst mir, ich solle mich von dir fernhalten, und ich halte mich auch daran, auch wenn es das Dämlichste ist, was ich je gehört habe … aber niemand, wirklich niemand schert sich je um meine Gefühle. Was bin ich eigentlich, ein Roboter? Die Leute können mich anbrüllen und mir an den Kopf werfen, was für ein Stück Dreck ich bin, und ich steh einfach nur da und lass das alles über mich ergehen? Ganz bestimmt nicht!«

Entsetzen und Wut machen sich in mir breit. Ich wünschte, ich hätte den Mut, die Hand nach ihm auszustrecken und ihn zu trösten, so wie er es getan hat, als ich ihm meine Kimonogeschichte erzählt habe und ganz traurig und weinerlich wurde. Aber das schaffe ich nicht. Ich setze mich einfach nur in den weichen Sand gleich neben dem Felsen und zittere.

»Im Ernst, Honey ist echt ein ganz schön krasses Mädchen«, sagt er. »Irgendwie hat sie echt was total Fieses an sich. Ich bin mir noch nicht mal sicher, wieso ich mich mit so jemandem abgebe.«

»Du liebst sie«, sage ich, auch wenn mir die Worte fast in der Kehle stecken bleiben. »Sie ist deine Freundin.«

»Ich liebe sie nicht«, sagt er in die Dunkelheit hinein, und mein Herz macht einen Sprung, ich kann es nicht verhindern.

»Sie kennt mich noch nicht mal richtig«, fährt Shay fort. »Sie erkundigt sich nie, wie es in meinem Leben so läuft. Das interessiert sie nicht – alles dreht sich immer nur um sie. Aber manchmal … na ja, manchmal würde ich auch gern über gewisse Dinge reden. Du weißt inzwischen mehr über mich als Honey!«

Mein Herz pocht im Dunkeln.

»Paddy und Charlotte sind also jetzt verlobt«, spricht er weiter. »Tja, das ist gut. Ist nicht das Ende der Welt, oder? Sie machen sich gegenseitig glücklich. Ist das ein Verbrechen? Ich weiß, dass Honey die Sache mit ihrem Dad traurig macht, aber nach drei Jahren sollte sie doch jetzt echt langsam mal akzeptieren, dass die Ehe am Ende ist. Sie glaubt immer noch fest daran, dass er irgendwann zurückkommt, dabei antwortet er die meiste Zeit noch nicht mal auf ihre SMS. Er ist ein Idiot, aber das will sie einfach nicht wahrhaben!«

Shay legt den Kopf in den Nacken und sieht hoch zu den Sternen.

»Egal … Honey hat einen Plan, und das ist der dämlichste Plan, von dem ich je gehört habe. Es geht um eine Art

Erpressung – sie will Charlotte zwischen Paddy und ihr entscheiden lassen.«

Ein Gefühl der Schwere legt sich über mein Inneres, ein ungutes Gefühl. Wenn Charlotte sich zwischen meinem Dad und ihrer eigenen Tochter entscheiden muss … tja, diese Art von Entscheidung ist schlichtweg grausam. Denn es gibt in dem Fall kein Richtig und kein Falsch, jedenfalls nicht für Charlotte.

»Das kann sie nicht bringen!«, empöre ich mich.

»Honey hält sich nicht an die Regeln, ist dir das noch nicht aufgefallen?«, meint Shay. »Keine Sorge … ich habe ihr schon erklärt, dass das eine beschissene Idee ist … Ich glaube auch nicht, dass sie das ernsthaft durchzieht. Zumindest hoffe ich das.«

Er seufzt. »Sie hat sich einverstanden erklärt, den Plan erst mal auf Eis zu legen, aber sie war so wütend – hat mir an den Kopf geworfen, ich wäre ein Lügner, ein Loser, ein Verräter. Ich hab es satt, Cherry. In meinem Leben gibt es echt schon genügend Leute, die mir vorhalten, was für ein Versager ich bin …«

Mit einem Mal springt er auf und läuft an den Rand des Wassers, hebt einen flachen Stein auf und lässt ihn über die sich kräuselnde Oberfläche hüpfen. Er trifft drei, vier, fünf Mal auf, ehe er untergeht. Ich hebe ebenfalls einen Stein auf, um ihn springen zu lassen. Er platscht einmal auf, bevor er spurlos verschwindet. Na ja, Steine springen lassen, das ist keine Fähigkeit, die man perfektioniert, wenn man an einem Ort wie Glasgow lebt.

Shay wirft noch ein paar Steine, dann zuckt er mit der Schulter und steckt die Hände in die Hosentaschen. Gemeinsam gehen wir am Ufer entlang.

Im Grunde sieht er aus wie ein Junge, dem es quasi von Geburt an an nichts gefehlt hat. Er sieht aus, als hätte er Glück gehabt, doch offensichtlich empfindet er selbst nicht so.

»Wer hält dich denn noch für einen Versager?«, frage ich leise.

Shay lacht, ein hartes, hohles Lachen. »Mein Dad«, sagt er. »Mein Dad hält mich für einen hoffnungslosen Fall. Das reibt er mir immer wieder unter die Nase. Er hasst mich – mit allem, was meine Person ausmacht. Er war nicht ein Mal auf einem der Krippenspiele oder der Konzerte an meiner Schule. In der Mittelschule hatte ich die Hauptrolle in *Grease,* aber er meinte bloß, das sei nur was für totale Weicheier. Er hasst meine Musik, hasst mein Haar, hasst meine Klamotten. Was auch immer ich tue, es ist ihm nie gut genug.«

»Aber du arbeitest doch für deinen Dad«, sage ich verwundert. »Du bringst Touristen das Segeln bei und leitest die Kanuausflüge zu den Schmugglerhöhlen. Außerdem fährst du mit diesem irren Bananenboot-Dingens quer über die Bucht. Er muss doch *stolz* sein auf dich!«

Shay zieht die Schultern hoch. »Nein, stolz ist er garantiert nicht. Er ist stolz auf meinen Bruder Ben – er surft und segelt und spielt Football, ist hart im Nehmen und stark und praktisch veranlagt. Er studiert Sport an der Uni, und vermutlich wird er irgendwann bei meinem Vater im Geschäft mit einsteigen als Partner. Nicht ich. Das ganze Outdoor-Zeugs liegt mir nämlich nicht besonders. Dad weiß, dass ich es hasse, dass ich bei erster Gelegenheit von hier verschwinde, irgendwo ans Musikcollege gehe – egal wo, ist mir schnuppe, solange er mich nicht länger anschnauzen kann.«

»Ach, Shay«, seufze ich. »Tut mir leid. Also … was hast du vor?«

Er sieht mich an, und seine meergrünen Augen pflügen durch meine Seele wie beim ersten Mal, als wir uns sahen. Mir stockt der Atem.

»Ich schätze, ich tue das, was ich immer tue«, sagt er. »Ich halte die Füße still und finde mich damit ab. Ich will einfach nur meine Ruhe. Ich werde weiterhin schuften für meinen Dad … Ich habe ja auch keine andere Wahl, nicht wahr?«

»Und … was ist mit Honey?«, frage ich flüsternd.

Shay seufzt. »Honey tut mir leid«, sagt er. »Aber ich liebe sie nicht. Durch unsere Beziehung ziehen sich derzeit Risse von den Ausmaßen des Grand Canyon, aber manchmal habe ich das Gefühl, ich bin der Einzige, der das erkennt.

Das Problem ist, ich bin ein Feigling. Mir gefällt es hier … am Strand, im Wohnwagen … in Tanglewood.«

Er fährt sich mit der Hand durch die weizenblonden Stirnfransen. »Ich fühle mich hier wie zu Hause. Charlotte hat mir nie das Gefühl gegeben, nicht gut genug zu sein – sie akzeptiert mich, wie ich bin. Genauso wie Skye und Summer und Coco. Paddy ebenfalls … und du. Besonders du … du machst dir etwas aus mir. Na ja, zumindest hast du das mal. Darauf will ich nicht verzichten müssen.«

»Das musst du auch nicht«, sage ich ganz sanft. »Und ich mache mir immer noch etwas aus dir, das weißt du, Shay.«

»Vielleicht«, meint er mit einem weiteren Seufzen. »Aber irgendwie läuft im Moment alles schief. Honeys Drohungen … tja, sie bringen mich ins Grübeln, ob ich sie überhaupt richtig kenne.«

Ich weiß nicht, woher ich den Mut nehme, aber ich greife im Dunkeln nach Shays Hand und ziehe ihn runter an den Rand des Wassers.

»Sieh mal«, sage ich zu ihm. »Es wird schon alles gut. Sehr wahrscheinlich reißt Honey nur die Klappe auf, aber es ist nichts dahinter. Also vergiss es. Sei nicht traurig … lächele! Lass uns paddeln gehen!«

Ich schleudere meine Sandalen von den Füßen und wate in die mondbeschienene Gischt. Shay fängt an zu lachen, zieht seine Chucks aus und läuft spritzend hinter mir her.

In meinem Inneren entfaltet sich eine Reihe von Erinnerungen.

»Meine Mom meinte immer, ich hätte einen Wunsch frei, jedes Mal, wenn ich ins Meer ging«, presse ich zwischen klappernden Zähnen hervor, und die Worte überraschen selbst mich. »Sie sagte, der Ozean würde meine Träume mitnehmen und sie Realität werden lassen und sie dann an Land spülen …«

»Ach, hat sie das?«, meint Shay grinsend. »Wie cool! Dann lass uns einen Wunsch aussprechen!«

Er hält meine Hand ganz fest, und ich schließe die Augen, und ganz weit da draußen, gerade so weit, dass mein Bewusstsein es nicht greifen kann, bin ich plötzlich überzeugt, dass da eine Erinnerung ist an genau dieses Gefühl; geschlossene Augen, Lachen, eine Hand, die die meine hält.

Ich sollte mir Glück wünschen, einen Ort, an dem ich zu Hause bin. Ich sollte mir Freunde wünschen, eine Familie, dass sich hier in Somerset alles so entwickelt, wie ich mir das erhofft und erträumt habe.

Stattdessen aber verschwende ich diesen kostbaren Augenblick auf einen Wunsch, der nie in Erfüllung gehen kann …

Ich wünsche mir, Shay Fletcher möge mir gehören.

22

Shay und Honey versöhnen sich wieder, und mit einem Mal ist es so, als hätte Honey eine Persönlichkeitstransplantation hinter sich. Plötzlich taucht sie morgens lächelnd zum Frühstück auf, unterhält sich angeregt, hilft Charlotte beim Servieren. Sogar mit mir spricht sie – zugegeben, es ist vielleicht nur so was wie »reichst du mir bitte die Marmelade«, aber trotzdem, irgendwie beunruhigend.

»Sie führt irgendetwas im Schilde«, sagt Shay düster. »Ich weiß nicht, was genau es ist, aber es ist so!«

Skye, Summer und Coco sind da weniger misstrauisch.

»Ich glaube, es liegt daran, dass sie eine Reise nach London zu Dad plant«, erzählt Skye mir. »Dieses Mal will Honey allein zu ihm. Sie fährt am Tag nach dem Schokoladenfestival hoch und bleibt ganze drei Tage. Sie wollen sich eine Show im West End ansehen, auf der Oxford Street shoppen, in Museen gehen … das volle Programm. Dad will offenbar mal ein paar richtig schöne Tage mit seiner ältesten Tochter verbringen …«

Summer wirkt skeptisch. »Seit wann das denn?«, will sie wissen.

»Seit Charlotte ihn angerufen und erklärt hat, Honey brauche ganz dringend die Unterstützung ihres Dads, schätze ich.« Skye seufzt. »Ist ja nicht so, als würde er von selbst auf so eine Idee kommen.«

»Tja, immerhin ist ihre Laune jetzt besser«, meint Coco.

»Wollen wir bloß hoffen, dass Dad dieses Mal nicht wieder absagt«, erklärt Skye. »Sonst ist es ja nicht mehr auszuhalten mit ihr unter einem Dach.«

In dem Punkt sind wir uns alle einig.

Ob es nun vorübergehend ist oder nicht, Honeys gute Laune vertreibt jedenfalls die düstere Wolke, die seit unserer Ankunft über Tanglewood House hing. Alles kommt mir jetzt unbeschwerter vor, es ist nicht mehr alles ein ständiger Kampf.

Ein Elektriker kommt vorbei, um uns dabei zu helfen, eine Stromleitung in die Werkstatt zu verlegen, und allmählich treffen auch die Geräte ein. Doch Dad stapelt erst mal alles in der alten Abstellkammer. Es wird bis nach dem Schokoladenfestival warten müssen, dann will er sich eingehend mit dem Pralinenherstellungsprozess beschäftigen. Stattdessen konzentriert er sich zunächst auf die Auswahl von acht Geschmacksrichtungen, die er für das Festival herstellen will. Rote Bete oder Curry kommen nicht vor, aber es gibt da eine echt klasse Praline mit Kirschen von den Bäumen, die sich über dem Wohnwagen wölben.

Wir überlegen uns Namen für die verschiedenen Geschmacksrichtungen – sogar Honey macht mit –, und wir kommen auf so verlockende Bezeichnungen wie Strawberry Swirl und Mocha Melt und Whisky Galore und Cherry Crush. Der letzte Name bringt mich zum Erröten, aus offensichtlichen Gründen.

Bis zum Festival ist es nur noch eine Woche, und allmählich kehrt eine gewisse Hektik ein. Charlotte ist fast fertig mit ihrer Website, und in den Bäumen hängen jetzt noch mehr Lichterketten sowie kilometerlange Girlanden.

Eine riesige Kiste mit vorgeschnittenen und gestanzten Kartons kommt mit der Post, und Dad und Charlotte verzieren sie mit Acrylfarbe mit Farbtupfern und Schnörkeln. Honey hat die Idee, Feinschreiber in Gold und Silber zu verwenden, um noch Herzen und Blumen und Sternchen draufzumalen und außerdem Worte wie *Geschmack* und *Traum* und *Schokoladenhimmel.*

»Perfekt«, sagt Dad zu ihr. »Du hast Talent, Honey.«

»Findest du?«, fragt sie zuckersüß. »Danke dir! Ich helfe doch gern …«

Ich frage mich, weshalb ich sie immer noch am liebsten ohrfeigen würde. Ich muss echt ein fieser und nachtragender Mensch sein.

An mir bleibt es hängen, die bemalten Schachteln zusammenzubauen, was natürlich der mieseste Job von allen ist. Skye, Summer, Coco und ich verbringen ganze Tage damit, die Laschen vorsichtig zu falten und zusammenzustecken, die Schachteln mit goldenem Seidenpapier auszulegen und die fertigen Exemplare zu stapeln, bereit, am Tag des Festivals mit frischen Pralinen gefüllt zu werden. Wir schneiden unzählige rote Bänder ab, die um die Schachteln gebunden werden sollen, falten eine Million farbige Broschüren, in denen die Leute etwas über die Chocolate Box erfahren und wie sie über das Internet weitere Pralinen bestellen können. Jedenfalls fühlt es sich an wie eine Million.

Dad steht oft bis zu zehn Stunden in der Werkstatt und fertigt eine Ladung Schokoladenfondant nach der anderen an, taucht sämtliche Pralinen ein und verziert sie und friert sie dann ein, in Vorbereitung auf den kommenden Samstag. Er wirkt so glücklich, so voller Hoffnung.

Skye hat weiter an ihrer Idee mit der Pralinenwahrsagerei gearbeitet. Sie hat Rovers altes Goldfischglas mit Silberfolie, zerknülltem goldenem Seidenpapier und reichlich Glitzerstreusel gefüllt und es dann auf den Kopf gestellt, damit es wie eine echte Kristallkugel aussieht.

»Ich werde den Leuten aus den Händen lesen und in mein Kristall-Goldfischglas blicken und ihnen dann sagen, welche Pralinen sie glücklich machen werden«, erklärt sie. »Und dann ziehen sie hoffentlich los und bestellen sie tonnenweise bei Paddy!«

»Genial«, sage ich.

»Soll ich mich verkleiden, was meinst du?«, fragt sie nachdenklich. »Große Kreolen und ein Zigeunertuch?«

Summer blickt von einem ihrer Ballettbücher auf. »Wie wäre es mit einem Schokoladenfee-Look?«, schlägt sie vor. »Du könntest ein cremefarbenes und braunes Tutu tragen mit Feenflügeln und braunen Ballettschuhen aus Satin und dazu einen Zauberstab ... eigentlich könnten wir uns doch alle so anziehen. Das wäre obercool!«

»Oh ja, das machen wir!«, pflichtet Skye ihr bei. »Wir könnten kleine braune Samthemdchen mit Spaghettiträgern und bauschige Tüllröckchen anziehen, cremefarbene und braune Schichten übereinander ... Ich kann da was machen, bestimmt krieg ich das hin!«

»Ich besitze vermutlich eh genügend alte Ballettschuhe für uns alle«, meint Summer grinsend. »Die sind ein bisschen abgenutzt, aber wir würden sie ja sowieso einfärben ...«

»Und ich hab noch Feenflügel«, sagt Coco. »Und in der Karnevalskiste sind auch noch welche. Den Rest können wir uns bestimmt von irgendwem borgen ...«

Ich beiße mir auf die Lippe. Ich kann mir die Tanberry-Schwestern sehr gut als Schokoladenfeen verkleidet vorstellen, mit ihrem dunkelblonden Haar und ihrer selbstbewussten Art. Mich aber kann ich mir darin überhaupt nicht vorstellen.

Ich weiß noch, wie Honey mal gesagt hat, ich würde hier

nie dazugehören, ganz gleich, wie sehr ich mich auch bemühe.

»Was ist los, Cherry?«, erkundigt Coco sich, als sie mein finsteres Gesicht bemerkt.

»Ich hab mich bloß gefragt … wegen der Schokoladenfeen. Meinst du damit auch mich?«

Summer verdreht die Augen.

»Äh, hallo?«, sagt sie. »Natürlich meine ich auch dich! Du glaubst wohl, du kommst uns davon, wie? Wir stehen das gemeinsam durch, okay?«

Von ihrer Ballettstunde am Nachmittag kehrt Summer mit meterweise cremefarbenem und goldbraunem Tüll und Samt in schokoladigem Hellbraun zurück, und wir machen uns sofort an die Arbeit. Skye näht fünf kleine Trägerhemden aus Samt mit Spaghettiträgern, und Coco bastelt fünf Feenstäbe aus Pflanzenstäben, die sie mit Silber bemalt und mit Pappsternen mit Glitzer beklebt. Ich lege schichtenweise cremefarbenen und braunen Tüll aufeinander, den wir auf breite Gummibänder nähen, während Summer ihre alten Ballettschuhe glänzend braun einfärbt und neue Satinbänder in Schokobraun annäht.

»Wir werden umwerfend aussehen!«, meint Skye grinsend. »Eine ganze Horde Chocolate-Box-Schwestern!«

Und ich bin sogar der Meinung, dass sie damit recht haben könnte.

23

Ich wache von den traurigen Gitarrenklängen draußen vor dem Wohnwagen auf und rieche Rauch. Ich öffne die Tür. Shay hat ein kleines, knisterndes Lagerfeuer angezündet und Marshmallows auf Spießen zum Rösten in die Glut gelegt.

»Hey«, sagt er.

»Hey.«

»Honey macht mich ganz wahnsinnig«, meint er, während er die Marshmallows vorsichtig wendet. »Ich glaube, ich fand sie erträglicher, als sie noch der total überspannte Psycho war. Sie verhält sich echt komisch. Im Ernst, ohne dich würde ich durchdrehen. Es ist echt angenehm, mit jemandem reden zu können, der nicht in einer Fantasiewelt lebt.«

Fast lache ich laut auf. »Ich?«, frage ich grinsend. »Du meinst wirklich mich? Ganz ehrlich, Shay, du kennst mich nicht im Geringsten. Ich habe jahrelang in meiner eigenen kleinen Fantasiewelt gelebt.«

Er grinst ebenfalls. »Aber deine Welt mag ich. Und ich weiß sehr wohl viel über dich, Cherry. Über deine Eltern und deine Kindheit und … na ja, über das, was dich ausmacht.«

»Darauf würde ich mich nicht verlassen«, erkläre ich ihm. »Vielleicht ist das ja alles nur erfunden.«

»Vielleicht, ja«, sagt Shay schulterzuckend. »Aber was soll's?«

Wir essen die gerösteten Marshmallows, und Shay spielt noch ein bisschen auf seiner Gitarre, und ich erkundige mich, wie es in der Arbeit läuft, und er meint, alles wie immer, also beschissen.

»Dad hat mich heute Morgen ganze zwei Stunden lang Muscheln von einem Segelboot kratzen lassen«, sagt er. »Ich musste es auch neu anstreichen, mit Schutzlack, der bestialisch stinkt, und dann musste ich einen ganzen Haufen Grockles rüber zu den Schmugglerhöhlen fahren …«

»Die würde ich auch gerne mal sehen«, sage ich. »Die Höhlen, meine ich. Skye hat mir von ihnen erzählt, aber über Land sind sie ziemlich schwer zu erreichen, stimmt's? Ein steiler Pfad durch den Wald oder so.«

»Zu Fuß ist das auch ziemlich weit«, meint Shay. »Ich fahr dich mal mit dem Boot rüber.«

»Das wäre toll.«

Er hängt seine Gitarre an einen Ast und wirft ein weiteres Holzscheit ins Feuer.

»Schläfst du eigentlich irgendwann auch mal?«, frage ich ihn. »Oder arbeitest du nur und spielst Gitarre und sitzt nachts am Lagerfeuer? Schätze mal, du bist ein Nachtmensch. So was wie eine Eule oder ein Fuchs oder so.«

Er lacht. »Ich geh bald nach Hause«, sagt er. »Versprochen. Dad rastet eh langsam aus, weil ich in der letzten Zeit öfter spät nach Hause gekommen bin. Er würde durchdrehen, wenn ich die ganze Nacht wegbliebe, ehrlich. Er hat mir immer noch nicht sein Einverständnis gegeben, beim Schokoladenfestival mithelfen zu dürfen … er scheint zu denken, das Ganze könnte eine Art wilde Fete werden und keine Verkaufsveranstaltung für Schokolade. Er lässt sich aber auch nichts erklären.«

»Ich hoffe, er gibt sich einen Ruck und lässt dich mithelfen …«

»Ja, hoffentlich«, meint Shay seufzend. »Aber im Ernst, ich wollte deine Geschichte gern zu Ende hören. Was ist aus Sakura geworden?«

Ich hülle mich ganz fest in meine Patchworkdecke und blicke in die Flammen.

»Sakuras Dad war sehr unglücklich«, setze ich an. »Er war allein, mit einem kleinen Kind, um das er sich kümmern musste. Er brachte Sakura in einem Flugzeug nach Hause nach Schottland. Über den Wolken war der Himmel blau, und Sakura begann zu hoffen, dass die Farben wieder in ihr

Leben zurückkehren würden – doch bei der Landung war der Himmel grau. Paddy bekam einen Job in der Schokoladenfabrik, und Sakura fing mit der Schule an, und nichts war mehr wie zuvor. Manchmal musste Paddy die Frühschicht übernehmen, doch am Nachmittag war er immer zu Hause und wartete schon auf sie mit einem aussortierten Taystee-Riegel in der Tasche, den sie sich teilten. Eines Morgens richtete die Dame aus der Nachbarwohnung Sakura gerade für die Schule her. Es regnete, und Sakura rannte in Paddys Zimmer und holte sich den Papiersonnenschirm, den Kiko zu Festen stets mit sich getragen hatte. Die alte Dame erkundigte sich, ob so in Japan alle Regenschirme aussähen. Sakura bejahte dies, doch im Grunde wollte sie sich nur wie eine Erwachsene fühlen, daher hielt sie den bunt bemalten Schirm in der Hand, der ihrer Mom gehört hatte.« Ich seufze. »Sakura wusste natürlich nicht viel über den schottischen Regen. Er durchnässte den Papierschirm, löste den Lack ab und weichte das Papier auf. Als Sakura endlich in der Schule ankam, waren ihr Gesicht und ihre Hände bereits voll roter und rosa und türkiser Farbe, und der Schirm war ruiniert …«

»Autsch …«, meinte Shay. »Was hat dein Dad dazu gesagt?«

»Er sagte, er sei immer noch wunderschön«, erkläre ich ihm. »Auch wenn die Ränder eingerissen und die Farben verlaufen waren. Der Schirm wäre nicht ruiniert, meinte er … er hätte sich nur verändert, sei vom Leben gezeichnet.«

Shay lacht. »Dein Dad ist echt cool«, sagt er, und das entlockt mir ein Lächeln.

»Für Sakura änderte sich alles«, schließe ich meine Geschichte. »In Schottland rief sie jeder bei einem anderen Namen – Cherry –, und alle sprachen die Sprache ihres Dads, nicht die, die ihre Mom benutzt hatte. Allmählich verblassten die Erinnerungen. Sie vergaß Kyoto und die Kirschblüten im Park und die Sprache, die alle gesprochen hatten, und die Kleidung, die man an Festtagen trug. Sie vergaß die Schreine und die Pagoden und die Leuchtreklamen, die die Stadt bei Nacht erstrahlen ließen. Doch nie, nie vergaß sie ihre Mom.«

Shay schlingt im Schein des Feuers die Arme um die Knie. »Das ist wunderschön«, seufzt er. »Aber auch so unheimlich traurig …«

Ich seufze ebenfalls.

Als Shay vor ein paar Wochen das erste Mal zum Wohnwagen kam, da sollten die Geschichten ihn verscheuchen, ihn mir vom Leib halten. Ich servierte ihm kleine Häppchen, damit er sich wieder verzog … schien mir ein fairer Deal. Doch irgendwie haute das alles nicht so hin. Die Geschichten sind einfach zu persönlich, zu mächtig. Sie schreckten Shay nicht ab, sie haben ihn mir sogar noch nähergebracht. Sie haben eine Art Netz um uns beide herum gesponnen, und jetzt scheint es keine Möglichkeit mehr zu geben, sich daraus zu befreien. Ich will mich auch gar nicht daraus befreien, nicht mehr.

Ich habe es satt, dagegen anzukämpfen.

Ich blicke zu Shay, und er sieht mich durch das Feuer hindurch ebenfalls an, sein Gesicht erhellt vom flackernden Orange der Flammen. Ich muss wegsehen, weil meine Wangen ebenfalls in Flammen stehen, und das hat rein gar nichts mit dem Feuer zu tun.

24

Die nächsten paar Tage vergehen wie im Flug.

Charlotte borgt sich kistenweise Tassen, Untertassen, Teller und Besteck aus dem Gemeindehaus des nahegelegenen Comber's Tor, außerdem zehn Klapptische und eine ganze Reihe von Klappstühlen. Wir stellen vier der Tische auf dem flachen Teil des Rasens unter den Bäumen auf, die uns als Stände dienen sollen, und gruppieren den Rest unten an der Mauer, damit die Besucher Essen und Getränke einnehmen können mit Blick auf den Strand.

Shay hilft meinem Dad dabei, draußen eine Stereoanlage aufzubauen, und wie versprochen hat er sogar eine Playlist zum Thema Süßes und Schokolade zusammengestellt.

Shays Dad besteht immer noch darauf, dass er am Samstag arbeitet, was einer mittleren Katastrophe gleichkommt. Am Wochenende ist im Segelcenter natürlich am meisten los, meint er, besonders an diesem Wochenende, weil wegen des Foodfestivals noch mehr Touristen ins Dorf strömen als sonst.

»Er gibt nicht nach«, meint Shay niedergeschlagen. »Ich habe ihm ja erklärt, wie wichtig das ist – aber nein. Ich bin nicht sein Sohn, ich bin sein Sklave. Das ist so nervig.«

»Mach dir keine Gedanken, Shay«, sagt Charlotte. »Wir kriegen das schon hin.«

Alle schuften wie die Irren.

Wir machen die Schokoladenfeenkleider fertig und hängen sie oben im Flur auf, bereit für den großen Tag, dazu die passenden Flügel, die Zauberstäbe und die Schuhe. Charlotte erstellt eine einfache Speisekarte für das Schokoladencafé im Garten und schreibt mit der Hand die Namen der Pralinen und die Preise auf Tafeln. Windspiele und Ketten mit kleinen Glöckchen hängen vereinzelt in den Bäumen, und ein noch leeres Notizbuch wird zu einem Gästebuch umfunktioniert, in das die Leute Kommentare und Adressen eintragen können, damit wir den glücklichen Kunden nach dem großen Tag Broschüren zukommen lassen können.

Tabletts voll fertiger Pralinen lagern in dem riesigen Kühlschrank in Dads Werkstatt, und irgendwann blockieren sie auch den großen Kühlschrank im Haus. Charlotte backt französischen Schokoladenkuchen, Brownies und bergeweise Windbeutel, während der Rest von uns sich an zwei großen Cherry-Chocolate-Cola-Kuchen zu schaffen macht und genügend Kühlschranktorten produziert, dass sich daran ganz Somerset satt essen könnte.

Selbst Honey hilft uns. Ihr Trip nach London, zu ihrem Dad, scheint zu klappen, die Busfahrkarte ist gekauft und bezahlt, ihre Tasche ist gepackt … und das bedeutet, dass sie uns tatsächlich eine Hilfe ist und es fast schon Spaß macht, mit ihr zu arbeiten. Sie übernimmt das Kommando in der Küche, verteilt die diversen Arbeiten und hat ein Auge auf alles, damit keiner rumtrödelt und stattdessen Tablett für Tablett voll leckerer Schokoladenhäppchen fertigstellt.

»Teamarbeit«, sagt sie in festem Ton, da sie offenbar vergessen hat, dass sie schon seit geraumer Zeit keinem Team mehr angehört außer vielleicht ihrem eigenen. »Und jemand, der die Leitung übernimmt. Summer, wie weit bist du mit dem Schmelzen der Schokolade? Skye, bist du mit dem Vanilleguss fertig? Coco, kannst du die Spülmaschine noch mal befüllen und die Teller dort drüben stapeln …«

»Woran ist eigentlich dein letzter Sklave gestorben?«, schnaubt Coco.

»An gar nichts, du lebst doch noch«, kontert Honey grinsend. »Warte eine Sekunde, Cherry, du hast da Schokolade im Gesicht …«

Sorgfältig wischt sie meine Wange mit einem Stück Küchenrolle sauber, und ich weiche ganz leicht zurück, da ich erwarte, dass sie mich kratzt oder einen bösen Kommentar loslässt. Aber es passiert nichts dergleichen. Ich glaube, diese neue, verbesserte Version von Honey könnte ich fast gern haben – wenn ich dabei nur nicht solche Schuldgefühle hätte.

Wenn Honey nämlich nett ist zu mir, dann ist es noch viel schwieriger zu rechtfertigen, dass ich in ihren Freund verknallt bin.

Als der Morgen des Schokoladenfestivals herandämmert, scheint es ein sonniger und trockener Tag zu werden. Ich renne noch im Schlafanzug hoch zum Haus, wasche mich ganz schnell, esse einen Toast und hüpfe dann hoch in Skyes und Summers Zimmer, um mich anzuziehen.

»Ist schon Jahre her, dass ich mich mit Feenflügeln verkleidet habe«, sagt Skye, wobei sie in ihrem Schokoladenfee-Tutu im Kreis herumwirbelt. »Daran könnte ich mich gewöhnen!«

Sie hat sich ein paar cremefarbene und braune Tülltücher und ein ganzes Bündel brauner Bänder in das locker hochgebundene dunkelblonde Haar gesteckt, hat ein paar Zöpfe reingeflochten und diese mit Perlen und Glöckchen und alten Spitzentüchern verziert. Skye verbringt ihr Leben damit, sich zu verkleiden, und generiert so ihren ganz eigenen, einzigartigen Lumpenfee-Look.

Summer sieht da ganz anders aus, sie hat ihr Haar zu einem perfekten Ballerinadutt hochgesteckt, die Schultern hat sie mit glitzerndem Körperpuder bestäubt. Sie trägt das samtene Oberteil und das Tutu wie ein Ballettkostüm, lässt ihre Füße in die weichen, braunen Ballettschuhe gleiten und fixiert die Bänder fein säuberlich im Zickzack.

Coco kommt hereingeplatzt, ein kleiner Wirbelwind, und sie wedelt gefährlich mit dem Zauberstab und tut so, als würde sie ihre Schwestern in Frösche verwandeln.

»Verkleidet Honey sich ebenfalls?«, wage ich es zu fragen.

»Ich glaube schon«, meint Skye. »Zumindest hat sie gesagt, dass sie es tun würde …«

Die Tür geht auf, und Honey kommt hereinmarschiert. Sie sieht aus, als hätte sie soeben ein Fotoshooting mit der *Teen Vogue* hinter sich, mit ihrem hüftlangen Haar, den schwarz geschminkten Augen und ihrer gleichgültigen, lässigen Art, so voller Selbstbewusstsein. An ihr sieht das selbstgemachte Feenkostüm irgendwie aus, als wäre sie soeben vom Catwalk runtergestiegen.

Und dann bin da noch ich.

Ich kann mich nicht erinnern, dass ich mich je mit pinkfarbenen Feenflügeln und flauschigen Federboas verkleidet hätte – mein Dad ist nie auf so eine Idee gekommen, und ich bin nicht oft genug mit zu anderen Kids nach Hause, um mit diesem ganzen Feenkram in Kontakt gekommen zu sein. Denn entgegen der Geschichten, die ich Skye und Summer erzählt habe, hatte ich nie Ballettunterricht und habe auch keine Erfahrungen mit irgendwelchen Tanzproduktionen in der Schule, wie sie zum Jahresende immer aufgeführt werden. Bei den weihnachtlichen Krippenspielen in der Grundschule war ich immer nur ein Schaf oder der Esel, mit Ausnahme von dem einen unvergessenen Mal, wo ich einen Schäfer spielte und ein gestreiftes Geschirrtuch auf dem Kopf und Dads Morgenmantel aus Fleece anhatte.

Ich war das Kind, das nirgends richtig dazugehörte, das immer eine Außenseiterrolle einnahm.

Ich wünschte, ich könnte all das zugeben, aber irgendwie erscheint mir das recht schwierig, nach all den kleinen Lügen, die ich in die Welt gesetzt habe. Ich sehe zu Skye und Summer und Coco, die lachen, reden, ihre Tüllröckchen zurechtzupfen und vor dem Spiegel Pirouetten drehen. Ihnen könnte ich doch die Wahrheit sagen, oder nicht? Könnte zugeben, dass ich mit Ballett nie was am Hut hatte, dass ich mitnichten viele Freunde hatte und in einer Mietwohnung gelebt habe statt in einem schicken Luxusapartment. Es würde ihnen nichts ausmachen, da bin ich mir jetzt sicher. Vielleicht verstehen sie sogar, weshalb ich gelogen habe.

Dann sehe ich Honey, den Kopf schräg gelegt, sodass ihr langes Haar zur Seite schwingt, und mir wird klar, dass sie nie Verständnis zeigen würde, nicht in einer Million Jahren.

Ich verdränge also jeglichen Gedanken an ein Geständnis und nehme mit einem Seufzen das Feenkostüm zur Hand.

Ich bin nicht so der Typ Mädchen, das gern ein Tutu trägt, doch als ich in die Klamotten schlüpfe, spüre ich nichtsdestotrotz die Magie, die man als Kind empfindet. Der Samt fühlt sich so weich an auf meiner Haut, die Tüllschichten so luftig und leicht. Die geborgten Flügel kitzeln mich an den Schultern, und wenn ich mich bewege, senkt sich jedes Mal eine Wolke von Glitzer zu Boden.

»Ich habe die Klamotten mit Feenstaub bestäubt«, erklärt Coco. »So sehen sie total magisch aus!«

Ich bin ja nicht unbedingt ein großer Fan von Feenstaub, aber ich kann nicht anders, ich muss lächeln, als ich mein Spiegelbild im Spiegel des Schminktisches sehe. Skye bürstet mein blauschwarzes Haar nach oben und bindet es zu zwei hohen Zöpfen, die sie mit Satinschleifen verziert. Summer hilft mir dabei, die Satinschuhe anzulegen, und selbst Honey verdreht nur kurz die Augen und beugt sich dann zu mir, um mit ein bisschen silbernem Glitzerpuder auf den Wangen nachzuhelfen.

Die Mädchen überprüfen nacheinander ihr Spiegelbild, richten sich die Flügel und stürmen dann raus auf den Flur. Sie lachen und wedeln mit den glitzernden Zauberstäben, während auch ich nun einen letzten Blick in den Spiegel werfe.

Ich sehe aus, als würde ich dazugehören … und fast fühle ich mich auch so.

Ich kann nicht aufhören zu grinsen.

»Du siehst echt okay aus«, meint Honey. »Ernsthaft.«

Das ist vermutlich das beste Kompliment, das ich je von irgendwem bekommen habe.

Ich eile aus dem Zimmer, die Flügel wehen hüpfend hinter mir her, und ich hinterlasse dabei eine Glitzerspur.

25

Aus der Stereoanlage dröhnt gerade »Sugar, Sugar«, ein uralter Hit aus den Sixties, den Mrs Mackie in Glasgow auch immer gespielt hat. Honey und ich durchqueren soeben den Garten, als Shay grinsend auf uns zugerannt kommt.

»Hey«, sagt Honey. »Ich dachte, du müsstest arbeiten?«

»Hab beschlossen, mich einfach zu verdrücken«, gesteht er verschmitzt. »Die werden ausnahmsweise mal ohne mich auskommen müssen. Dad wird durchdrehen, wenn er spitzkriegt, dass ich abgehauen bin, aber er ist hoffentlich zu beschäftigt, um irgendwas zu unternehmen. Ich hab es Paddy nicht erzählt ... er denkt, Dad habe einfach in letzter Minute seine Meinung geändert ...«

»Du begibst dich auf dünnes Eis ...«, meint Honey. »Aber das gefällt mir.«

»Wollen wir hoffen, dass dein Dad nicht total ausrastet«, sage ich.

Honey kneift die Augen zusammen. »Was kümmert dich

das denn?«, schnaubt sie. »Du kennst Shays Dad doch noch nicht mal.«

Ich gebe mir alle Mühe, nicht allzu schuldbewusst zu wirken. »Nein«, sage ich. »Tut mir leid.«

»Schon gut«, meint Shay schulterzuckend. »Kein Stress. Darum kümmere ich mich, wenn es so weit ist … wenn es denn so weit kommt.«

Ein freches Grinsen macht sich in seinem Gesicht breit. »Ach, übrigens … wusstet ihr, dass ihr unten in eurem Garten Feen habt? Ich meine echte Feen?«

»Sei still«, neckt Honey ihn. »Das ist absolut geheim. Wenn du das irgendwem erzählst, muss ich dich möglicherweise verzaubern …«

»Das hast du doch bereits«, sagt Shay, doch sein Blick huscht zu mir, nicht zu Honey. Der entgeht das nicht, und ein Schatten legt sich über ihre Miene, der genauso rasch durch kalte Gleichgültigkeit ersetzt wird.

Panik regt sich in mir, wie der Flügelschlag eines Vogels an einer Glasscheibe. Der zerbrechliche Frieden, den ich mit Honey in den vergangenen Tagen geschlossen habe, löst sich in Nichts auf, und mit einem Mal ist mir klar, weshalb Honey und ich niemals Freundinnen werden können. Da ist nichts zwischen mir und Shay Fletcher, nichts als Hoffnungen und Träume, aus denen niemals mehr werden wird. Da ist ganz bestimmt nichts, was irgendjemandem auffallen könnte.

Doch Honey sieht es. Fast glaube ich, sie hat es die ganze Zeit schon bemerkt.

Sie schlingt einen Arm um Shays Hüfte, markiert ihren Besitz und zerrt ihn von mir weg, dabei lacht sie und beugt sich zu ihm, um ihm etwas ins Ohr zu flüstern. Mit glühenden Wangen wende ich mich ab.

Ich suche nach Skye und helfe ihr dabei, die Stufen des Wohnwagens in eine Oase mystischer Magie für die Wahrsagerei zu verwandeln. Der Schokoladenbrunnen gluckert an einem Stand in der Nähe leise vor sich hin. In der Küche hat Charlotte inzwischen sämtliche Spuren vom Frühstück beseitigt und stattdessen Tabletts, Teller, Teekannen, Besteck, Tassen, Untertassen, Milchshake- und Dessertbecher aufgebaut. Auf dem Tresen stehen ein halbes Dutzend unterschiedlicher, himmlischer Schokoladenkuchen.

Um halb zehn holen wir die Pralinen aus dem Kühlschrank in der Werkstatt und bringen sie runter an den Stand, wo wir sie auf hübschen Porzellantellern, die wir zu hohen Pyramiden aufgestapelt haben, anrichten. Shay schließt die Stereoanlage an, und Skyes und Summers und Cocos Freunde trudeln allmählich ein, um uns zu helfen.

Dad setzt einen Filzhut auf, den er mit Kakaobohnen, die an Fäden von der Krempe baumeln, verziert hat, dann bindet er sich eine weiße Schürze um. Ich komme gerade mit einem letzten Tablett voller Pralinen aus der Küche, als ein blauer Jeep auf dem Kies schlitternd zum Stehen kommt.

Ein Mann mittleren Alters in abgeschnittenen Shorts und einem T-Shirt, auf dem *Kitnor Segelcenter* steht, springt raus, auf seinem Gesicht ein bedrohlicher Ausdruck.

»Wo steckt er?«, knurrt der Mann. »Ich weiß, dass er hier ist. Wenn wir ehrlich sind, ist er ja eh immer hier … oder war es zumindest immer. Das ist nämlich jetzt vorbei. Jetzt ist der Junge endgültig zu weit gegangen …«

Er sieht mich an, verzieht beim Anblick meines Tuturöckchens und der schiefen Schwingen das Gesicht und blickt sich dann nach einem Gesprächspartner um, der einen weniger lächerlichen Eindruck macht. Dad erscheint hinter mir in der Tür, die Arme voller Pralinenschachteln.

»Sind Sie auf der Suche nach Shay?«, erkundigt er sich höflich. »Er hat sich heute bereits als unentbehrlich erwiesen, hat mir beim Aufbau der Stereoanlage geholfen. Wir sind wirklich äußerst dankbar, dass Sie für uns auf ihn verzichten. Er ist so ein toller Junge!«

Shays Dad nimmt eine unheilverkündende violette Gesichtsfarbe an.

»Machen Sie sich etwa lustig über mich?«, will er wissen. »Er sollte eigentlich schon für mich arbeiten! Eine Kanugruppe war für zehn Uhr gebucht, die sollte er übernehmen. Das ist bis jetzt der stressigste Tag der Saison, so viel war noch nie los, und wo steckt er? Treibt sich hier oben rum mit euch Sonderlingen und spielt auf seiner dämlichen Gitarre bei einem verflixten Festival …«

Dad blinzelt. »Oh, es ist nicht die Sorte Festival«, meint er. »Das Ganze ist ein Teil des Food-Erlebnistages, wir wollen unser neues Schokoladengeschäft an den Start bringen …«

»Ach, und mein Geschäft soll derweil den Bach runtergehen, wie?«, meint Shays Dad missmutig. »Glauben Sie etwa, mich interessiert Ihr lausiges kleines Festival? Ist ja nicht unbedingt viel los hier, wie? Nein … aber meinen Sohn brauchen Sie trotzdem, damit er Botengänge für Sie erledigt!«

»Er hat von sich aus angeboten, zu helfen!«, stammelt mein Dad. »Und hier wird schon noch was los sein, hoffe ich zumindest … wir haben ja noch nicht mal offiziell geöffnet!«

»Wie auch immer«, grummelt Mr Fletcher. »Wollen wir doch mal eines klarstellen, Mister … tja, Sie sind nicht Mister Tanberry, nicht wahr? Wer auch immer Sie sind. Es gefällt mir nicht, dass mein Sohn den ganzen Tag hier oben herumhängt. Neulich ist er erst um zwei Uhr morgens nach Hause gekommen, und das war nicht das erste Mal. Wo steckt er eigentlich? Dieser faule, verlogene, nutzlose kleine Herumtreiber …«

Shay tritt zwischen den Bäumen hervor. Sein Gesicht wirkt verschlossen, die Schultern hängen nach vorne, und ich weiß sofort, dass er jedes einzelne Wort mitbekommen hat.

»Steig in den Jeep«, sagt sein Dad, und Shay steigt mit hochrotem Kopf ein.

»Warten Sie doch mal kurz«, sagt Dad gerade. »Mr Fletcher, nicht wahr? Ich glaube, es gibt da ein Missverständnis. Shay dachte offenbar ... nun ja, ich weiß nicht, was er dachte, aber er wollte uns nur helfen! Sie können nicht einfach hier antanzen und rumbrüllen und toben ...«

»Ach ja? Dann passen Sie mal auf«, faucht Shays Dad, startet den Motor und fährt los, dass der Kies hochspritzt.

»Armer Shay«, meint Dad.

Ja, aber echt, armer Shay.

Zehn Minuten später schickt Shay eine SMS an Honey, um ihr mitzuteilen, dass er vierzehn Tage lang Hausarrest hat. »Er darf mich nicht besuchen!«, verkündet sie empört. »Sein Dad erwartet, dass er jeden Tag arbeitet und abends dann zu Hause rumhockt. Das ist doch menschenverachtend! Der Mann ist ein Monster!«

»Der wird sich schon wieder beruhigen«, sagt Charlotte. »Zwei Wochen mögen einem wie eine Ewigkeit vorkommen, wenn man vierzehn ist, aber sie gehen vorüber. Das wird schon.«

»Na, hoffentlich«, grummelt Honey.

Uns bleibt allerdings keine Zeit, uns allzu viele Gedanken wegen Shay und Honey zu machen, weil die echten Festivalbesucher jetzt allmählich eintrudeln. Ich nehme meinen Posten hinter dem Tresen bei Dad ein, während Honey und Summer ihre Notizblöcke zücken, bereit, im Schokoladencafé im Garten die Bestellungen aufzunehmen.

Es ist für die nächsten fünf Stunden das letzte Mal, dass ich die Chance bekomme, Luft zu holen. Immer mehr Fahrzeuge treffen ein, und Ströme von Touristen schlendern durch den Garten. Jetzt bin ich richtig froh, dass Coco diesen Feenstaub auf die braunen Tutus gesprenkelt hat, weil die Schokoladenfeen nämlich jede Hilfe, die sie bekommen können, dringend brauchen.

Ich nehme die Zange zur Hand und greife damit nach den Pralinen in den Geschmacksrichtungen, die die Kunden auswählen. Langsam bekomme ich Routine darin, das Seidenpapier in die Schachteln zu legen, diese zu verschließen und eine Schleife drum herum zu binden. Ich kassiere das Geld ab und benutze den Taschenrechner, um alles zusammenzurechnen, und zähle langsam das Wechselgeld ab. Bald schon bildet sich eine Schlange, und dann ist da plötzlich eine ganze Menschentraube, weil die Leute nämlich nicht mehr nur eine Schachtel kaufen, sondern gleich zwei oder drei.

»Die sehen ja fantastisch aus«, sagt eine Dame. »Die Schachteln sind echt etwas Besonderes!«

»Die schmecken ja noch besser, als sie aussehen …«

»So hübsch«, fügt eine andere noch hinzu. »Die sind

wirklich wunderbar als Geschenk … können Sie auch richtig große Schachteln anfertigen?«

»Kein Problem«, sage ich. »Wir haben Pralinenschachteln für jede Gelegenheit …«

Skye muss einen steten Strom an Kunden für ihre Pralinenwahrsagerei haben, weil nämlich die meisten von ihnen zu uns kommen, um eine Schachtel von der Sorte zu kaufen, die sie ihnen als Lieblingssorte prophezeit hat.

Was die Getränke betrifft, so laufen Honey und Summer sich die Füße wund. Die vier Klapptische sind voll besetzt, und auch auf der Veranda drängen sich die Leute. Sie balancieren ihre Teller und Teetassen auf den Knien, während sie gleichzeitig die Broschüren durchblättern und den Fischteich bewundern. Als die Leute Grüppchen bilden, weil sie auf einen Tisch warten, schnappt Honey sich kurzerhand eine Ladung Picknickdecken und breitet sie auf dem Rasen aus. Dann bedient sie einfach weiter.

Man gelangt noch nicht mal in die Nähe des Schokoladenbrunnens, und wir müssen eine Freundin von Charlotte runter ins Dorf schicken, um für Nachschub an frischen Früchten und Marshmallows zu sorgen.

Am Nachmittag tanzt Honey mit einer Horde Journalisten im Schlepptau an, und wir kriegen endlich mal fünf Minuten Pause, während sie Dad und Charlotte zu ihrem Geschäft befragen und Fotos von den Schokoladenfeen schießen, die mit kleinen Pralinenschachteln posieren.

Einer von ihnen gehört zur örtlichen Tageszeitung, doch eine andere arbeitet für eines der großen landesweiten Frauenmagazine, und sie ist überzeugt, dass sie eine Story über Dad und Charlotte und ihre Schokoladenfeentöchter unterbringen wird.

Selbst Fred darf mit auf die Fotos, auf denen er wirkt wie ein kleiner grau-weißer Heuhaufen, mit Cocos Feenflügeln auf dem Rücken.

»Wir werden berühmt!«, raunen Skye und Summer sich zu.

»Denkt ihr wirklich?«, meint Coco.

»Ich glaube schon«, sagt Honey. »Wie cool ist das denn?« Sie grinst ihre Schwestern an und strahlt, doch an mir gleitet ihr Blick vorüber, als wäre ich unsichtbar.

26

Ein Teil von mir wünscht sich, das rauschende Fest würde nie vorübergehen, auch wenn mir allmählich die Füße wehtun und die Schultern vom Sonnenbrand brennen und meine Flügel schon ganz schief hängen. Doch gegen fünf Uhr lichtet sich die Menge nach und nach, immer mehr Gäste verschwinden. Wir beginnen damit, Sachen wegzuräumen, Müll aufzusammeln und Teller und Geschirr hoch zum Haus zu tragen.

Jeder will sich nur noch hinlegen und erholen, doch Charlotte treibt uns weiter an.

»Kommt schon«, sagt sie. »Wenn wir jetzt alles aufräumen, müssen wir es morgen nicht mehr tun … und dann können wir uns so richtig entspannen. Okay?«

»Du hältst echt ganz schön was aus, Charlotte Tanberry«, meint Dad seufzend. »Ich glaub, ich kann bald nicht mehr stehen. Ich kippe jeden Moment aus den Latschen …«

Charlotte zieht eine Augenbraue hoch.

»Zu müde?«, fragt sie. »Das ist aber schade. Ich hab nämlich noch eine selbstgemachte Lasagne vorbereitet, die ich nachher in den Ofen schieben werde, dazu Erdbeerbaisertörtchen, und der Wein ist auch schon kalt gestellt. Die Mädchen wollen runter an den Strand und schwimmen und picknicken, und da dachte ich mir, wir machen uns einen ruhigen Abend zu Hause, ein romantisches Dinner für zwei. Eine Belohnung für all die harte Arbeit der letzten Wochen. Aber wenn du natürlich zu müde bist …«

Grinsend hält Dad die Hände hoch. »Müde?«, meint er. »Ich? Nein, keine Chance … ich kann es kaum erwarten!«

Charlotte lacht. »Dachte ich es mir doch … lustig oder? Tja, Mädchen, dann mal los, räumen wir den Laden hier auf!«

Etwa eine Stunde später ist das schlimmste Chaos beseitigt. Die Klapptische und -stühle sind in der Werkstatt verstaut, die leeren Schachteln und Kisten sind weggeräumt, und die Waschmaschine läuft bereits im letzten Schleudergang.

Der Küchentisch drinnen ist bereits mit einer hübschen weißen Tischdecke versehen, aus dem CD-Player ertönt traurige irische Geigenmusik, und Charlotte zündet Kerzen an und stellt zwei funkelnde Weingläser auf. Dad erscheint in einem sauberen T-Shirt und Jeans in der Tür, das Haar noch feucht von der Dusche.

»Wie romantisch«, meint Honey sarkastisch und verzieht das Gesicht.

»Wir dürfen romantisch sein«, meint Charlotte grinsend. »Wir sind ja schließlich auch verlobt, schon vergessen? Außerdem denke ich, dass wir uns einen freien Abend verdient haben, nach der ganzen Schufterei! Und morgen müssen wir um halb sechs aufstehen, ihr wisst schon, um das Frühstück für die Gäste vorzubereiten …«

»Wie auch immer«, sagt Honey. »Ich wollte euch bloß daran erinnern, dass ich morgen zu Dad fahre. Du musst mich zur Bushaltestelle in Minehead bringen – mein Bus geht um fünf vor neun.«

»Ach herrje …«, meint Charlotte. »London, natürlich. Ich hab das bei dem Chaos heute total vergessen. Hast du schon alles gepackt? Ich weiß ja, dass du nur ein paar Nächte weg bist, aber mach das nicht erst auf den letzten Drücker …«

Honey zieht eine Augenbraue hoch. »Keinen Stress, Mom«, sagt sie. »Ich habe schon vor Tagen gepackt. Ich bin doch hier die mit dem Organisationstalent, schon vergessen?«

»Da hast du verdammt recht«, sagt Paddy grinsend. »Du warst uns heute eine große Hilfe. Ich krieg das mit dem Frühstück schon alleine hin, Charlotte, wenn dir das hilft …«

»Okay«, entgegnet Charlotte. »Dann sei um acht fertig, Honey. Und jetzt … lauft mal los alle zusammen … genießt die letzten Sonnenstrahlen und habt viel Spaß! Ich hab euch ein paar Picknickkörbe gepackt …«

Skye, Summer und Coco kommen in die Küche gepoltert, beladen mit Handtüchern und Schwimmsachen. Sie schnappen sich die Picknickkörbe und holen dann noch Besteck und Geschirr und Becher aus dem Schrank.

»Kommt schon!«, drängt Coco. »Gehen wir endlich runter! Dürfen wir das Irn-Bru mitnehmen?«

»Widerliches Zeug«, schnaubt Honey. »Nehmt doch lieber die Limonade.«

»Nehmt ruhig beides«, meint Charlotte. »Cherry, kannst du die Decken tragen? Und Honey ... die Picknickkissen sind da drüben ...«

Zu fünft ziehen wir durch den Garten, während Fred vorausrennt mit wild wedelndem Schwanz. Dann huschen wir durch das kleine Gatter und steigen vorsichtig den Pfad hinab, der in die Klippen geschlagen ist.

Wir werfen die Decken und Kissen auf den Boden, breiten alles auf dem warmen Sand aus. Dann klingelt plötzlich Honeys Handy, und ihre Stimme klingt ganz aufgeregt, als sie sich meldet.

Ich kann mir nicht helfen, aber ich beiße mir auf die Lippe, weil ein Anflug von Eifersucht meine Stimmung trübt. Shay?

»Oh ... wie schön, von dir zu hören!«, sagt Honey gerade ins Telefon. »Klar ... sicher, Dad ... Ich kann es kaum erwarten, dich zu sehen ... Ich bin ja soooo aufgeregt wegen morgen!«

Ich amte erleichtert aus. Es besteht ja auch gar kein Grund, weshalb Shay bei Honey anrufen sollte, aber ich bin dennoch froh, dass es nur Honeys Dad ist. Vermutlich ruft er wegen der letzten Vorbereitungen für ihren London-Trip an.

Dann entfernt sie sich ein Stück zum Telefonieren.

Erst als Skye, Summer und Coco anfangen, sich in ihre Badeanzüge zu zwängen, stelle ich fest, dass ich meinen vergessen habe.

»Hol ihn rasch«, meint Skye. »Glaub bloß nicht, dass du dich drücken kannst. Mach schnell!«

Lachend und kreischend laufen sie runter ans Wasser, während ich den Pfad die Klippe hoch erklimme, rüber zum Wohnwagen laufe und mir meinen Badeanzug und ein Handtuch kralle. Als ich den Pfad wieder hinuntersteige, sehe ich Honey, die auf einem Felsen in der Sonne sitzt, fast vollständig verborgen von der Klippe, und das goldblonde Haar flattert ihr um die gebräunten Schultern. Auch wenn es seltsam ist, hat sie etwas Verlorenes an sich, etwas Einsames, als stünde sie abseits von allem.

So wie es mir immer ergangen ist.

Als ich den Strand betrete, sehe ich genauer hin, und mir fällt auf, dass ihre Schultern leicht beben, als würde sie weinen, und kurz stockt mein Herz. Sieht fast so aus, als hätte Greg Tanberry seine Tochter wieder mal enttäuscht.

Ich werfe einen Blick zu Skye, Summer und Coco, ob sie

etwas mitbekommen haben, aber sie sind ganz weit draußen in den Wellen, wo sie schwimmen, spritzen, kichern und sich auf der silbrigen Strömung treiben lassen.

Die Einzige, die mitbekommt, was hier geschieht, bin ich.

Am liebsten würde ich mich abwenden und so tun, als hätte ich nichts gesehen. Ich würde mir gerne meinen Badeanzug überziehen und hineinlaufen in die Brandung, so tun, als wäre alles in bester Ordnung, doch das bringe ich nicht fertig. Ich habe das ja selbst alles durchgemacht, schon viel zu oft, war traurig und fühlte mich verloren und musste weinen, weil ich etwas wollte, das ich nicht haben konnte, eine Mutter, die vor langer Zeit verschwunden ist.

Ich hole tief Luft und gehe auf Honey zu. Als ich mich nähere, fällt mir auf, dass sie wieder in ihr Handy spricht. Gesprächsfetzen wehen zu mir herüber, und ich zögere, nicht sicher, was ich tun soll.

Dieses Mal telefoniert sie tatsächlich mit Shay, und ihr Ton klingt so drängend, so flehend. »Etwas Schreckliches ist geschehen. Im Ernst. Ich brauche dich, ganz dringend! Bitte?«

Zitternd steht sie auf und lässt das Handy dann achtlos zuschnappen. Dann entdeckt sie mich, und ihre Gesichtszüge entgleisen ihr, das Handy gleitet ihr aus den Fingern und landet mit einem Platschen in einer Pfütze zwischen den Felsen.

»Honey!«, platze ich wie eine Idiotin heraus. »Alles in Ordnung mit dir?«

»Sieht es denn danach aus?«, murmelt sie leise. »Was kümmert es dich überhaupt?«

»Klar kümmert es mich. Du weinst, Honey …«

Sie zieht einen Arm über ihre Augen, sodass der Eyeliner verschmiert und in den Wimpern Tränen wie Sterne glitzern.

»Ich weine nie«, versichert sie mir, und ich nicke nur und biete ihr mein Handtuch an. Sie nimmt es entgegen, wischt sich die Eyelinerspuren und die Tränen von den Wangen und reckt ihr Kinn dann trotzig hoch.

»Ist … ist irgendwas passiert?«, frage ich.

»Nichts Neues«, erwidert sie verbittert. »Mein Dad hat mich versetzt … wieder mal. Irgendwas ist ihm dazwischengekommen, irgendwas Ultrawichtiges. Nein, vergiss das … was Katastrophales, okay? Wenn ich jetzt also ein wenig enttäuscht wirke, dann ist das durchaus gerechtfertigt, weil mein Dad nämlich gerade die größte Bombe aller Zeiten hat platzen lassen …«

Sie funkelt mich böse an, und für einen kurzen Augenblick lässt sie die Maske fallen, und ich sehe den Schmerz in ihren rauchig blauen Augen. Das macht es nicht gerade einfacher, sie zu mögen, aber vielleicht verstehe ich sie ein klein wenig besser.

»Eine Bombe?«, wiederhole ich. »Was denn? Was ist passiert?«

Honey hält sich die Faust vor den Mund, schüttelt den Kopf. »Das werde ich ausgerechnet dir auf die Nase binden«, presst sie hervor. »Ja, klar. Das würde dir so gefallen, nicht wahr? Dann könntest du dich auf meine Kosten kaputtlachen …«

»Das würde ich nie tun!«, protestiere ich, doch Honey verdreht nur die Augen.

»Vergiss, was ich dir erzählt habe, Cherry Costello«, flüstert sie. »Das hier geht dich nichts an. Wenn du mir wirklich helfen willst, dann verschwinde einfach und lass mich in Ruhe.«

Ich sehe Honey an, deren Feenflügel traurig herabhängen. Einen kurzen Augenblick denke ich noch, ich könnte vielleicht auf sie zugehen, den Arm um ihre Schultern legen, ihr sagen, dass ich ihr wirklich helfen will. Doch mir ist klar, dass sie mich zurückstoßen würde. Sie will mein Mitleid nicht, das entgeht mir nicht.

Ich wende mich ab und gehe runter zu der Stelle, wo die Picknickdecken auf dem Sand ausgebreitet liegen. Ich habe jetzt jegliche Lust aufs Schwimmen verloren. Ich sinke einfach nur auf die Knie und beginne, die Körbe auszupacken, verteile Pizza, Quiche, Kartoffelsalat, Würstchen und knusprige Brötchen sowie Kuchen und Chips und Limonade auf der Decke.

Nach einer Weile kommen Skye, Summer und Coco aus dem Wasser gewatet und schlendern lachend zu mir rüber.

Sie schnappen sich ihre Handtücher, während Fred hinter ihnen herspringt und sein Fell so heftig schüttelt, dass er mich mit dem eisigen Wasser bespritzt.

»Das war fantastisch!«, verkündet Skye. »Du hast echt was verpasst, Cherry!«

»Mir … war irgendwie doch nicht mehr danach«, erkläre ich und zucke mit der Schulter.

»Na ja … war ja nicht das letzte Mal.«

»Hey, Honey!«, schreit Coco und winkt ihrer Schwester zu. »Wir essen! Komm! Sonst ist alles weg!«

»Später«, ruft Honey zurück.

Summer runzelt die Stirn. »Alles in Ordnung mit ihr?«

Ich beiße mir auf die Unterlippe. »Ich glaube … dieser Anruf … vielleicht hat ihr euer Dad ja wieder mal abgesagt?«, sage ich. »Sie wirkt ein bisschen enttäuscht.«

Skye schüttelt den Kopf. »Typisch. Das macht er jedes Mal! Und dass er es immer auf den letzten Drücker machen muss … aber dieses Mal ist das Timing echt so was von beschissen.«

»Dabei war sie so gut drauf«, meint Summer stirnrunzelnd. »Sollen wir rübergehen zu ihr und was sagen?«

»Hab ich schon versucht«, erkläre ich leichthin. »Ich glaube, ausgerechnet von mir wollte sie kein Mitleid …«

»Nein«, meint Skye seufzend. »Sie würde im Augenblick vermutlich jedem an die Gurgel springen. Am besten, wir warten, bis sie sich beruhigt hat …«

»Sie wird schon rüberkommen, wenn sie so weit ist …«, meint Coco besorgt.

Wir stürzen uns ein klein wenig bedrückt auf unsere Pizzastücke und versuchen, Fred von den Würstchen fernzuhalten, als Coco plötzlich losschreit.

»Hey … ist das nicht Shay?«

Ganz weit draußen in der Bucht ist eine winzige Gestalt in einem roten Kanu zu erkennen, die auf die Küste zugepaddelt kommt. Die weizenblonden Stirnfransen und die schwarze Beaniemütze sind kaum zu übersehen, selbst aus der Entfernung nicht, und schon wenige Minuten später lässt Shay das Kanu an den Strand gleiten, springt raus und zerrt es hoch auf den Kies.

»Hey!«, ruft Skye ihm zu. »Dachte, du hättest Hausarrest?«

»Honey hat mich angerufen. Sie meinte, es gebe einen Notfall?«

»Dad wieder mal«, meint Summer. »Sieht so aus, als hätte er Honeys Besuch bei ihm abgesagt.«

Shay verdreht die Augen. »War ja klar. Tja, ich bin ausgebüchst. Dad ist mit einem Kumpel in den Pub, daher habe ich beschlossen, eine kleine Spritztour mit einem der Kanus zu machen …«

»Du hast es geklaut?«, fragt Coco mit großen Augen.

»Nein, ich hab es nicht wirklich geklaut«, protestiert Shay. »Ist ja schließlich ein Familienunternehmen. Dads

Kanu ist auch mein Kanu und so … hört mal, ich geh dann lieber mal zu ihr und rede mit ihr.«

Er schlendert rüber zu Honey, die immer noch auf dem Felsen unterhalb der Klippe sitzt, und die zwei kuscheln sich eng aneinander und unterhalten sich angeregt. Einmal scheinen sie sich kurz zu streiten, doch dann schmiegt Honey sich an Shays Hals, und ich muss wegsehen.

Wir sind fast fertig mit essen, als sie endlich zu uns rüberkommen.

Honey gibt sich ein bisschen zu sehr Mühe, gut gelaunt und unbeschwert zu wirken, und wenn sie dabei auch ein wenig reizbar rüberkommt, spricht es keiner an. Man hätte ja auch niemals erraten können, dass das Glänzen in ihren Augen von Tränen herrührt.

»Hey«, sage ich. »Wir haben euch was zu essen aufgehoben …«

Honey zieht lediglich eine Augenbraue hoch und nimmt sich ein Stück Pizza.

»Nur damit ihr es alle wisst«, sagt sie. »Dad hat meinen Besuch abgesagt. Ist kein großes Ding … Ich bin ja eh lieber hier, ist ja klar … bei Shay. Jedenfalls meinte Dad, er wolle morgen noch mal anrufen, gleich nach dem Frühstück … er will mit euch allen reden.«

Summer verzieht das Gesicht. »Worüber denn?«, will sie wissen. »Der ruft doch normalerweise nie an!«

Honey zuckt mit der Achsel. Ein gequälter Ausdruck

huscht über ihr Gesicht, ich bin mir aber nicht sicher, ob das noch jemandem außer mir auffällt. »Er hat einen neuen Job«, meint sie. »Aber er will es euch persönlich sagen. Wie auch immer. Wer will schon nach London, oder?«

Sie lehnt sich gegen Shay, doch der beugt sich vor und greift nach den Würstchen, als hätte er sie nicht bemerkt.

»Sagt mal, Mädels …«, setzt er an. »Wie ist denn das Festival gelaufen? Habt ihr es ohne mich hingekriegt?«

»Das Festival war der Hammer«, erklärt Summer. »Alle haben total hart geschuftet, wir haben sämtliche Pralinen verkauft, und Mom und Paddy haben so viele Bestellungen aufgenommen, dass sie mindestens einen Monat lang beschäftigt sind …«

»Ich hab ungefähr für eine Million Leute das Pralinenorakel befragt«, meint Skye. »Und der Schokoladenbrunnen und das Café waren auch total der Renner …«

»Man hat uns für die Zeitung fotografiert!«, wirft Coco ein. »Verkleidet als Schokoladenfeen!«

»Ach, echt?«, fragt er grinsend. »Na, dann denkt mal an mich, wenn ihr reich und berühmt seid …«

Honey lacht und schlingt ihren Arm um seine Hüfte, doch Shay weicht ganz leicht vor ihr zurück, und sein Blick begegnet dem meinen, weshalb ich wegsehen muss. Als ich wieder aufschaue, beobachtet Honey mich mit einem leicht verwunderten Blick, als wäre ihr etwas entgangen, ist sich aber nicht sicher, was es war. Schuldgefühle machen sich in mir breit, wie ein tödliches Gift.

Wenn man genau hinsieht, ist es nicht allzu schwer, die Risse in ihrer Beziehung zu erkennen, Risse, die das Ganze jeden Moment zum Zerbrechen bringen könnten. Das macht mir Angst und Hoffnung zugleich, aber auch Schuldgefühle und eine Million weitere Empfindungen regen sich in mir, alles zugleich … insbesondere in diesem Moment.

Ich sehe, wie Honey Shay eine Tasse Limonade hinhält, und beobachte, wie er den Kopf schüttelt und stattdessen nach dem Irn-Bru greift. Ich sehe, dass er Pizza mit Pilzen statt mit Salami wählt, Schokoladenkuchen statt Donuts, Chips statt Erdnüsse. Was auch immer Honey ihm anbietet, er bevorzugt etwas anderes, und wenn sie seine Hand streichelt oder ihm durch die Stirnfransen strubbelt, dann fegt er ihre Hand achtlos beiseite, als hätte er sie gar nicht richtig registriert.

Doch Honey registriert dies wiederum sehr wohl.

»Ich kann echt nicht glauben, dass dein Dad dir Hausarrest aufgebrummt hat«, sagt sie gerade zu ihm, offenbar um seine Aufmerksamkeit heischend. »Der übertreibt es echt maßlos. Ich meine, darfst du denn kein eigenes Leben führen?«

»Offensichtlich nicht«, meint Shay seufzend. »Er findet, ich verbringe zu viel Zeit hier oben bei euch.«

»Tust du auch«, bestätigt Skye lachend. »Aber was soll's? Uns stört das nicht. Was sollte denn der ganze Mist, von wegen, du kämst so oft spät nach Hause? Honey darf ja auch nicht länger als bis elf aufbleiben, und selbst Paddy und Charlotte hauen sich meist kurz danach aufs Ohr. Wie kommt er also auf die Idee, du wärst oft bis eins oder zwei in der Nacht hier …«

Shay wirft mir einen schuldbewussten Blick zu, was Honey nicht entgeht. Ihr Blick verdüstert sich. Irgendetwas wurmt sie, und früher oder später kommt sie sicher drauf, was es ist.

»Ich hab euch doch schon mal erklärt, dass mein Dad spinnt«, meint Shay und zuckt mit der Schulter, fast ein bisschen zu lässig. »Er erfindet ständig irgendwelches Zeug. Was sollte ich denn wohl bis in die frühen Morgenstunden hier wollen? Wie du schon sagtest, Skye, ihr geht ja alle früh zu Bett … und sehen wir den Tatsachen doch mal ins Auge, das ländliche Sommerset ist auch nicht gerade berühmt für seine fetten Partys, nicht wahr?«

»Schätze nicht«, meint Skye lachend. »Ist aber schon ziemlich cool hier. Cherry hat mich neulich über die Schmugglerhöhlen befragt … Da hab ich ihr erzählt, du wärst der Experte, was Führungen angeht, Shay!«

Sein Gesicht hellt sich auf, und er grinst mich an. »Oh, ich war erst heute dort, mit einer ganzen Horde Grockles in Kanus«, sagt er. »Ich zeig sie dir schon noch, Cherry, ich hab's dir ja versprochen, jederzeit, wenn du sie sehen willst …«

Er verstummt und sagt nichts weiter, und dieses Mal bin ich mir sicher, dass nicht nur Honey seine begeisterte Reaktion bemerkt hat. Shays Wangen laufen knallrot an, und er versucht sich hinter seinen Stirnfransen zu verstecken. Auf einmal scheint ihm unbehaglich zumute. »Irgendwann, meine ich«, rudert er rasch zurück. »Vielleicht. Wenn ich die Zeit finde …«

Doch es ist bereits zu spät.

Ich versteinere unter Honeys Blick, wage es kaum zu atmen, als würde es mich unsichtbar machen, wenn ich mich nur ganz still verhalte. Das bringt natürlich überhaupt nichts. Honey sieht zu Shay, dann zu mir, und jetzt erkennt sie, was ich zu feige war zu sehen.

Er mag mich auch.

Ist keine große Kunst, das zu erkennen. Bei jedem anderen Jungen … einem Jungen, der keine atemberaubend schöne Freundin hat zum Beispiel, die rein zufällig meine Stiefschwester ist … tja, schätze, in dem Fall hätte ich längst zwei und zwei zusammengezählt. Sagen wir es einfach mal so: In Mathe war ich noch nie der große Checker.

Wenn Shay mich wirklich genauso gerne mag wie ich ihn … dann ist das so, als wären mein sehnlichster Wunsch und mein ärgster Albtraum gleichzeitig Wirklichkeit geworden. Nur wenn ich an das Gefühl denke, das ich in diesem Moment in der Magengegend habe, glaub ich fast, der Albtraum überwiegt dann doch.

Honey verengt die Augen, und sie hebt ihr Kinn an.

»Sag mal, Cherry«, sagt sie jetzt in eisigem Ton, »du hast mir doch vor einer Weile von deinem Freund in Glasgow erzählt … und wie sehr du ihn vermisst. Wann kommt er denn endlich mal, um dich zu besuchen?«

Entsetzen durchfährt mich, und mein Herz fängt an zu pochen. Honey weiß genau, dass die Geschichte mit dem Freund gelogen war, warum fängt sie jetzt also damit an?

Natürlich um mich zu bestrafen. Wenn man es sich mit Honey Tanberry einmal verscherzt, dann bedauert man das ein Leben lang. Und wie …

»Freund?«, meint Shay mit kreidebleichem Gesicht.

»Freund?«, sagt auch Skye. »Das hast du mir gar nicht erzählt …«

»Wie war noch gleich sein Name, Cherry?«, neckt Honey mich. »Scott, oder? Ich hab Paddy gefragt, und der meinte, der einzige Scott, von dem er etwas weiß, ist ein kleines Kerlchen mit Brille, das in dem Mietshaus in der Wohnung unter euch gewohnt hat und das immer Freddo-Riegel für dich vor eure Tür gelegt hat.«

Meine Wangen glühen.

»Ich glaube nicht«, stammle ich. »Scott Pickles ist erst sieben …«

»Das muss er sein …«, meint Honey grinsend.

»Ich glaube, da liegt eine Verwechslung vor«, versichere ich Honey. »Ich mag Scott ja erwähnt haben, und vielleicht … na ja … hast du das irgendwie missverstanden …«

»Vielleicht«, pflichtet sie mir bei, ihre Stimme ganz deutlich und ungerührt. »So wie als du mir von eurem Luxuspenthouse erzählt hast hoch über dem Clyde. Das hat sich dann ja auch als winzige Mietwohnung entpuppt, und das ist ja wohl auch ein Riesenunterschied. Und als du deine Freundinnen da oben erwähnt hast und wie sehr die dich vermissen und dass sie dich sicher bald besuchen kommen … na ja, ist schon komisch, aber soweit ich das mitbekommen habe, haben sie nicht ein einziges Mal angerufen oder geschrieben oder eine SMS geschickt …«

Sie legt eine dramatische Pause ein.

»Was Paddys Job im Topmanagement betrifft … tja, wir wissen doch alle, dass er am Fließband stand, um die misslungenen Schokoriegel auszusortieren. Du bist wohl recht gut darin, falsche Tatsachen vorzutäuschen, nicht wahr, Cherry?«

Skye und Summer und Coco starren mich an, überrascht und auch ein wenig betreten, aber das ist nichts im Vergleich dazu, wie ich mich fühle. Wenn ich den Mut hätte, würde ich jetzt aufstehen, mir Shays gestohlenes Kanu schnappen, in Richtung Horizont davonpaddeln und dann niemals wieder zurückkehren.

Ich mache den Mund auf, um zu protestieren, mich zu verteidigen, doch es kommt einfach kein Ton heraus.

»Bist du dann fertig, Honey?«, sagt Shay in die Stille hinein. »Oder willst du noch irgendwelche fiesen, gehässigen Kommentare loswerden?«

»Sie ist eine Lügnerin!«, faucht Honey. »Versteht ihr das denn nicht, keiner von euch? Sie ist eine Lügnerin und eine Betrügerin und eine Heuchlerin. Sie hat jeden Einzelnen von euch angelogen, euch alle mit ihren dämlichen Geschichten hinters Licht geführt, seht ihr das denn nicht? Ist euch das egal?«

»Lass es einfach«, sagt Skye zu ihrer Schwester.

»Du tickst doch nicht mehr ganz richtig«, meint Summer.

»Hör auf damit«, schiebt Coco noch mit bebenden Lippen hinterher.

»Seid ihr denn alle völlig plemplem?«, zischt Honey. »Versteht ihr denn nicht, was ich euch hier sagen will?«

»So war es nicht«, protestiere ich, doch natürlich war es genau so. Ich habe die Wahrheit ein wenig verdreht, um besser dazustehen, um irgendwie dazuzupassen.

»Du … du hattest also gar nicht wirklich einen Freund in Glasgow?«, will Coco wissen. »Und auch keinen Haufen Freunde oder ein schickes Apartment?«

»Du hast auch nie Ballett getanzt, oder?«, erkundigt Summer sich. »Wusste ich's doch, dass das nicht stimmen kann.«

»Ich wollte einfach nur dazugehören«, sage ich seufzend.

»Ich dachte, ihr würdet mich vielleicht eher mögen, wenn ich ein bisschen … na ja, ein bisschen interessanter rüberkomme.«

»Wir mochten dich so oder so«, sagt Skye ganz leise. »Dafür hättest du nicht extra was erfinden müssen.«

Shay seufzt. »Menschen machen eben manchmal Fehler«, sagt er sanft. »Sie haben so viele Träume, dass sie diese Träume manchmal mit der Wirklichkeit verwechseln. Cherry wollte niemandem was Böses.«

Honey lacht, ein trauriges, hartes Lachen.

»Du findest sie also richtig toll, wie, Shay?«, meint sie angewidert. »Sie hat dich doch tatsächlich um den Finger gewickelt. Aber wie kommt es, dass du dich für Cherry so ins Zeug legst? Warum verteidigst du sie? Sie ist doch nicht deine Freundin, Shay, oder hast du das vergessen?«

Shay wendet den Blick ab, und das ist der Moment, in dem das letzte Fitzelchen Hoffnung in Honeys Blick stirbt. Sie sieht mich an, dann sieht sie zu Shay, und endlich fügt sich das letzte Puzzleteilchen an der richtigen Stelle ein.

Sie wendet sich ihren Schwestern zu. »Wisst ihr, worüber ich mir am meisten Gedanken mache?«, fragt sie. »Warum war mein sogenannter Freund eigentlich öfter mal bis ein oder zwei Uhr nachts unterwegs? So lange war er nie bei mir, wo also hat er dann gesteckt? Ich sag euch was, okay? Er war bestimmt bei unserer kleinen Miss Perfect hier. Habe ich recht, Cherry? Shay?«

Ich schaffe es nicht, ihr in die Augen zu sehen, und mehr braucht Honey nicht als Schuldeingeständnis.

»Boah«, keucht Coco.

»Ist nicht wahr«, platzt Summer heraus.

Skye wirkt misstrauisch. »Das würde sie nicht wagen«, meint sie. »Sag es ihr, Cherry. Es stimmt doch nicht, oder?«

Schweigend lasse ich den Kopf hängen, weil ich mich schäme.

»So war es nicht!«, entfährt es Shay. »Wir sind nur Freunde!«

In Honeys Augen blitzt Zorn auf. »Sei still, Shay«, sagt sie. »Hast du nicht schon genug angerichtet?«

Mit zitternder Hand greift sie nach Shays Tasse voll Irn-Bru, holt aus und lässt sie auf sein Gesicht zusausen. Ich strecke die Hand aus, um sie aufzuhalten, doch ich bringe sie lediglich ein klein wenig aus der Bahn, sodass das sprudelnde orangene Getränk in perfektem Bogen in meinem Gesicht landet, kalt und süß und hart wie ein Schlag mit der Faust. Ich huste und spucke und verberge mein Gesicht in den Händen.

Ich muss an Kirsty McRae denken und daran, wie ihr dic Käsemakkaroni über das Gesicht gelaufen sind, und am liebsten würde ich heulen.

Für den Bruchteil einer Sekunde wirkt Honey wie erstarrt. »Du Idiotin! Daran bist du schuld! Und mich wird man dafür verantwortlich machen, genau wie du es geplant hast …«

Und dann holt sie aus und verpasst mir eine fette Ohrfeige, und ich keuche auf, so schockiert bin ich, und auch weil es so brennt, und jetzt treten tatsächlich Tränen in meine Augen.

»Ich hasse dich, Cherry Costello!«, brüllt Honey. »Du hast doch alles versucht, mich hier rauszuekeln, von der Sekunde an, wo du hier aufgetaucht bist. Fast hättest du es auch geschafft … Was dich angeht, Shay Fletcher, du verpisst dich am besten aus meinem Leben. Ich brauche dich nicht, und ich will dich auch nicht mehr in meiner Nähe haben.«

Mit blitzenden blauen Augen sieht sie sich um. »Im Grunde ist es jetzt ja egal, aber nur damit ihr es wisst, ich wollte Dad nicht einfach bloß besuchen. Ich wollte bei ihm bleiben. Für immer. Offensichtlich bin ich hier nicht mehr erwünscht … keiner von euch will mich mehr hier haben. Aber ist ja wieder mal typisch, nicht mal das klappt. Ich Glückspilz, wie?«

Sie springt auf, reißt ihre Feenflügel herunter und schleudert sie in den Sand. Coco ist bereits am Heulen, und Summer und Skye hängen sich ihrer großen Schwester an die Arme, bitten sie zu warten, sich zu beruhigen, ihnen zuzuhören. Sie versichern ihr, dass sie sie lieben, dass niemand sie je loswerden oder sie ersetzen wollte, dass sie sterben würden, wenn sie Tanglewood verlassen und nach London ziehen würde.

Doch Honey hört nicht mehr zu. Sie reißt sich los und rennt auf den Klippenpfad zu, läuft hoch zum Haus, ihre Schwestern ihr dicht auf den Fersen. Der arme Fred springt hinter ihnen her und bellt und winselt.

Shay nimmt ein Badetuch und tupft mir damit das Gesicht trocken, wischt mir die klebrigen Tropfen von den Wangen. »Alles in Ordnung mit dir?«, erkundigt er sich.

Ich nicke, doch im Grunde ist nichts in Ordnung. Ich bin mir nicht sicher, ob je wieder alles in Ordnung sein wird mit mir.

»Sieh mal … ich geh ihr besser nach«, meint Shay. »Sie ist offensichtlich total hysterisch …«

Die Schande schnürt mir die Kehle zu, ein scharfer und stechender Schmerz, und mir ist klar, dass alles meine Schuld ist.

Ich sehe zu, wie Shay den Klippenpfad erklimmt, wie er kurz vor dem Ziel stehen bleibt und einen Blick zurück über die Schulter wirft, die Stirn runzelt.

»Es wird schon alles wieder gut, Cherry«, sagt er. »Ich verspreche es.«

Und in diesem Moment wird mir klar, dass auch Shay ein Schwindler ist.

27

Manche Leute werden einfach nie schlauer.

Ich hatte mir geschworen, mit den Lügen Schluss zu machen, und trotzdem waren sie mir von der Zunge getropft wie süßer, klebriger Sirup, der in jede Ritze dringt. Dabei wollte ich doch nichts weiter als dazugehören … Doch das mit dem Lügen ist nach hinten losgegangen, wie immer, und hat alles ruiniert.

Ich muss an die verrückte Zigeunerin denken, die ich in der Post kennengelernt habe, mit ihrem Gerede über Entscheidungen, und mir wird klar, dass ich die falschen Entscheidungen getroffen habe, immer wieder. Es war eigentlich immer ganz einfach … eine neue Mom, neue Schwestern, eine Zukunft … Shay. Das alles hätte kein Wettbewerb sein sollen, und trotzdem hab ich es vergeigt.

Ich war gierig, wollte alles haben.

Ich bin eine Lügnerin, eine Außenseiterin, das Mädchen, das Honey und Shay auseinandergebracht hat … nur dass

Shay jetzt doch Honey hinterhergelaufen ist. Warum überrascht mich das nicht?

Ich bin mir nicht sicher, ob ich das überlebe.

Ich bin ein Idiot. Ich dachte, ich würde dazugehören, das alles ganz gut meistern, doch ich hab mir wohl die ganze Zeit etwas vorgemacht. Charlotte wird nie eine Mom für mich sein. Skye, Summer, Coco und Honey werden nie zu meinen Schwestern … in dem Moment, da ich mich in Shay Fletcher verknallt habe, habe ich all das aufgegeben.

Ich hatte nie eine richtige Familie, zumindest keine, an die ich mich ernsthaft erinnern könnte. Mir bleiben nur ein paar verschwommene Erinnerungen und ein großes gähnendes Loch im Herzen, wo eigentlich meine Mom ihren Platz haben sollte. Ich dachte immer, Dad liebt mich genug, um all das wettzumachen, aber jetzt bin ich mir da nicht mehr so sicher.

Ich will gar nicht daran denken, was Dad sagen wird, wenn er erfährt, was ich getan habe, dass ich das neue Leben, das er so mühevoll für uns aufbauen wollte, bereits ruiniert habe. Ich wollte eine Familie, doch habe ich mich noch nie zuvor in meinem Leben so allein gefühlt wie jetzt.

Ich sehe das »geklaute« Kanu, das auf den Strand hochgezogen daliegt, und kurzerhand schnappe ich es mir und schleife es runter ans Wasser. Ich könnte damit in den Sonnenuntergang hineinfahren, spurlos verschwinden, genau wie meine Mom.

»Hey!«, ruft Shay mir vom Klippenpfad aus zu. »Halt, Cherry! Was tust du da? Warte!«, brüllt er. »Warte auf mich!«

Ich schiebe das Kanu in die Brandung. Shay ist natürlich hier das Problem. Auf ihn warten … das bringt doch nichts. Er rennt jetzt über den Strand, und plötzlich will ich nur noch weg von ihm, weg von hier.

Ich wate in das eisige Wasser, in den braun gefärbten Ballettschuhen. Noch nie bin ich in einem Kanu gefahren. Das blöde Ding kippt und senkt sich und schlingert seitwärts, und als ich hineinklettere, läuft es mit Wasser voll, sodass mein Feenkleid triefnass wird. Ich greife nach dem Paddel und stoße ins Wasser, schiebe das Kanu vom Strand weg, doch Shay ist schneller.

Er rennt ungebremst ins Wasser, nimmt mir das Paddel ab und bringt das wankende Boot wieder ins Gleichgewicht.

»Das ist doch verrückt«, sagt er. »Komm zurück an den Strand mit mir.«

»Ich kann nicht«, sage ich, und dabei laufen mir Tränen über die Wangen. »Ich will nicht. Ich habe mich so sehr bemüht, Shay, aber ich hab wieder mal alles ruiniert … Ich will einfach nur noch fort von hier. Bitte … ich muss …«

»Cherry, jetzt sei doch vernünftig«, besänftigt er mich. »Es wird schon dunkel, kein Mensch ist so blöd, nach Einbruch der Dämmerung aufs Meer rauszufahren … das ist viel zu gefährlich!«

»Ich kann nicht hierbleiben!«, jammere ich. »Verstehst

du denn nicht? Ich will mir eine einsame Insel suchen oder ein verzaubertes Land, in dem alle glücklich sind und keiner mich hasst. Ich will einfach aufs Meer hinaustreiben und mich von den Strömungen über den Ozean nach Japan tragen lassen. Oder ich verstecke mich für den Rest meines Lebens in einer der Schmugglerhöhlen! Egal was, jedenfalls geh ich weg von hier!«

Zweifel zeichnet sich auf Shays Gesicht ab, doch dann, so schnell, dass ich gar nicht wirklich sagen kann, was geschieht, klettert er hinter mir in das Kanu, und sofort schießen wir vorwärts.

Das kleine Boot hüpft und schwankt, doch entfernen wir uns stetig und schweigend von der Küste.

»Wollen wir doch mal eines klarstellen«, sagt Shay, während er das Paddel in langsamem, gleichförmigem Rhythmus abwechselnd links und rechts ins Wasser gleiten lässt. »Wir gehen nicht von hier weg. Wir machen nur eine kleine Spritztour mit dem Kanu, eine ganz kleine Spritztour, verstanden? Vielleicht zehn Minuten, höchstens. Wenn wir auch nur ein bisschen länger wegbleiben, werden Charlotte und Paddy mitkriegen, dass wir weg sind, und dann werden sie Panik schieben.«

»Shay, das fällt denen doch nicht mal auf«, sage ich seufzend. »In ihrem Leben passiert gerade so viel, das reicht anderen ein ganzes Leben. Das war's dann wohl mit dem romantischen Dinner zu zweit …«

»Ist doch egal«, meint Shay. »Ich bin jetzt jedenfalls verantwortlich für dieses Boot, und was ich sage, gilt … wir gehen nicht weg von hier. Und wenn, dann nur für zehn Minuten. Kapiert?«

»Schätze schon …«

Eine Weile ist nichts zu hören außer dem regelmäßigen Platschen, jedes Mal, wenn das Paddel eintaucht. Das Wasser ist ruhig, allmählich schwindet das letzte Licht, und alles wird ganz friedlich. Und trotzdem liegt da auch ein Gefühl von Abenteuer, fast schon von Unheil in der Luft. Mir wird jetzt klar, dass ein Kanu nicht unbedingt das stabilste Boot der Welt ist. Wenn ich mein Gewicht auf eine Seite verlagere, dann kippt es und gerät ins Wanken. Wenn ich meine Hand durchs Wasser gleiten lasse, dann bremst es das Boot leicht, sodass es ins Stocken kommt. Und selbst wenn ich absolut ruhig dasitze und mich leicht gegen Shays Bein lehne, wankt es weiter hin und her, was mich daran erinnert, dass wir uns nicht auf dem Trockenen befinden, sondern dem Meer restlos ausgeliefert sind.

»Das gefällt mir«, sage ich zu Shay. »Das Kanufahren. Hab das noch nie gemacht, dachte nie, dass man sich so … frei fühlen würde.«

»Ja, wahrscheinlich«, sagt Shay, und mir fällt wieder ein, dass das Kanufahren für ihn auch nur eine der Sachen ist, die sein Vater von ihm verlangt, und dass es für ihn keineswegs was mit Freiheit zu tun hat.

Der Himmel über uns verdüstert sich allmählich, doch wir sind nicht mehr allzu weit entfernt von dem dunklen Küstenabschnitt zu unserer Linken. Wir haben Neumond, eine perfekte leuchtende Sichel erstrahlt über uns und bestäubt die leichten Wellen mit silbernen Sprenkeln.

Meine Probleme schmelzen dahin wie Schnee im Sommer. Die Dunkelheit dringt in sämtliche Ecken und Winkel vor, wo Ängste und Sorgen lauern, übertüncht die schäbige, nicht eben perfekte Welt um uns herum. Sie hüllt alles in eine Aura des Mysteriösen, Magischen.

Ich könnte gut und gern für immer hier bleiben, mich unter dem samtenen Himmel treiben lassen, doch Shay bricht schließlich doch das Schweigen.

»Ich kehre jetzt um«, sagt er ganz sanft. »Bring dich zurück nach Hause. Es ist viel zu dunkel geworden … Ich dachte, wir könnten es vielleicht zu den Höhlen schaffen, aber das Licht spielt nicht mit, ich kann nicht mal mehr genau sagen, wo wir uns befinden. Das ist gefährlich, Cherry … mein Dad würde einen Anfall kriegen, wenn er wüsste, was wir hier tun.«

Shay taucht das Paddel ins Wasser und steuert das Boot in die andere Richtung. Das Kanu gerät in eine leichte Schieflage, doch dann machen wir tatsächlich kehrt, doch irgendetwas hält uns zurück, sodass Shay verhalten flucht. »Da ist eine Strömung … das ist ja seltsam … wir müssen weiter gekommen sein, als ich dachte. Und näher an der

Klippe sein. Halt dich fest, Cherry, ich muss uns hier rausholen …«

»Schon gut«, sage ich verträumt. »Uns passiert schon nichts …«

»Da wäre ich mir nicht so sicher«, meint Shay, und seine Stimme klingt angespannt, ängstlich. »Hier sind wir nicht sicher …«

Wild paddelt er drauflos, sodass das Kanu sich erneut dreht, doch die Strömung zieht uns abermals zurück, auf das Festland zu, und ich kann nichts sehen, weil der Himmel bereits rabenschwarz ist und der Neumond noch zu neu, zu schmal. Und dann schrammt etwas unten am Kanu entlang, und unvermittelt verhalten wir uns ganz still, warten überrascht ab, und dann strömt Wasser ins Boot. Das Knacken von splitterndem Holz ist zu hören, als das Paddel entzweibricht, und dann kippen wir zur Seite ins eisige Wasser, ins Nichts.

28

Ich habe schwimmen gelernt, da war ich sechs Jahre alt. Dad ging mit mir jede Woche ins Schwimmbad, saß auf den Rängen, winkte mir zu und reckte den Daumen hoch, jedes Mal, wenn ich es richtig gemacht hatte. Ich fand es unheimlich toll in diesem Schwimmbad, mochte den Geruch nach Chlor, das Licht, die Wärme, das türkise Wasser, doch ist all das eine Million Meilen weit entfernt von diesem schrecklich kalten Ozean, der mir den Atem raubt, meinen Körper taub werden lässt, mich hinabziehen will.

»Felsen«, keucht Shay hinter mir im Wasser. »Sei vorsichtig … aber wenn wir es da rauf schaffen …«

Mein Schienbein schrammt über etwas Hartes, Scharfkantiges, und meine Hände bekommen schleimigen Seetang zu fassen und ertasten Muscheln. Ich ziehe mich nach oben, rutsche ab, und Shay ist neben mir und kämpft sich über den Felsen, zieht mich mit sich.

Ich brauche eine Ewigkeit, um aufs Trockene zu klettern. Es ist dunkel um uns herum, die Steine sind rutschig und scharfkantig, einige von ihnen über Wasser, einige aber auch darunter. Daher klammern wir uns fest, bewegen uns seitwärts fort wie Krabben, springen rein ins eisige Wasser, kämpfen uns wieder raus, wieder und wieder, mit zitternden Händen, die bereits blau sind vor Kälte.

»Rede weiter mit mir«, höre ich Shays Stimme an meinem Ohr. »Weiter, gib nicht auf … ist nicht mehr weit. Nicht weit …«

»Ich … ich kann nicht mehr …«

»Sprich weiter«, lässt er nicht locker. Er ist irgendwo in der Finsternis hinter mir. »Erzähl mir von Sakura, als sie klein war, in Japan …«

»Sakura …«, wiederhole ich, doch meine Zähne klappern, und meine Knochen sind zu Eis geworden, meine Finger erfroren. »Ich kann mich nicht erinnern …«

»Denk an die Kirschblüten«, sagt Shay. »Und an den Kimono, den Papiersonnenschirm. Denk immerzu an sie …«

Also versuche ich es, doch in meinem Gedächtnis purzelt alles durcheinander, und mir fallen nur die langen Abende in der Wohnung in Glasgow ein, an denen ich mich mit Dad auf das Sofa gekuschelt habe, wir zusammen Fritten mampften und fernsahen, während Rover uns mit leerem Blick von seinem Glas auf der Fensterbank aus zusah. Keine Kirschblüten, keine Kimonos, keine Papiersonnenschirme, nur ein Spielplatz im Regen und ich, wie ich etwas abseits einer Gruppe von Mädchen dastehe … die Gesichter wechseln sich mit den Jahren ab, immer wieder sind da andere Mädchen, aber ich bin stets die, die am Rande steht.

Als ich mich an einen besonders rutschigen Felsen klammere, verliere ich den Halt und plumpse runter, wobei ich mir den Arm aufschürfe, mir das Gesicht zerkratze. Ich stehe wieder hüfthoch im Wasser, und es ist kalt, so kalt, dass ich mich am liebsten zusammenrollen und sterben würde.

In der Finsternis greift eine kalte Hand nach mir, zieht mich wieder hoch, und dann legt jemand den Arm um mich und zerrt mich weiter. Für einen kurzen Augenblick bilde ich mir ein, ich könnte wirklich Kirschblüten riechen, das Flüstern warmer Atemluft, die Worte an mein Ohr trägt, welche ich nicht richtig verstehen kann … und dann ist es vorbei, und ich bin wieder allein.

Da ist nichts als der salzige Geschmack des Ozeans, der Geruch der Nacht nach Seetang, das rhythmische Rauschen der Wellen und die Geräusche, die Shay hinter mir macht, wenn er über Felsen klettert oder mich weiter antreibt, mir sagt, dass ich meine Sache großartig mache.

»Wir sind da«, sagt Shay schließlich, und er nimmt mich am Arm, und dann waten wir durchs seichte Wasser und stehen endlich auf Sand, sind in Sicherheit.

Doch bin ich mir nicht sicher, wo wir tatsächlich sind, denn diese schmale Sandbank, umgeben von scharfkantigen, schwarzen Felsen unterhalb der hoch aufragenden Klippen, ist definitiv nicht die Bucht unterhalb von Tanglewood House.

»Die Schmugglerhöhlen«, sagt Shay, als hätte er meine Gedanken gelesen. »Wir haben es tatsächlich geschafft …«

Ich sinke auf die Knie, völlig erschöpft.

»Shay, es tut mir so leid«, versichere ich ihm. »Das ist alles meine Schuld … wir kriegen bestimmt mächtig Ärger … das Kanu … dein Dad …«

»Meine Schuld«, korrigiert er mich. »Ich hätte nie zu euch rüberfahren sollen, hätte das Boot nicht stibitzen dürfen … und ich hätte auf gar keinen Fall mit dir da rausfahren dürfen. Ich muss verrückt gewesen sein. Wenn wir hier je wieder rauskommen, dann krieg ich für den Rest meines Lebens Hausarrest, da wette ich mit dir.«

»Bis du dreiundneunzig bist«, witzele ich, auch wenn mir eher nach Heulen zumute ist als nach Lachen. »Und dann darfst du vielleicht nur zu besonderen Gelegenheiten raus, zum Beispiel zur Weihnachtsparty der Pensionäre oder zum Whistabend oder so Zeug …«

»Was ist denn Whist?«, fragt Shay verwundert.

»Das findest du vielleicht nie heraus«, sage ich seufzend. »Wo du doch von jetzt an Hausarrest hast.«

Im Dunkeln schüttelt er den Kopf. »Im Ernst, ich hätte es wissen müssen … ist eine grundlegende Regel. Man fährt nie, wirklich nie nach Einbruch der Dämmerung mit dem

Kanu raus. Und schon gar nicht fährt man ohne Rettungsweste ... Jetzt weiß ich auch, warum.«

»Wir hätten ertrinken können«, flüstere ich.

»Sind wir aber nicht«, erklärt Shay. »Ist nichts passiert, okay?«

»Und ... und wie kommen wir jetzt wieder von hier weg?«

Shay seufzt. »Es gibt keinen Weg hier raus, nicht bei Nacht. Der Klippenpfad ist zu gefährlich, den hat man schon vor Jahren gesperrt ...«

Shay holt sein Handy aus der Tasche, klappt es auf und seufzt wieder.

»Tot. Sieht fast so aus, als müssten wir warten ...«

Wir können also noch nicht mal allen mitteilen, dass wir in Sicherheit sind. Mir wird schlecht, wenn ich daran denke, wie knapp wir einem Unglück entgangen sind, wenn ich daran denke, dass das alles auch ganz anders ausgehen hätte können.

»Wie werden sie uns finden?«, erkundige ich mich. »Wie lange, denkst du, brauchen sie?«

»Keine Ahnung«, sagt Shay. »Könnte ein Weilchen dauern.«

Er zieht mich wieder auf die Beine, und wir gehen bis an den Fuß der Klippe, bis wir den Spalt finden zu der Höhle, in der Schmuggler vor langer Zeit ihren Whisky und Tee und Seide und Baumwollballen versteckten.

Shay geht hinein, und ich folge ihm.

Meine Hand berührt irgendwas in der Dunkelheit, und fast hätte ich mich zu Tode erschreckt, aber nur fast. Denn jetzt erklärt Shay mir, dass die Höhle ausgestattet wurde mit Fässern und Stoffballen und einem lebensgroßen Modell von einem Schmuggler aus dem achtzehnten Jahrhundert, in einem modrigen alten Mantel und mit einer Pistole in der Hand.

»Toll«, sage ich. »Echt klasse.«

Jetzt bleibt uns wirklich nichts anderes übrig, als abzuwarten. Wir setzen uns also auf den Boden der Höhle, den Rücken gegen die Holzfässer gelehnt. Mir ist echt arschkalt, so bitterkalt, dass ich am liebsten losflennen würde. In meinen Adern fließt Eis, und das zerfetzte Feenkostüm klebt an mir, triefend nass, und von den Flügeln ist nicht viel mehr übrig als verbogener Draht und tropfnasser Tüllstoff. Da ist keine Spur mehr von Feenstaub, so viel ist sicher. Ich kann meine Hände und meine Füße nicht mehr spüren, aber im Rest meines Körpers kommt allmählich das Gefühl zurück. Ich weiß, dass mein Schienbein voller Schrammen ist und blutet, die Haut ist abgeschürft, die offene Wunde ist feucht und tut weh und ist mit Salz und Sand verkrustet. Aber das kümmert mich nicht.

Shay zerrt den gammeligen alten Mantel von der Schmugglerpuppe und hüllt mich im Dunkeln darin ein. Ich kuschle mich in den Stoff, kann aber trotzdem nicht aufhören zu zittern, es wird erst besser, als Shay einen Arm um mich legt und mich ganz dicht an sich zieht, und dann ist mir eigentlich alles egal, wirklich alles.

Man muss sich eng aneinanderkuscheln, das ist mir klar, um sich zu wärmen, um die Körperwärme zu konservieren. Kletterer tun das, wenn sie in Schnee und Eis gefangen sind, Forscher in der Arktis tun es, wenn sie von einem Schneesturm überrascht werden und sie nur noch wenige Vorräte haben, und auch schiffbrüchige Seefahrer wie wir tun es.

Ich weiß das alles ... Ich bin mir nur nicht sicher, ob man wirklich Händchen hält und die Wange gegen den Brustkorb der anderen Person presst, so fest, dass man deren Herzschlag hören kann. Vielleicht ja schon. Vielleicht ist das normal. Vielleicht ist es auch normal, dass diese andere Person ihren Mund an dein Ohr drückt, sodass du ihren Atem warm auf der Haut spürst.

Vielleicht.

Aber was das Küssen betrifft, da bin ich mir nicht so sicher.

Ich glaube, das machen nur wir.

Als Shay sein Kinn hebt und mich auf den Mund küsst, fängt die Welt um uns herum an sich zu drehen, und ich vergesse alles Schlimme, was mir jemals zugestoßen ist. Ich vergesse den Schiffbruch und den Streit und die Qualen und die Verwirrung und auch Kirsty McRaes Gemeinheiten und Honeys Ohrfeige und dass ich immer die Außenseiterin war, immer vom Rand aus zusehen musste. Selbst diese andere Sache vergesse ich, das, woran ich mir selbst nie erlaube zu denken, den Schmerz in meinem Inneren, der niemals verschwindet.

Wir küssen uns eine ganze Weile, und als wir uns voneinander lösen, ist mir warm, und ich bin völlig außer Atem, und mein Herz rast so schnell, dass ich echt im Zweifel bin, ob es je wieder langsamer werden wird.

Shay streichelt im Dunkeln mein Gesicht, seine sanften Finger streifen über meine Augenlider, meine Nase, meine Lippen.

»Ich muss dir etwas sagen«, flüstere ich. »Etwas Wichtiges.«

»Ja?«

Ich hole tief Luft. »Die ganzen Geschichten, die ich dir erzählt habe … von meiner Mom, den Kirschblüten, dem Kimono, dem Sonnenschirm, den Postkarten … sie waren erfunden. Meine Mom starb, da war ich gerade mal vier. Sie hatte etwas am Herzen, und keiner wusste davon, sie ist … einfach so gestorben.«

»Ach, Cherry«, sagt Shay in mein Haar.

»Es war schrecklich. Ich verstand das alles nicht, und Dad wollte nicht darüber reden. Jedes Mal, wenn ich ihn fragte, reagierte er total gereizt … bis ich irgendwann aufgab. Ich fing an mich zu fragen, ob ich das alles vielleicht missverstanden hatte, ob meine Mom womöglich noch am Leben war, irgendwo anders lebte … das ging so weit, dass ich mir irgendwann nicht mehr sicher war, was stimmte und was nur erfunden war. Ich habe keine echten Erinnerungen mehr an meine Mom, Shay. Da war kein besonderes Fest in Kyoto, kein Kimono, kein Sonnenschirm. Mom und Dad reisten viel, bevor ich auf die Welt kam, aber dann ließen sie sich in Glasgow nieder, und genau da habe ich immer gelebt …«

»Ist doch nicht schlimm«, flüstert Shay. »Nicht für mich.«

Ich seufze. »Ich habe den Fächer zu Weihnachten bekommen, als ich sieben war, und den Kimono und den Sonnenschirm habe ich letztes Jahr in einem Second-Hand-Laden in der Byres Road gefunden. Irgendwie gaben sie mir das Gefühl, meiner Mom näher zu sein … sie waren genau die Sorte Sachen, die sie mir vielleicht geschenkt hätte, wenn sie gekonnt hätte …«

Shay streichelt mir übers Haar.

»Der Kimono hat nie nach Kirschblüten gerochen, nur nach Mottenkugeln und nach Second-Hand-Laden. Kein Wunder, dass Honey ihn zum Fenster hinausgeworfen hat. Und der Sonnenschirm war schon immer so, mit verlaufenen Farben, total kaputt. Das waren alles nur Geschichten, Lügen. Ich glaube, ich erinnere mich wirklich an irgendwas mit Kirschblüten, aber sicher bin ich mir nicht – und wenn, dann war der Park in Glasgow und nicht in Kyoto. Tut mir leid, Shay.«

»Ich wusste doch, dass das alles nur erfunden war, Cherry«, erklärt er mir. »Paddy hat den Tanberrys schon gleich am Anfang erzählt, dass deine Mom gestorben ist, und irgendwie wusste ich, dass du nie in Japan warst. Ich war mir auch nicht sicher, ob du wolltest, dass ich das alles glaube … Ich hab dir einfach nur gerne zugehört. Die Geschichten waren toll … du solltest sie aufschreiben. Das ist ein echtes Talent, seine Fantasie so spielen zu lassen …«

Ein Talent? Meine Klassenkameraden und meine Lehrer daheim in Glasgow waren da nicht so leicht zu beeindrucken. Ich weiß noch, wie Miss Jardine mir geraten hat, ich solle den Schulpsychologen aufsuchen. Und wie meine Klassenkameraden immer die Augenbrauen hochgezogen haben und sich dann abwandten, wenn ich ihnen wilde Geschichten von den Abenteuern meiner Mom in New York, Paris oder Tokyo erzählte. Sie nannten mich eine Lügnerin, und ich wusste, dass sie recht hatten. Ich erzählte Lügen, erfand Geschichten, aber nur, um das riesige Loch in meinem Herzen zu füllen, das meine Mom durch ihren Tod hinterlassen hatte.

Aber irgendwie hat das nie richtig funktioniert.

»Shay … denkst du, Honey wollte wirklich bei ihrem Dad in London bleiben?«, frage ich in die Dunkelheit hinein. »Und nie zurückkommen?«

»Vielleicht«, meint er. »Klingt fast so, als gehörte das zu

dieser ganzen Erpressungssache, von der sie mir vor einer Weile erzählt hat. So wollte sie Charlotte dazu zwingen, sich zwischen ihr und deinem Dad zu entscheiden …«

»Und jetzt ist das alles ins Wasser gefallen«, sage ich seufzend. »Kein Wunder, dass sie sich das so zu Herzen nimmt.«

Shay runzelt die Stirn. »Vorhin, als ich mich allein mit ihr unterhalten habe, da sagte sie immer wieder, alles wäre vorbei, alles wäre ruiniert, sie hätte jetzt auch noch ihren Dad verloren …«

»Arme Honey«, seufze ich.

»Ja, arme Honey«, sagt auch Shay. »Sie tut mir schon leid … aber ich kann nicht weiter so tun, als würde ich mit ihr zusammen sein wollen, Cherry, weil ich das nämlich nicht will. Ich kann das nicht mehr. Wir sind angeblich ein ach so perfektes Paar, aber in Wirklichkeit waren wir das nie … wir sind eigentlich immer nur auf der Stelle getreten, haben uns irgendwie miteinander zufrieden gegeben. Ich weiß ja selbst nicht mal, wieso sie ausgerechnet mich ausgewählt hat … vielleicht, weil sie mich kannte, weil ihre Freundinnen mich mochten? Scheinbar finden die Mädchen mich gut aussehend oder so …«

Die Chance kann ich mir nicht entgehen lassen.

»Bist wohl recht bescheiden, wie?«, sage ich und stoße ihm spielerisch den Ellbogen in die Rippen. »Hast du dich in letzter Zeit eigentlich mal im Spiegel angeschaut? Da kommen mir doch gleich Worte wie *nass* und *Pudel* in den Sinn.«

Shay lacht. »Mein berühmter Charme funktioniert bei dir wohl nicht, wie?«, meint er grinsend. »Ich glaube, das ist eine Sache, die ich an dir so toll finde! Du hast so etwas Grundehrliches an dir …«

Im Dunklen reiße ich die Augen ganz weit auf, aber offenbar will Shay mich nicht verarschen.

»Im Ernst«, sagt er. »Ich hab irgendwie das Gefühl, dich richtig gut zu kennen. Ich weiß, was dir zugestoßen ist, und auch andere Sachen … kenne deine Hoffnungen, deine Träume, alles. Honey ist da ganz anders. Sie gibt nie irgendwas von sich selbst preis. Das kann sie nicht, weil sie immer noch total deprimiert ist wegen ihrem Dad. Ich glaube, dass sie jetzt jeden Moment durchdreht. Ich will nur nicht wieder derjenige sein, der sie wieder aufrichtet. Das kann ich nicht mehr.«

Ich drücke Shays Hand.

»Mit dir will ich zusammen sein, Cherry«, sagt er. »Ich kann nichts dafür. So geht es mir schon, seit ich dich das erste Mal gesehen habe.«

Ich lächle, weil ich das jetzt selbst kapiert habe. Vielleicht aber wusste ich es doch schon die ganze Zeit?

»Ich sage es Honey, sobald wir hier raus sind«, meint Shay gerade. »Ich erkläre ihr alles, damit sie nicht dir die Schuld an allem gibt, damit sie es versteht …«

Das Lächeln auf meinem Gesicht verschwindet. Denn ich bin mir sicher, dass Honey das nie verstehen wird, und sie wird es mir auch nie verzeihen. Für mich und Shay gibt es keine Zukunft, ich habe hier keine Zukunft … und auch noch so viele erfundene Geschichten können an dieser Tatsache nichts ändern.

29

Als ich aufwache, dringt bereits rötlich gelbes Dämmerlicht durch den Höhleneingang. Shays Arme sind immer noch um mich geschlungen, und sein Kopf ruht schwer auf meiner Schulter. Wir haben uns beide in den kratzigen grauen Mantel gehüllt, den wir uns von der Schmugglerpuppe ausgeliehen haben. Diese steht jetzt drohend über uns, mit wilden Augen und die falsche Pistole bedrohlich auf uns gerichtet.

In der Ferne höre ich das Dröhnen eines Motorboots, weshalb ich Shay den Ellbogen in die Seite ramme, um ihn zu wecken. »Hey«, sage ich. »Da ist jemand. Ich glaube, wir sind gerettet …«

Shay springt auf, zerrt mich auf die Füße, und wir laufen nach draußen an den Strand. Bei Tageslicht sehen wir aus wie Gespenster oder Flüchtlinge oder Überlebende eines Schiffsunglücks, was wir vermutlich auch sind. Unsere Klamotten sind feucht und zerschlissen, die Arme und Beine voller Kratzer und blauer Flecken und blutiger

Wunden, die Augen haben dunkle Ränder vor Erschöpfung.

»Hey«, sagt Shay mit einem müden Lächeln. »Miss Robinson Crusoe.«

»Hey«, erwidere ich grinsend. »Freitag, nicht wahr?«

»Genau.«

In der Ferne ist ein kleines weißes Motorboot zu erkennen, das über den silbrigen Ozean hüpft, und Shay und ich fangen an zu winken und zu schreien, bis wir ganz heiser sind.

Das kleine Boot hat uns allerdings tatsächlich entdeckt, und jetzt steuert es auf uns zu und geht im seichten Wasser an Land. Shays Dad springt mit finsterem Gesicht heraus, Paddy hinter ihm her, und dann kommen sie spritzend auf uns zugewatet. Dann weiß ich nur noch, wie Dad mich in die Arme schließt, mich hochhebt und mich immer wieder im Kreis herumwirbelt.

»Tu mir das … nie wieder … an!«, sagt er leise in mein Haar. »Ich schwöre es, Cherry, ich würde das nicht überleben. Ich habe schon deine Mom verloren … Da darf ich nicht dich auch noch verlieren. Niemals!«

»Das wirst du auch nicht«, versichere ich ihm.

Dad hebt mich in das Boot, und ich werfe einen Blick zurück zu Shay. Ich mache ganz große Augen. Sein Dad umarmt ihn, ganz fest, so stehen sie da, der große, grobe, mürrische Mann und der dürre, rebellische Junge. Er klopft ihm auf den Rücken, und als sie sich voneinander lösen, sehe ich, wie Shays Dad sich mit der Hand über die Augen wischt und tief Luft holt.

Shay klettert an Bord, wirft mir eine Rettungsweste zu und legt selbst eine an. Er wirkt fahl im Gesicht, erschöpft. Seine Stirnfransen erinnern an eine nasse Ratte, aber die Beaniemütze sitzt immer noch auf dem Hinterkopf, wenn auch ein klein wenig schief.

Dad setzt sich hinten ins Boot und ruft mit dem Handy bei der Polizei, der Küstenwache und bei Charlotte an, während Mr Fletcher den Motor startet. Das kleine Boot bewegt sich aus der Bucht raus und tuckert vorsichtig zwischen den langen Reihen von schwarzen Felsen hindurch, über die wir vergangene Nacht geklettert sind.

Allein bei ihrem Anblick wird mir schlecht.

»Ich muss euch sicher nicht erklären, wie dumm das von euch war, oder?«, blafft Shays Dad. »Das ist euch jetzt selbst klar, nicht wahr? Wisst ihr eigentlich, wie viele Schiffe hier in dieser Bucht bereits verunglückt sind, damals in der Zeit, als die Schmuggler noch aktiv waren? Wie viele Menschen ihr Leben gelassen haben bei dem Versuch, die Felsen im Dunkeln zu umschiffen?«

Shay lässt den Kopf hängen.

»Es war meine Schuld«, sagt er kleinlaut. Dann greift Shay nach meiner Hand und hält sie ganz fest.

»Tja, jetzt seid ihr ja in Sicherheit, das allein zählt doch«, meint Mr Fletcher, ehe er sich wieder dem Steuerrad zuwendet. »Gott sei Dank.«

Shay sieht mich unter seinen Stirnfransen hervor an. »Hab ich das jetzt richtig verstanden?«, flüstert er mir zu. »Wer ist dieser Kerl, und was hat er mit meinem Dad angestellt?«

»Er liebt dich«, sage ich.

Ausnahmsweise widerspricht Shay mir mal nicht.

»Man hat das Kanu gefunden«, erklärt er. »Es trieb kielaufwärts, ein Stück weit vor dem Quai in Kitnor. Sie müssen gedacht haben …«

Ich will mir gar nicht ausmalen, was sie sich wohl gedacht haben.

»Wir waren ganz krank vor Sorge«, sagt Dad. »Als wir gemerkt haben, dass ihr weg seid, war es schon dunkel, und wir haben überall gesucht. Dann hat sich irgendwer an das Kanu erinnert, und wir sind runter an den Strand, nur um festzustellen, dass es verschwunden war …«

»Es war meine Schuld«, erkläre ich jetzt. »Nicht Shays. Ich war total aus dem Häuschen … Ich dachte, ich hätte alles ruiniert …«

»Nichts hast du ruiniert«, versichert Dad mir. »Nicht, wo wir doch jetzt wissen, dass euch nichts zugestoßen ist. Die gestrige Nacht war allerdings ganz schön dramatisch. Die Mädchen haben mir erzählt, was am Strand geschehen ist … was Honey dir alles an den Kopf geworfen hat …«

Er sieht uns beide fragend an.

»Wir haben das alles nicht geplant«, sagt Shay. »Wir wollten niemandem wehtun.«

Ich schlinge mir die Arme um den Körper, weil ich zittere und mich schäme.

Dad seufzt. »Die Sache ist nur die, es gab einen Grund, weshalb Honey so ausgerastet ist, unabhängig davon, was zwischen euch beiden war oder nicht war. Sie bekam einen Anruf von Greg …«

»Ach so, klar«, sagt Shay. »Ihr Dad hat ihr wieder mal abgesagt, das hat sie sich sehr zu Herzen genommen. Ich weiß schon. Darum hat sie mich doch angerufen, wollte, dass ich rüberkomme …«

Dad wirkt immer noch besorgt.

»Wir glauben«, sage ich vorsichtig, »dass Honey möglicherweise vorhatte, in London bei ihrem Dad zu bleiben. Jedenfalls für eine Weile. Deshalb war sie so enttäuscht, nicht wahr?«

»Ja, sie hat so etwas erwähnt … aber es steckt noch ein bisschen mehr dahinter«, sagt Dad stirnrunzelnd. »Man hat Greg gerade einen neuen Job angeboten – in Australien. Das ist schon ein ganz schön harter Schlag für sie, vor allem, weil er es ihr am Telefon gesagt hat, aber … na ja, so ist er nun mal, soweit ich das beurteilen kann. Er macht es sich immer total leicht.«

»Australien?«, wiederholt Shay. »Ist nicht wahr … arme Honey.«

Ich hätte nicht gedacht, dass es möglich war, dass ich mich noch mieser fühle, noch schuldiger, aber Mann, wie hatte ich mich da getäuscht. Ich denke wieder an die Szene gestern am Strand, wie verloren Honey gewirkt hatte, ihre Tränen, ihre Wut. Sie hatte was von einer Bombe gesagt, von einer Katastrophe … sie hatte ja sogar ihren Schwestern gegenüber erwähnt, dass ihr Dad sich bei ihnen melden würde, um ihnen von seinem neuen Job zu erzählen. Jetzt weiß ich auch warum.

Ein Dad, der einen auf dem Handy anruft, um einem zu unterbreiten, dass man nicht bei ihm wohnen könne, weil er nämlich ans andere Ende der Welt zieht … tja, das muss schon mächtig wehtun. Und die Sache mit Shay und mir hat das Fass dann zum Überlaufen gebracht.

»Die Mädchen waren am Boden zerstört, wie man sich vorstellen kann«, fährt Dad fort. »Es war das reinste Chaos. Und dann fiel uns auf einmal auf, dass ihr beide verschwunden wart …«

»Tut mir leid«, flüstere ich. »Ich habe alles vergeigt, oder?«

Dad legt mir den Arm um die Schulter und zieht mich zu sich ran.

»Das kriegen wir schon wieder hin«, verspricht er mir. »Wir sitzen ganz schön im Schlamassel, keine Frage, aber … na ja, wir kommen schon damit klar. Dazu sind Familien ja da.«

»Aber Charlotte … und Skye und Summer und Coco …«,

wende ich ein. »Die werden mich doch jetzt nicht mehr hier haben wollen!«

»Dich nicht hier haben wollen?«, wiederholt Dad. »Klar wollen sie dich hier haben. Sie machen sich krankhafte Sorgen deinetwegen!«

Schweigend sitzen wir da, bis das kleine Motorboot langsamer wird und in großem Bogen in die Bucht fährt und unterhalb von Tanglewood House anhält.

Charlotte und die Mädchen warten bereits am Strand und wirken fast so müde und fahl und erschöpft, wie wir es sind. Sie winken und rufen und rennen runter ans Wasser, als das kleine Boot nähertuckert, alle bis auf Honey, die ein Stück den Strand hoch alleine dasteht und uns beobachtet.

Sie streift mich mit ihren kalten blauen Augen, wirft einen kurzen Blick auf Shay. Sie sieht seine Hand, mit der er meine hält, und sofort ist ihr alles klar. Einen kurzen Moment flackern Schmerz und Enttäuschung in ihren Augen auf, doch dann sind sie wieder eiskalt wie eh und je.

Ich stehe auf und will aus dem Boot klettern, und auch Shay springt auf und hilft mir raus. Im letzten Moment zieht er mich an sich und umarmt mich ganz fest, der Junge, auf den ich schon seit Wochen stehe, der Junge mit den coolen Stirnfransen und der blauen Gitarre, der Junge, der nach Dunkelheit und Meer riecht.

»Sei stark«, flüstert er mir ins Ohr. »Es wird schon alles wieder gut.«

Die Umarmung aber verrät mir weit mehr, als alle Worte der Welt das je sagen könnten, logo. Denn jetzt ist alles klar, und ich weiß, dass nichts je wieder sein wird wie zuvor.

Wir lösen uns voneinander, und alle starren uns an – Honey natürlich, Dad und Mr Fletcher und Charlotte und Skye, Summer und Coco. In ihren Gesichtern steht Verwunderung, Verblüffung, Betroffenheit, Erstaunen … nur nicht in Honeys, ihr Gesicht verrät keine Regung. Keinen Schmerz, keinen Ärger, keinerlei sonstiges Gefühl.

Abrupt dreht sie sich um und geht davon.

Ich verschlafe den ganzen Tag und auch noch den halben Abend, und als ich aufwache, ist ein Arzt bei mir, um mich durchzuchecken. Er meint, es gehe mir gut, da wären nur ein paar Schnittwunden und blaue Flecken, kein bleibender Schaden. Schlaf, so sagt er, ist für mich das beste Rezept. Und nach dem Arzt kommen noch ein paar Polizisten, die mir am Küchentisch einen freundlichen Vortrag halten, von wegen, wie dumm es doch sei, mitten in der Nacht wegzulaufen und mit einem Boot raus aufs Meer zu fahren. Ich höre zu und lasse den Kopf hängen und versichere ihnen, dass ich all das nie wieder machen werde, so lange ich lebe, und ich meine es ernst, das tue ich wirklich.

Als die Polizisten wieder gegangen sind, essen wir Tomatensuppe, die Charlotte extra für mich gemacht hat, weil Dad ihr verraten hat, dass ich die am liebsten mag. Ich esse also brav und erwähne mit keinem Wort, dass ich eigentlich am liebsten die Tomatensuppe aus der Dose mag, am besten mit einer Scheibe Brot mit Margarine drauf statt der Vollkornbrötchen, die Charlotte gebacken und mit Butter bestrichen hat.

Honey gesellt sich nicht zu uns an den Tisch.

»Tut mir leid, das mit eurem Dad«, sage ich zu Skye und Summer und Coco. »Echt total leid.«

»Schon scheiße«, sagt Skye. »Aber er ist als Dad eh eine Niete.«

Charlotte seufzt. »Greg hätte sich echt keine schlimmere Art aussuchen können, ihnen von dieser Sache zu erzählen, und auch keinen schlechteren Zeitpunkt … aber ja, irgendwie ist das typisch für ihn. Ich verstehe nicht, wieso er nicht ausnahmsweise hier runterkommen und es ihnen richtig erklären konnte …«

Ich schlürfe ein bisschen Suppe.

»Ist jetzt eigentlich alles vorbei zwischen Honey und Shay?«, will Coco wissen. »Bist du jetzt seine Freundin?«

Ich blinzele. »Keine Ahnung. Vielleicht.«

»Ich dachte, du hasst ihn?«, meint Skye stirnrunzelnd.

»Das dachte ich ja auch …«

Und dann spricht Summer das aus, was sich sonst keiner zu sagen traut. »Honey ist stinksauer. Sie verschanzt sich schon den ganzen Tag in ihrem Zimmer und heult und hat die Musik viel zu laut aufgedreht. Sie will niemanden reinlassen. Nicht mich, nicht Skye, nicht Coco … niemanden.«

»Klar tut das weh«, bemerkt Charlotte. »Aber … Honey wird sich schon damit abfinden. Sie ist stärker, als sie glaubt. Sie kriegt sich schon wieder ein.«

Nicht in diesem Leben, denke ich im Stillen.

»Ich werde mich bei ihr entschuldigen und ihr sagen, dass es mir leidtut«, erkläre ich. »Wenn sie sich erst mal ein bisschen beruhigt hat. Mir tut das wirklich leid, wisst ihr … das mit Shay, wegen Honey, das mit den Lügen … alles.«

»Ich weiß«, sagt Charlotte mit einem Seufzen. Sie strubbelt mir durchs Haar, und am liebsten würde ich heulen, weil ich ihre Freundlichkeit, ihr Verständnis nicht verdiene.

Sie öffnet eine Schublade und holt ein flaches Paket heraus, das in blaues Seidenpapier eingeschlagen ist. Sie überreicht es mir.

»Du bist ein sehr kreatives Mädchen, Cherry«, sagt sie. »Du hast Fantasie, bist eine Träumerin. Du musst deine Fähigkeiten auf die richtige Weise nutzen. Lügen sind nur dann Lügen, wenn du anderen weismachen willst, sie wären wahr … aber was, wenn du sie als Geschichten, als Fantasien betrachtest? Auf diese Weise könntest du dir alles ausmalen, was immer dir gefällt. Du hast schon viel durchgemacht in deinem kurzen Leben, Cherry … du hast das alles immer noch nicht verarbeitet. Ich dachte mir, wenn du die Geschichten und Fantasien aufschreibst, könnte dir das helfen …«

Ich reiße das Seidenpapier auf und halte ein Buch in Händen, ein wunderschönes Notizbuch mit leeren Seiten mit einem Umschlag aus roter Seide, bestickt mit Kirschblüten. Es ist so ungefähr das Schönste, was ich je gesehen habe.

»Oh … aber … danke dir, Charlotte!«

»Als ich in deinem Alter war, hatte ich immer ein Notizbuch parat«, erzählt sie. »In diesen Büchern habe ich mir alles vom Herzen und von der Seele geschrieben, das kannst du jetzt auch tun. Benutze es als Tagebuch, als Notizbuch, als einen Ort, an dem du deine Träume von der Realität trennen kannst. Schreib Geschichten auf. Fantasiere dir etwas zusammen.«

Ich denke über das nach, was Charlotte soeben gesagt hat. Was, wenn ich die Dinge aus einer anderen Perspektive betrachten würde? Wenn ich die Lügen als Fantasien verstehen würde, wie Shay es tut? Fantasien, Geschichten, Träumereien, kreative Gedanken … alles Wege, den Gefühlen in meinem Inneren Ausdruck zu verleihen. Das wäre doch sicherlich keine Schande oder eine bemitleidenswerte Sache? Wenn ich die Geschichten zu Papier bringe, dann sind sie eines Tages vielleicht sogar etwas, auf das ich stolz sein kann.

»Das werde ich!«, verspreche ich Charlotte. »Vielen

Dank. Ich kann echt nicht glauben, dass ihr alle so nett zu mir seid, nachdem ich mich so bescheuert verhalten habe … nachdem ich alle belogen habe, und … na ja, Schlimmeres.«

Ich streife mit den Fingern über das glatte Papier, blinzle ein paar Tränen zurück.

»Junge Liebe währt nicht ewig«, sagt Charlotte. »Und glaub mir, Cupido ist bisweilen ein echt mieser Schütze. Schätze mal, du konntest nichts dafür, dass du Shay mochtest … und wer kann schon sagen, ob das mit euch beiden was von Dauer ist? Das ist alles recht unangenehm … aber … nun ja, es ist kein Weltuntergang.«

»Ich dachte, ich hätte alles vermasselt«, flüstere ich. »Ich dachte, ich hätte alles ruiniert … das mit dir, Dad, der Hochzeit, unser aller Zukunft …«

»Dazu braucht es schon ein bisschen mehr«, meint Charlotte. »Das garantiere ich dir …«

»Sie haben schon einen Termin für die Hochzeit«, raunt Coco mir zu. »Am ersten Juni ist es so weit. Wir werden alle Brautjungfern sein …«

»Ich auch?«, frage ich ungläubig.

»Cherry, aber klar, du auch!«, sagt Charlotte. Sie seufzt. »Sieh mal … Es tut mir leid, dass du das Gefühl hattest, lügen zu müssen, um dazuzugehören, um ein Teil von dem Ganzen zu sein, aber ich glaube, ich verstehe, warum das so war. Wir müssen dich ziemlich überrumpelt haben mit unserer direkten Art, und Honey hat es dir auch von Anfang an nicht unbedingt leicht gemacht. Ich nehme an, da hast du dich fehl am Platze gefühlt. Wir wollen aber nur, dass du dich wohlfühlst, dass du du selbst bist … dich als eine von uns siehst.«

»Wir werden bald eine richtige Familie sein«, sagt Skye. »Du wirst schon sehen.«

»Wir sind auch jetzt schon eine richtige Familie«, korrigiert Charlotte sie. »Ein Stück Papier ändert rein gar nichts. Es sind Liebe und Fürsorge, die ausschlaggebend sind …«

Ich will ein Teil von all dem sein, und inzwischen glaube ich auch, dass es wirklich möglich ist. Ich habe einen Dad, der mich liebt, eine neue Stiefmutter, die mich gern genug hat, um mir aus Tomaten und Basilikum aus dem eigenen Garten eine Tomatensuppe zu kochen, und wenn ich jetzt so drüber nachdenke, finde ich die doch besser als die Suppe aus der Dose. Ich habe einen Haufen neuer Stiefschwestern, von denen drei mich absolut akzeptieren, mich sogar mögen. Sie wissen, dass ich nicht perfekt bin, dass ich etwas Schlimmes getan habe, etwas ganz und gar Schreckliches, dass ich ihrer Schwester den Freund ausgespannt habe, alle zu Tode geängstigt habe … das mögen sie nicht unbedingt toll finden, aber trotzdem reden sie noch mit mir. Glaube ich.

Und dann wäre da noch die vierte Schwester. Sie hat mich von Anfang an gehasst und tut es immer noch, das weiß ich. Aber ich kann es ihr auch nicht verübeln. Wenn ich sie wäre, ginge es mir nicht anders. Ich würde ihr gerne sagen, wie leid es mir tut, dass ich wieder und wieder versucht habe, es zu verhindern. Aber ich befürchte, sie würde mir nicht glauben.

Ich würde gerne sagen, dass ich es bereue, aber das tue ich nicht … nicht wirklich.

Wie könnte ich auch? Ich habe mir Shay nicht ausgesucht, und er hat sich mich nicht ausgesucht. Wir konnten beide nichts dafür. Liebe ist so was wie eine Naturgewalt, etwas, das größer ist als wir, das sich über uns lustig macht, für Ärger sorgt und dann zusieht, wie sich die Wogen allmählich wieder glätten.

»Shay hat Hausarrest«, flüstert Skye. »Für den Rest der Ferien. Aber gestern Nacht hättest du seinen Dad sehen sollen … er hat gebrüllt und geflucht und hat sich dann bei uns an den Küchentisch gesetzt und geflennt, und Shays Mom hat ihm vorgeworfen, er wäre zu streng mit Shay, und dann hat er zugegeben, dass er das vielleicht tatsächlich ist …«

Ich hab fast das Gefühl, für Shay könnte es aufwärtsgehen. Zumindest hoffe ich das.

Es dämmert schon, als ich nach draußen gehe. Ich setze mich neben den Fischteich und werfe Rover eine Ladung Futter rein. Fünf Goldfische kommen an die Oberfläche, wackeln mit den Schwanzflossen und schnappen spritzend nach dem Futter, und erst kann ich gar nicht sagen, welcher von ihnen Rover ist. Nichts bleibt, wie es ist, wird mir jetzt klar, doch manchmal sind Veränderungen eben auch gut. Mein einsamer Goldfisch hat jetzt Freunde und einen Teich mit Seerosen und eine Zukunft.

»Wahrscheinlich sehe ich Shay dann vor September nicht mehr«, sage ich zu Rover. »Erst wieder, wenn die Schule anfängt. Das wird ja ein Spaß ... eine nagelneue Schule, an der ich niemanden kenne außer Honey ... Schätze mal, da werde ich total beliebt sein, oder? Tja, irgendwie nichts Neues ...«

Rover huscht unter ein Seerosenblatt und taucht dann wieder auf. Mit finsterem Blick beäugt er mich.

»Aber Shay wird auch da sein«, sage ich seufzend. »Ganz allein bin ich ja nicht.«

Ich stehe auf und überquere den Rasen, verschwinde zwischen den Bäumen, gehe auf den Wohnwagen zu, doch im letzten Moment drehe ich mich noch einmal um und blicke zurück nach Tanglewood House.

Oben im Turmzimmer sitzt eine kleine zierliche Gestalt zusammengekauert auf dem Fenstersitz, das lange Rapunzelhaar flattert leicht in der Brise, die durch das geöffnete Fenster eindringt.

Honey beobachtet mich, die Prinzessin in ihrem Turm, die auf einen Prinzen wartet, der niemals kommen wird. Während ich zu ihr sehe, wischt sie sich mit der Hand über die Augen und stößt das Fenster noch weiter auf. Einen kurzen Augenblick ist mir so, als würde sie mich jeden Moment rufen, mit mir reden, mich anbrüllen, doch dann erkenne ich das silbern glänzende Etwas in ihrer Hand.

Mir bleibt das Herz stehen, und meine Augen werden ganz groß.

Die Schere klappt mit einem kalten, knappen Klicken auf und zu, immer wieder.

Langsam, ganz langsam wehen die langen blonden Strähnen von dem geöffneten Fenster herunter, lange goldene Bänder, die spiralförmig herumwirbeln und dann Schneeflocken gleich auf der gekiesten Auffahrt landen. Das geht fünf, vielleicht zehn Minuten lang so, und als sie die Schere schließlich beiseitelegt, ist Honeys wunderschönes Haar total kurz, kahl geschoren wie ein Gefängnisinsasse oder ein Krebspatient ist sie. Ihre Augen heften sich auf meine, ein langer, bedeutungsvoller Blick, der mein Herz einen Schlag aussetzen lässt.

Ich wende den Blick ab. Es wird allmählich dunkel, und in den unteren Räumen gehen nach und nach die Lichter an. Aus der Küche höre ich freundliches Gemurmel, eine flüchtige Bewegung hinter dem Vorhang eines der Gästezimmer, Musik, Leben.

Ich wende mich ab und bahne mir meinen Weg durch den Garten, unter den Kirschbäumen durch, und gehe dann auf den roten Wohnwagen zu.

Danksagung

Für Liam, Cal und Caitlin, wie immer, für all die Liebe, das Lachen und dafür, dass sie es mit mir aushalten … und für Mom, Joan, Andy, Lori und meine ganze fabelhafte Familie von nah und fern. Ich drücke alle meine wunderbaren Freunde: Helen, Sheena, Fiona, Mary-Jane, Maggi, Jessie und alle, die da waren, um mit mir zu chatten, mir zu mailen, Nächte durchzufeiern, Kuchen zu essen und mich in den Arm zu nehmen … ihr seid die Besten.

Danken will ich meiner geschätzten Assistentin Catriona, Martin für seinen mathematischen Rat und Darley und sein Team, dafür, dass sie einfach rundherum toll sind. Ein großes Dankeschön an Amanda, die mir half, eine Story zu finden, die ich schreiben wollte, und an Sara, die beste Coverdesignerin der Welt. Außerdem danke ich Adele, Francesca, Emily, Tania, Sarah, Kirsten, Jennie, Jayde, Lisa und dem gesamten brillanten Team bei Puffin, sowohl im Vereinigten Königreich wie auch in Übersee.

Danke auch Sophie, deren Geschichten von einer Mutter, die selbst Pralinen herstellt, mir die Grundidee zu meiner Story lieferten, und an Caitlin, deren Liebe zu Japan und allem Japanischen ebenfalls zur Entstehung dieses Buches beitrugen.

Doch vor allem möchte ich meinen Leserinnen und Lesern danken … weil es ohne sie gar nicht erst der Mühe wert wäre. Ihr wolltet eine Serie, hier habt ihr sie – ich hoffe, sie gefällt euch!

Leseprobe aus

»Die Chocolate Box Girls – Marshmallow-Wölkchen«

(Band 2)

Ab März 2015 erhältlich

ISBN 978-3-570-16281-1

Ich glaube nicht an Geister.

Woran ich hingegen glaube, sind knarzende Dielenbretter und unerwartet auftretende kalte Luftzüge sowie gespenstisches Geheul, wenn der Wind durch die Dachbalken fegt. Denn wenn man in einem großen, alten Haus wie Tanglewood lebt, sind solche Dinge nun mal an der Tagesordnung.

Ich lebe schon immer in Tanglewood. Mom und Dad sind hierhergezogen, als meine große Schwester Honey noch ein Baby war. Mein Großvater starb sehr jung, und meine Großmutter Kate heiratete wieder, einen Franzosen namens Jules. Sie planten, nach Frankreich zu gehen, doch meine Grandma wollte den Familiensitz nicht verkaufen, daher überließ sie das Haus uns. Tanglewood ist ein großes viktorianisches Anwesen, nur einen Steinwurf weit vom Strand entfernt, und für mich kommt es einem Stück Himmel gleich.

Es gibt Leute, die finden das Haus unheimlich – und irgendwie kann ich das sogar nachvollziehen. Es sieht nun mal aus wie ein typisches Spukhaus. Wilder Efeu rankt sich an den hellroten Ziegelsteinen empor, und die großen Bogenfenster mit Bleiglas sind genau die Art von Fenstern, hinter denen man jeden Moment erwartet, ein Gesicht zu entdecken, das einen beobachtet: ein blasser, trauriger Schatten aus der Vergangenheit. Die Sorte Dinge eben, von denen man in Büchern immer liest – Geschichten, in denen die Uhr Mitternacht schlägt, und dann wacht man auf und sieht sich konfrontiert mit Mysterien und Intrigen und Leuten mit raschelnden Kleidern, die direkt durch einen hindurchmarschieren, als wäre man gar nicht da.

Früher habe ich mir immer gewünscht, mir würde so was mal passieren. Ich wollte in die Vergangenheit reisen, sie mit eigenen Augen sehen. Als Kind hab ich am liebsten Gespenstergeschichten gehört, und ich bin ganze Sommer lang mit meinen Schwestern gruseligen Visionen und geisterhaften Erscheinungen hinterhergejagt … doch habe ich nie auch nur einen Geist zu Gesicht bekommen.

Die einzigen Gespenster, an die ich heute glaube, sind die, denen man an Halloween begegnet, mit kleinen, klebrigen Gesichtern, die in weiße Laken gehüllt sind, eine Plastiktüte voller kandierter Äpfel und billigen Süßigkeiten krampfhaft umklammert.

»Skye! Summer!«, ruft meine Schwester Coco und streckt den Kopf zur Tür herein. »Seid ihr zwei denn immer noch nicht so weit? Cherry ist schon unten und wartet, und ich bin auch schon seit Ewigkeiten fertig. Wenn wir uns jetzt nicht langsam sputen, verpassen wir noch die Party! Los, beeilt euch!«

»Entspann dich«, meint Summer, die sich ihre perfekte

Frisur mit Haarlack besprüht. »Wir haben alle Zeit der Welt, Coco. Die Party fängt erst um sieben an! Geh doch schon mal und spiel ein bisschen Würstchenschnappen oder so was!«

»Skye, jetzt sag doch auch mal was!«, jammert meine kleine Schwester. »Mach, dass sie sich beeilt!«

Es fällt einem allerdings schwer, Coco ernst zu nehmen, denn sie hat sich das Gesicht grün angemalt, ein paar von ihren Zähnen geschwärzt und sich das Haar mit Neongel zu spitzen Stoppeln hochgestylt. Sie trägt ein altes Tweedjackett, das Moms Freund Paddy gehört, und ich schätze mal, sie soll Frankensteins Monster darstellen.

»Zehn Minuten«, verspreche ich. »Wir sind gleich unten!«

Coco verdreht die Augen, düst los und stürmt die Treppe runter.

Summer lacht. »Sie ist echt so was von ungeduldig!«

»Sie ist bloß aufgeregt«, erkläre ich meiner Zwillingsschwester. »Wir waren früher auch so, schon vergessen?«

»Wir sind immer noch so, Skye«, versichert mir Summer, während sie das zerlumpte weiße Kleid glatt streicht. »Sag Coco aber nichts davon! Ich liebe Halloween, du etwa nicht? Es ist so cool … fast so, als wäre man wieder Kind!«

Ich lächele. »Logo, weiß ich ja.«

Und Summer weiß das auch, klar … sie kennt mich besser als irgendjemand sonst auf der Welt. Sie weiß genau, was ich über die unterschiedlichsten Dinge denke, weil sie nämlich meistens genauso empfindet.

Und das mit dem Verkleiden … tja, das ist eine von diesen Sachen, die wir beide gern tun.

Ich beuge mich vor zum Spiegel und nehme mir eine Haarbürste. Ich hab nicht ganz so ein Händchen wie meine Zwillingsschwester, wenn es um Frisuren und Make-up geht, aber ich liebe diesen magischen Moment, wenn man aufblickt und, sei es nur für den Bruchteil einer Sekunde, eine komplett andere Person sieht.

Das Mädchen im Spiegel ist bleich und geisterhaft, ein Schatten. Unter den riesigen blauen Augen sind tiefschwarze Schleier zu sehen, so als hätte sie seit einer Woche nicht geschlafen, und das Haar ist wild und zerzaust, mit eingeflochtenem Efeu und schwarzen Samtbändern.

Sie sieht aus wie ein Mädchen, das vor langer Zeit gelebt hat, ein Mädchen mit einer Geschichte, einem Geheimnis. Sie ist die Art von Mädchen, das einen an Gespenster glauben lassen könnte.

»Cool«, sage ich grinsend, und das Geistermädchen grinst zurück.

»Du siehst echt umwerfend aus«, meint Summer, als ich mich vom Spiegel abwende. »Glaubst du, du kannst auf der Party bei einem süßen Vampirjungen landen?«

»Vampirjungen sind doch nur nervig«, sage ich. Summer lacht, doch die Wahrheit ist die, dass wir immer noch in dem Stadium sind, wo man von Jungs in Büchern, Jungs in Filmen, Jungs in Bands träumt. Keine von uns hat einen echten Freund. Ich find das okay so, und ich glaube, Summer auch.

Außerdem, wenn ihr die Jungs von der Exmoor-Park-Mittelschule kennen würdet, würdet ihr das verstehen. Sie sind kindisch und nervig und ganz bestimmt nicht von der Sorte, dass man sich in sie verknallen könnte. Alfie Anderson, der Klassenclown, zum Beispiel, der immer noch seinen Spaß daran hat, in der Schulkantine mit Fritten zu werfen und im Flur Stinkbomben hochgehen zu lassen.

Klasse, echt.

Summer sitzt am Rand des Bettes, trägt silbernen Glitzer auf ihren Wangen auf und bemalt auch ihre Lippen in der passenden Farbe. Wir tragen identische Kleider, die Röcke aus mehreren Schichten ausgefransten Netzstoffes, Chiffon und zerrissenen Laken, die wir notdürftig an ein altes weißes Unterhemd drangenäht haben.

An Summer sieht das Ganze einfach nur umwerfend aus. Als ich jetzt aber wieder in den Spiegel sehe, wird mir klar, dass ich mir was vorgemacht habe – an mir sieht das Kostüm einfach nur total komisch aus, voll daneben. Ich bin kein Geistermädchen, nein, bloß ein kleines Kind, das Verkleiden spielt, und zwar lange nicht so gut wie meine Schwester.

Tja, schätze, so läuft es in meinem Leben irgendwie immer.

Summer und ich sind eineiige Zwillinge. Mom besitzt ein Ultraschallbild aus der Schwangerschaft, auf dem wir beide in ihrem Bauch zusammengerollt sind wie zwei Kätzchen. Es sieht fast so aus, als würden wir Händchen halten. Das Bild ist verschwommen und grau, wie das Fernsehbild, wenn der Empfang grad ganz mies ist. Alles wirkt irgendwie zerstückelt und unvollständig, aber trotzdem, das Foto ist echt der Hammer.

Summer kam als Erste auf die Welt, ganze vier Minuten vor mir, umwerfend, wagemutig, entschlossen, alle zu bezaubern. Ich kam hinterher, knallrot im Gesicht und laut kreischend.

Sie wuschen uns und trockneten uns ab und hüllten uns in identische Decken. Dann legten sie uns in Moms Arme, und ratet mal, was das Erste war, was wir taten? Ihr habt es erfasst. Wir hielten Händchen.

So war es eigentlich immer. Wir waren wie zwei Seiten derselben Münze, spiegelverkehrte Kinder, jede von uns das perfekte Abbild der anderen.

Von Anfang an wusste jede von uns, was die andere dachte. Wir konnten gegenseitig unsere Sätze vervollständigen, gingen überall gemeinsam hin, teilten sämtliche Hoffnungen und Träume ebenso wie Spielzeug und Essen und Kleidung und Freundinnen. Wir waren auch wie beste Freundinnen. Nein – mehr als das. Wir waren eins.

»Sind sie nicht hinreißend?«, pflegten die Leute zu sagen. »Sind sie nicht das Niedlichste, was Sie je gesehen haben?«

Und dann drückte Summer immer meine Hand und neigte den Kopf zur Seite, und ich tat dasselbe, und dann lachten wir und rannten vor den Erwachsenen davon, zurück in unsere eigene kleine Welt.

Lange Zeit wusste ich überhaupt nicht, wo Summer aufhörte und ich anfing. Ich sah sie an, um herauszufinden, was ich fühlte, und wenn sie lächelte, lächelte ich auch. Wenn sie weinte, wischte ich ihre Tränen fort und nahm sie in die Arme, und dann warteten wir ab, bis der Schmerz im Inneren allmählich nachließ.

Das mag jetzt vielleicht schmalzig klingen, aber es war so: Wenn sie litt, litt ich auch.

Ich dachte, das würde immer so bleiben, aber wie es aussieht, kommt jetzt doch alles ganz anders.

Damals fingen wir beide mit Ballett an – wir waren richtige Ballettratten. Wir hatten rosa Balletttaschen mit kleinen rosa Ballettschühchen und rosa Stulpen, Bücher voller Ballettgeschichten, und daheim hatten wir eine ganze Kiste voller Tutus und Feenflügel und Zauberstäbe. Wenn ich jetzt so zurückdenke, werde ich das Gefühl nicht los, dass mir das mit dem Verkleiden immer ein klein wenig besser gefallen hat als der eigentliche Tanz. Doch brauchte ich eine Weile, um zu kapieren, dass ich einzig aus dem Grund so ballettverrückt war, weil Summer es war. Ihre Leidenschaft fürs Tanzen entging mir nicht, und deshalb dachte ich, ich würde auch so fühlen … aber in Wirklichkeit war ich nur das Spiegelbild meiner Schwester.

Irgendwann hatte ich die Schnauze voll von den ewigen Ballettprüfungen, bei denen Summer mit Auszeichnung bestand, während ich mit Müh und Not durchkam. Ich hatte genug von den Tanzvorführungen, bei denen meine Schwester die Hauptrolle übernahm, während man mich irgendwo ganz hinten im Chor versteckte. Sie hatte ein echtes Talent fürs Tanzen, ich nicht … und mit der Zeit nagte das an meinem Selbstvertrauen. Nach einer von diesen Vorführungen, als alle Leute auf uns zukamen, um Summer zu sagen, wie toll sie doch getanzt hätte, brachte ich endlich den Mut auf, zuzugeben, dass ich nicht länger Ballett machen wollte. Es war das Jahr, in dem Dad auszog und alles anders wurde. Da war es halb so wild, wenn sich noch eine weitere Sache änderte, zumindest für mich.

Doch Summer konnte das überhaupt nicht nachvollziehen. »Du kannst nicht einfach so aufhören, Skye!«, protestierte sie. »Du bist doch bloß durcheinander, weil Dad uns verlässt, oder? Du liebst Ballett!«

»Nein«, erklärte ich ihr. »Und es hat rein gar nichts mit Dad zu tun. *Du* liebst Ballett, Summer. Ich nicht.«

Summer sah mich mit verzerrtem, verwirrtem Gesicht an, als würde sie dieses ganze Konzept von du und ich nicht verstehen. Na ja, ich stieg ja selbst erst allmählich dahinter. Bis zu dem Zeitpunkt hatte es auch für mich immer nur uns gegeben.

In letzter Zeit allerdings frage ich mich des Öfteren, ob die Sache mit dem Tanzen nur der Anfang war. Manchmal, wenn man eine Sache ändert, passen plötzlich auch andere Sachen nicht mehr, das Muster löst sich auf, zerfällt, wie die winzigen Teilchen eines Kaleidoskops. Schätze, ich habe zwischen mir und meiner Zwillingsschwester einiges aus dem Lot gebracht, und drei Jahre später warten wir immer noch darauf, dass alles wieder ins Reine kommt.

Ich wende mich erneut meinem Spiegelbild zu, und einen kurzen Moment sehe ich wieder das Geistermädchen, mit wilder Mähne und traurigem, gehetztem Blick, die Lippen leicht geöffnet, als wollte es mir etwas sagen.

Dann ist es auch schon wieder verschwunden.

Cherry Costello ist …

schüchtern, ruhig, immer die Außenseiterin … tut sich mitunter schwer, Wahrheit von Fiktion zu unterscheiden

13 Jahre alt

Geburtsort: Glasgow

Name der Mutter: Kiko

Name des Vaters: Paddy

Aussehen: klein, zierlich, milchkaffeefarbene Haut; glattes, dunkles Haar mit Pony, oft zu zwei hohen Zöpfen hochgebunden

Stil: helle Röhrenjeans, T-Shirts, alles, was irgendwie mit Japan zu tun hat

Liebt: Träumereien, Geschichten, Kirschblüten, Irn-Bru, Zigeunerwohnwagen

Liebste Besitztümer: Kimono, Sonnenschirm, japanischer Fächer, ein uraltes Foto von ihrer Mom

Ihr größter Traum: Teil einer richtigen Familie zu sein

Coco Tanberry ist …

frech, aufgeweckt, freundlich, abenteuerlustig, verrückt nach Tieren

11 Jahre alt

Geburtsort: Kitnor

Name der Mutter: Charlotte

Name des Vaters: Greg

Aussehen: kinnlanges, lockiges blondes Haar, das immer ein bisschen zerzaust ist; blaue Augen; Sommersprossen; breites Grinsen

Stil: burschikos; Jeans, T-Shirt, immer ein bisschen unordentlich und dreckig

Liebt: Tiere, auf Bäume klettern, im Meer schwimmen

Liebste Besitztümer: Fred, der Hund, und ihre Enten

Ihr größter Traum: einmal ein Lama, einen Esel und einen Papagei zu besitzen

Skye Tanberry ist …

freundlich, exzentrisch, individuell, fantasievoll

12 Jahre alt, Summers Zwillingsschwester (eineiig)

Geburtsort: Kitnor

Name der Mutter: Charlotte

Name des Vaters: Greg

Aussehen: schulterlanges blondes Haar, blaue Augen, breites Grinsen

Stil: Schlapphüte und Vintagekleider, -schals und -schuhe

Liebt: Geschichte, Horoskope, Träume, Zeichnen

Liebste Besitztümer: ihre Sammlung alter Flohmarktkleider und das Fossil, das sie am Strand gefunden hat

Ihr größter Traum: in der Zeit zurückreisen, um rauszufinden, wie die Vergangenheit wirklich war …

Summer Tanberry ist …

ruhig, selbstbewusst, hübsch, beliebt und interessiert sich ernsthaft für das Tanzen

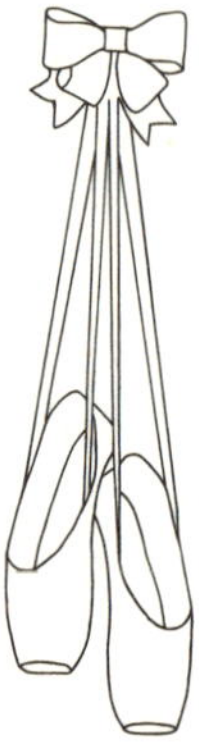

12 Jahre alt, Skyes Zwillingsschwester (eineiig)

Geburtsort: Kitnor

Name der Mutter: Charlotte

Name des Vaters: Greg

Aussehen: langes blondes Haar, das sie immer zu Zöpfen zurückgebunden oder zu einem ordentlichen Ballerinaknoten hochgesteckt trägt; blaue Augen; bewegt sich sehr grazil

Stil: alles, was rosa ist … ordentlich, hübsch, modische Klamotten und Tanzkleidung

Liebt: Tanzen, besonders Ballett

Liebste Besitztümer: Ballettschuhe und Tutu

Ihr größter Traum: eines Tages auf die Royal Ballet School zu gehen, Profitänzerin zu werden und dann irgendwann ihre eigene Ballettschule zu leiten

Honey Tanberry ist …

eine Dramaqueen: launisch, egoistisch, oft traurig …
aber auch klug, charmant, gut organisiert und süß

14 Jahre alt

Geburtsort: London

Name der Mutter: Charlotte

Name des Vaters: Greg

Aussehen: langes, gelocktes blondes Haar bis zu den Hüften; blaue Augen; elfenbeinfarbener Teint, groß, schlank

Stil: cool; gemusterte Kleider, Riemchensandalen, Sonnenbrille, kurze Hose und T-Shirt

Liebt: Zeichnen, Malen, Mode, Musik …
und Shay Fletcher

Liebste Besitztümer: ihr Haar, Tagebuch, Zeichenblock, Turmzimmer

Ihr größter Traum: eines Tages Model, Schauspielerin oder Modedesignerin zu werden

Welches Chocolate Box Girl bist du?

Den perfekten Tag verbringst du …

a) in einem gut besuchten Second-Hand-Laden
b) mit deinem Lieblingshund und einem langen Spaziergang im Grünen
c) auf dem kuscheligen Sofa mit deinem Freund, dazu alte Schwarz-Weiß-Filme
d) mit einem Schaufensterbummel mit der besten Freundin
e) Frappuccino trinkend in einem hippen Café in der Stadt

Der ideale Junge für dich ist …

a) kunstinteressiert und sensibel
b) Ein Junge? Nein, danke!
c) einer, der gut zuhören kann … und ein kleines bisschen anders ist
d) höflich und klug
e) gut aussehend und beliebt – was soll es denn sonst noch für Jungs geben?

Wer ist die erste Person, der du von einer neuen Flamme erzählen würdest …

a) deine Schwester – sie weiß alles über dich

b) deine Katze – Haustiere können am besten zuhören
c) deine beste Freundin
d) deine Mom – sie hat immer die besten Ratschläge parat
e) niemand. Es ist am besten, niemandem ein Geheimnis anzuvertrauen

Dein Lieblingsfach in der Schule ist …

a) Geschichte
b) Bio
c) kreatives Schreiben
d) Französisch
e) Theater

Deine Schulbücher sind …

a) mit Paisleystoff eingebunden
b) ein bisschen schmutzig
c) voller Kritzeleien
d) sauber und ordentlich und verhelfen dir zu guten Noten
e) etwas, das du ständig vergisst

Wenn du mal groß bist, willst du …

a) Inneneinrichterin
b) Tierärztin
c) Autorin
d) Primaballerina
e) berühmt werden

Die Leute loben dich ständig für …

a) deine Individualität. Wenn jemand auffällt, dann du!

b) deine fürsorgliche Art – jedes Wesen hat ein klein wenig Liebe und Zuwendung verdient

c) deine wilde Fantasie … auch wenn du dir damit öfter mal Ärger einhandelst

d) deine Entschlossenheit. Übung macht den Meister

e) deine starke Persönlichkeit. Du lässt dich von niemandem aufhalten

Überwiegend a … Skye

Cool und wählerisch, Freunde loben deinen entspannten Künstler-Style und deine Leidenschaft für alles Ausgefallene.

Überwiegend b … Coco

Ein echtes Naturkind, aber mit beiden Beinen fest am Boden, fühlst du dich am wohlsten in der freien Natur – am besten in Begleitung eines ganzen Zoos an tierischen Begleitern.

Überwiegend c … Cherry

»Tagträumerin« lautet dein zweiter Vorname … Du denkst dir ständig verrückte Geschichten aus und bist voller neuer Ideen, und du hast immer eine interessante Story auf Lager – ein bisschen künstlerische Freiheit kann ja nicht schaden, nicht wahr?

Überwiegend d … *Summer*

Du bist leidenschaftlich und witzig und entschlossen, deine Träume zu verwirklichen … und deine Familie und Freunde stehen bei jeder einzelnen Etappe deines Weges hinter dir.

Überwiegend e … *Honey*

Beliebt, einschüchternd, einsam … jeder hat eine andere Vorstellung, welches dein »wahres Ich« ist. Versuche dich ein bisschen mehr zu öffnen, dann wirst du feststellen, dass Freunde dazu da sind, dir auf deinem Weg zu helfen.

Cathys großartiger Kirsch-Schoko-Kuchen mit Schokosoße

Du brauchst:

2 kleine Souffléförmchen
75 g dunkle Schokolade, geschmolzen – und zusätzlich etwas mehr zum Servieren
50 g Butter, geschmolzen
2 Eier, geschlagen
50 g Puderzucker
50 g Mehl
50 g kernlose Kirschen aus dem Glas, fein geschnitten
2 TL Kirschsaft (aus dem Glas)
Butter zum Einfetten der Förmchen

- Schokolade, Butter, Eier und Zucker in eine Schüssel geben und verrühren.

- Mehl, Kirschen und Kirschsaft zugeben und unterrühren, bis ein glatter Teig entsteht.

- Die Förmchen mit Butter einfetten, dann mit einem Löffel bis zu drei Vierteln mit dem Teig füllen.

- Die Förmchen jeweils mit einem Stück Frischhaltefolie abdecken, in die Mikrowelle geben und 4 Minuten lang bei höchster Stufe backen bzw. bis der Teig aufgegangen und fertig gebacken ist.

- Zum Servieren die Kuchen auf Teller stürzen und mit geschmolzener Schokolade beträufeln.

Cherrys cooles Kirsch-Schoko-Karamell

Du brauchst:

180 g dunkle Schokolade
1 Dose Kondensmilch
40 g grob gehackte Mandeln
40 g gehackte Cocktailkirschen
1 TL Mandelaroma
halbierte Cocktailkirschen (optional)

- Ein quadratisches Blech mit einer Seitenlänge von 20 cm mit Alufolie auslegen.

- Die Kondensmilch und gehackte Schokolade in eine mittelgroße, mikrowellentaugliche Schüssel geben. Leicht verrühren.

- Anderthalb bis zwei Minuten auf höchster Stufe in die Mikrowelle geben bzw. so lange, bis die Schokolade geschmolzen und die Mischung glatt ist nach dem Umrühren.

- Jetzt die Mandeln, die Kirschen und das Mandelaroma unterrühren.

- Gleichmäßig auf dem vorbereiteten Blech verteilen. Abdecken und im Kühlschrank fest werden lassen.

- In kleine Quadrate zerteilen und nach Belieben mit den Kirschhälften verzieren. Am besten mit Freunden und Familie teilen … oder ganz allein genießen!

© Chris Watt

Cathy Cassidy, 1962 in England geboren, schrieb ihr erstes Kinderbuch mit acht oder neun Jahren für ihren jüngeren Bruder. Nachdem sie einige Jahre als Zeitungsredakteurin und Kunstlehrerin gearbeitet hat, widmet sie sich heute fast ausschließlich dem Schreiben. Cathy lebt mit ihrem Mann Liam, ihren zwei Kindern, zwei Hunden und zwei Katzen in einem Cottage in den Galloway Hills in Schottland, wo Schafe und Kühe ihre nächsten Nachbarn sind.

Barry Jonsberg

Das Blubbern von Glück

256 Seiten, ISBN 978-3-570-16286-6

Hier kommt Candice Phee! 12 Jahre alt, wunderbar ehrlich und ein bisschen ... anders. Und auch wenn viele sie nicht auf Anhieb verstehen – Candice hat ein riesiges Herz. Sie ist entschlossen, die Welt glücklich zu machen. Nur leider ist das gar nicht so einfach ... Denn wohin Candice auch sieht – an jeder Ecke lauert das Unglück. In ihrer Familie, die früher vor Glück geblubbert hat, spinnt sich neuerdings jeder in seinem eigenen Leid ein. Ihr superkluger Freund Douglas Benson versucht seit Langem vergeblich, in eine andere Dimension zu reisen. Und ihr Haustier, Erdferkel Fisch, hat womöglich eine ernsthafte Identitätskrise. Candice macht sich ans Wunderwerk, um jedem Einzelnen von ihnen zu helfen ...

Alexander Vance

Mein super cooler Schluss-mach-Service

300 Seiten, ISBN 978-3-570-16279-8

Der 13-jährige Quentin hat einen ganz besonderen Nebenjob: Er ist der Schlussmacher für all diejenigen, die zu feige sind, es selbst zu tun. Und davon gibt es eine Menge ... Die Dienste, die er anbietet, sind ganz simpel: Er überbringt Schluss-mach-Botschaften. Bestellt man das deluxe Paket, sind sogar Blumen und Schokolade inklusive. Um den Schmerz etwas zu lindern ... Zunächst ist Quentins Idee auch erstaunlich erfolgreich, aber während er sich in die Leben anderer einmischt, beginnt er sich zu fragen, ob sein eigenes Herz das unbeschadet überstehen wird. Denn das Spiel mit der Liebe ist doch komplizierter, als er gedacht hat. Vor allem, wenn es um seine beste Freundin Abby geht ...

60009

www.cbt-buecher.de